Chiara Fabiano

Die Abenteuer von Josephine Wennington
Perlmutt im Sand

Chiara Fabiano

Die Abenteuer von Josephine Wennington

Roman

Impressum

Bibliografische Information der Deutschen Nationalbibliothek: Die Deutsche Nationalbibliothek verzeichnet diese Publikation in der Deutschen Nationalbibliografie; detaillierte bibliografische Daten sind im Internet über http://dnb.dnb.de abrufbar.

Die automatisierte Analyse des Werkes, um daraus Informationen insbesondere über Muster, Trends und Korrelationen gemäß §44b UrhG („Text und Data Mining") zu gewinnen, ist untersagt.

© 2024 Chiara Fabiano

Verlag: BoD · Books on Demand GmbH, In de Tarpen 42, 22848 Norderstedt

Druck: Libri Plureos GmbH, Friedensallee 273, 22763 Hamburg

ISBN: 978-3-7583-5131-0

Für Mama und für meinen Mann, der sich jedes Kapitel eine Sekunde nach dem Abtippen freudig angehört hat und jede Sekunde mitgefiebert. Ich würde dich jederzeit zum Helden in meinen Geschichten machen.

Und auch für Jane Austen

„If adventures will not befall a young lady in her own village, she must seek them abroad"

Es war Ende August und der Spätsommer legte seine Hitze wie eine Wolldecke über die Stadt. Am Abend erwachte sie und ließ die Lichter kilometerweit bis in den Horizont erstrahlen. Wo es morgens nach frischen Croissants und gerade aufgebrühtem Kaffee roch, wo Automobile und vereinzelt sogar noch Droschken durch die Straßen polterten und die Glöckchen über den Türen der Pâtisserien ununterbrochen Kunden ankündigten, wo die Bäcker in ihrer weißen Kleidung seit den Morgenstunden schufteten, damit sie, nun die silbernen Tablets über den Köpfen balancierend, ihre köstlichen Kostbarkeiten an die Kundschaft feinen Charakters verkaufen konnten und arme Straßenkinder die bettelnden Nasen an den Fensterscheiben plattdrückten ohne auch nur die leiseste Hoffnung darauf zu haben sich eine dieser Köstlichkeiten warm auf der Zunge zergehen zu lassen, dort roch man jetzt den leckeren Duft aus der Küche der Closerie des Lilas und genau dort schwebte nun der blau-lila glitzernde Himmel über der Stadt und kündigte eine erneute, magische Nacht an. Und doch, so muss ich an dieser Stelle gestehen, war mein Blick über das geschäftige Treiben durch die durchaus große Krempe meines nicht minder erwähnenswert großen Hutes sichtbar eingeschränkt. Betonen möchte ich, dass ich dennoch genauso viel sah, wie ich sehen musste. Ein gewisses Interesse daran, was sich vor einem abspielte war nämlich nicht nur von gesellschaftlichem Interesse, es lag letztlich auch in meinem eigenen, ja, nicht ferner meiner simplen Neugier, alles mitzubekommen, was sich unmittelbar vor meiner Hutkrempe abspielte. Der verehrte Leser mag dies befremdlich, wenn nicht sogar abschätzig, bewerten, doch soll er sich an dieser Stelle einmal fragen, über was er sich eigentlich in letzter Zeit mit seinen Gesprächspartnern bei einer Tasse eines Getränkes seiner Wahl unterhalten hat, wenn nicht über den neuesten Tratsch. Ein Kellner in schwarzer Livree kam und stellte ein Glas prickelnden Champagners genau vor meiner Nase auf der Perlmuttweißen Tischdecke ab, da hielt ein galantes Automobil in dunkelblauem Lack vor dem Efeutorbogen und hinaus stieg ein lila Hut auf schwarzem Bubikopf, dazu ein Gazellenartiger Körper in violettem Kleid und die Tür des Automobils schlossen letztlich zwei, zum selben Körper gehörende, Arme in weißen Handschuhen, die perlenartig bis zum Ellbogen hochgezogen waren. Ich senkte den Kopf und lächelte hinter meiner Krempe. Gebracht hatte das nichts, denn kaum hatte die Gazellendame den Efeutorbogen durchschritten, da hörte ich einen spitzen Aufschrei.

„Mon Dieu, Madame La Croiquette". Ja, jetzt kennt der werte Leser auch endlich den Namen seiner Erzählerin.

„Nie im Leben hätte ich erwartet Sie hier zu treffen". Und da erst hob ich meinen Kopf und sah der Gazellenfrau in die

Augen. „In der Closerie des Lilas?", fragte ich nach. „In Paris!", stieß sie aus, gedämpft von meiner eher mäßigen Begrüßung. „Das letzte Mal sah ich Sie ganz in Braun mit Weste und Ballonhose in London. Und jetzt in dieser Stadt, ganz damenhaft. Wie kommen Sie denn bloß hierher? Sie gehören doch nicht zu diesem neuen Fräuleinwunder im Bananenröckchen?". Ich lächelte nüchtern und drehte unauffällig an meinem Diamantring. "Mitnichten!", antwortete ich und erntete dafür einen erleichterten Seufzer, setzte dann aber betont hinterher: „aber bloß, weil ich gar kein Fräulein bin, sondern eine hervorragend verheiratete Frau. Gehörte ich dann zum Eheweibwunder, Verehrteste?"

Als ich sah, dass diese nicht verstand und auch Sie, verehrter Leser doch bestimmt äußerst interessiert daran sind zu erfahren, warum ich an diesem Sommerabend in der Closerie des Lilas den besten Champagner von Paris trank, und vor allem warum die Gazellenfrau darüber so verwundert war, beginne ich an diesem Punkt meine Geschichte zu erzählen.

Nun, werter Leser, kennen Sie wahrscheinlich die Schwierigkeit, die mit dem Erzählen einer Geschichte einhergeht, nur zu gut. Eine davon, die wohl Offensichtlichste, ist einen geeigneten Anfang zu finden. Und das ist auch gleich das richtige Stichwort. Anfang. Über meinen Anfang ist mir leider nur sehr wenig bekannt. Damals jedoch war ich natürlich nicht Madame La Croiquette. Ich war noch nicht einmal Madame. Damals war ich lediglich Josephine. Jo, Josie, ich erinnere mich sehr genau an den Klang der verschiedenen Stimmen, die alle meinen Namen riefen, aus verschiedenen Anlässen versteht sich. Denke ich heute daran zurück, so realisiere ich, dass mein Name ungewöhnlich häufig erzürnt gerufen wurde. Der geschätzte Leser soll jetzt kein Mitleid mit mir empfinden, oder mir gar eine schwere Kindheit zuschreiben, ich war einzig und allein ein zutiefst unerzogenes Kind, das mehr Flausen im Kopf hatte als die Stofffüllung ihres Kuscheltiers. So ist es nun einmal häufig, wenn man ohne Eltern aufwächst. Auch über diesen Anfang weiß ich bedauernswert wenig. Meine Mutter starb im Kindbett, mein junger Vater an der Schwindsucht. Außerdem hatten beide sehr rostige Hare, was ich daher wusste, dass die meinen einen Ton von so rostigem Rot besaßen, dass die Eltern zwei bemerkenswerte Rotschöpfe gewesen sein mussten. Auch meine haselnussfarbenen Augen kamen nicht von irgendwoher. Ich war mir also immer selbst der beste Anhaltspunkt gewesen, wenn es um das Aussehen meiner Eltern ging.   Sicher, ich hätte auch meinen Großvater fragen können, bei dem ich schließlich aufwuchs. Der aber hatte meine Mutter gar nicht gekannt, denn mein Vater war nach nur drei Tagen gegen den Willen seiner Eltern mit ihr durchgebrannt. Das Erste, was mein Großvater von uns hören sollte, war also das aufgeweckte Quäken eines winzigen Säuglings, das schon früh Kundschaft über den ungebändigten Charakter dieses kleinen Menschen gab. Das hatte jedenfalls mein Großvater beteuert. Und sagen Sie, werter Leser, sieht man nicht letztlich am Laufe der Geschichtsschreibung, dass es immer die alten, weißhaarigen Männer mit Backenbart sind, die die Weisheit dieser Welt mit ihren feinsten Silberlöffeln geschlürft haben? Mein Großvater hatte einen prächtigen Backenbart und auch Suppe schlürfte er liebend gerne. Aber nicht nur das, auch in der Säuglingsversorgung verstand er sich im besonders hohen Maße männlicher Kompetenz! Er gab mir immer nur den besten Kräuterlikör zum Einschlafen und rauchte bloß den hochwertigsten Tabak in unserem Schlafzimmer. Was mein Opa aber richtig gemacht hat? Er war Archäologe. Ich war also die stolze, stürmische Enkeltochter, die bei ihrem berühmten Ausgräberopa und seiner Horde geballter, mit triefender Männlichkeit versehener Gruppe von Archäologen die Pinsel aus den Ausgrabungsstätten hielt und dabei auch bloß vier Zigaretten selbst pro Tag rauchte. Mehr sei auf keinen Fall vertretbar für ein Mädchen von so zarter Verfassung, schimpfte mein Großvater, wenn ich mir dann doch in der Mittagspause eine fünfte genehmigt hatte. Nun, lieber Leser, können Sie sich vielleicht vorstellen, dass bei einem Mädchen, welches in Staub und Sand bei einem weißhaarigen, sonderbaren Großvater von zarten sechzig Jahren und rund zehn anderen männlichen Personen verschiedener Altersklassen aufgewachsen ist, keine vornehme kleine Lady mit einem Spitzentaschentuch in den sanften Händen herauskommt. Aber da muss ich Sie leider eines Besseren belehren, und genau deshalb beginnt meine Geschichte in der trockenen, stickigen Sandwüste von Kairo.

Kairo

Um 1900

eins

Wenn ich sagte meine Geschichte beginne in Kairo, dann meine ich nicht die große Hauptstadt am Nil, wo sich das orientalische Leben tummelt, Händler ihre Waren vertreiben, Gewürzdüfte durch die Nasenflügel ziehen und Hungergefühl verursachen. Ich meine damit nicht die überlaufenen Marktplätze, wo Klänge orientalischer Musik die Beine zum Tanzen bringen und wunderschöne Kleidungsstücke mit Goldbordüre in kleinen Geschäften vertrieben werden. Ich meine damit die sich ewig erstreckende, trockene Wüste von Gizeh, in der die Sonne auf die Köpfe prallt, so stark, dass jeder Archäologe irgendwann glaubt noch ungefähr hundert neue Gräber entdeckt zu haben, und einen Moment später von einem Hitzeschlag mitten in seiner dehydrierten Wahnvorstellung umgehauen wird. Dann war es das mit seiner Entdeckung, denn sein Körper wird eins mit dem Sand und garantiert von niemandem gefunden. Dort, wo Hitze einen um den Verstand bringt und jeder irgendwann glaubt völlig verloren zu sein, habe ich die ersten Jahre meines Lebens verbracht. Mein Großvater war damals für eine Stiftung des British Museum unterwegs, die einzelne Grabstücke aus den weltberühmten Pyramiden von Gizeh bergen und nach England verschiffen sollten. Er hatte keine andere Wahl gehabt,

15

als mich mit sich zu nehmen, denn meine Großmutter war unmittelbar nach meiner Geburt gestorben, was uns beide zu den gegenseitig letzten Verbliebenen machte. Dennoch zählte ich das Team meines Großvaters mit zu meiner Familie. Ein Kleinkind bei Ausgrabungen, dazu noch ein Mädchen, das war eine Seltenheit und dennoch zogen sie mich auf, als seien alle elf meine Väter. Da war beispielsweise der ältere Herr Droog. Von ihm lernte ich mit fünf Jahren einen Pinsel zu halten und zu benutzen. Ich kann mich an dieses Gefühl so lebendig erinnern, als kniete ich wieder dort im Sand. Ich ließ die sanften Haare des Pinsels über meine Hände gleiten, fühlte, wie weich sie waren und lernte, von welcher Wichtigkeit es war, dass man sehr präzise mit ihnen arbeitet. „Wir alle", erzählte mir Herr Droog, „sind bloß ein Produkt anderer Zivilisationen, ein Ergebnis der Geschichte. Wollen wir uns selbst verstehen, müssen wir sie verstehen. Mit jedem Gegenstand aus dem Sand erfahren wir ein Stückchen mehr, wer sie waren. Und auch wer wir sind." Damals war ich zu klein, um es zu verstehen, für mich waren diese Gegenstände eben nur das: Material, an dem der staubtrockene Sand klebte. Dass er Recht hatte, wurde mir erst bewusst, als ich mit zwölf Jahren meinen ersten Ohrring ausgrub.

Es war ein Tag von besonderer Trockenheit, wir hatten seit Wochen im nirgendwo der Wüste gegraben. Weiter rauszugehen, trauten wir uns nicht, da wir noch immer mit Wasser und Lebensmitteln versorgt werden mussten. Zu viele waren bereits weiter raus in die Tiefen der Wüste hineingegangen, aber nie mehr wiedergekommen. Die Laune meines Großvaters wurde von Tag zu Tag grimmiger, nicht am Ende in Ermangelung eines ordentlichen Stück Fleischs. Ich war ein solch zartes, zerbrechliches Wesen, denn man durfte nicht vergessen, ich hatte den Großteil meines Lebens in der ägyptischen Wüste verbracht. Ich kannte nur das, was ich von der Gruppe mitbekam. Und das war sogar eine ganze Menge. Der verehrte Leser soll sich nicht darin täuschen, wie klug und gebildet ich als Kind einer wissenschaftlichen Mission war. Herr Droog lehrte mich die alte Geschichte und alles, was davon bisher bekannt war, sodass ich wusste, weshalb wir hier waren. Mein Großvater grub und grub, noch heute sehe ich ihn vor mir mit seiner ganz vertrockneten, ledrigen Haut, die schon beinahe einer Kakaobohne glich und dem vollständig ergrauten, ernsten Backenbart. Auf der Nase trug er eine winzige Brille, die mit einem Band am Hinterkopf befestigt war, sodass sie beim Graben nicht verloren ging. Wenn er einen schlechten Tag hatte, kletterte ich oft hinunter in seine Grube und handelte mir einen Tadel ein. „Ein so kleines Wesen gehört nicht in eine vom Einsturz gefährdete Grube! Ein so kleines Wesen gehört nach oben ins Zelt mit etwas zu trinken." Ich steckte daraufhin ihm und mir eine Zigarette an. Da warf er die Arme in die Luft und jauchzte. „Eine Dame soll ich aus dir machen und jetzt sieh dich an: zehn Jahre alt, ganz magere Glieder, in kurzen Leinenhosen und Zigarette im Mund." Doch schließlich nahm er sich die seine, schob sie zwischen die Lippen und zwinkerte mir zu. Ich zwinkerte zurück, umarmte ihn, atmete den trockenen Sandgeruch ein, der sich mit seinem Schweiß paarte und holte den Pinsel aus meiner Hosentasche hervor. „Ich pinsele doch so gerne Großvater, also hopp, grab mir mal etwas Schönes aus." Da lachte er und legte mir einen

Sonnenhut auf den Kopf, den ich selbst immer wieder vergaß. „Nicht, dass dich der Hitzetod holt", mahnte er dann und grub weiter. So ging es einige Jahre, ich lernte alte Geschichte bei Herrn Droog, lernte lesen bei unserem jungen Studenten Werter und die Gesetze der Biologie bei Herrn von Soost. In meinen beigen Leinenhosen saß ich herum, den Sonnenhut auf den rostigen Haaren, die sich wie wild darunter kräuselten und mein Hemd in die Hose gesteckt. Man hätte mich schon beinahe gebildet nennen können, aber etwas ganz Entscheidendes fehlte mir: ich hatte absolut keine Ahnung von Kultur oder von weiblichem Benehmen. Je älter ich wurde, desto seltsamer erschien es mir als einziges Mädchen unter all den Männern zu sein und desto mehr fragte ich mich, ob es überhaupt irgendetwas gab, was uns voneinander unterschied. Und dann, eines Tages, stieg ich wieder hinab in die Grube, holte mir wieder einen Tadel ein und sah dann etwas in der sandigen Schicht glitzern. Instinktiv schob ich meine Hand in den Sand, fühlte, wie er mir durch die Hände rann, griff mit der anderen Hand nach meinem Pinsel, den ich mir in die Hosentasche gesteckt hatte und befreite das winzige Stückchen fein säuberlich von dem ganzen Sand. Perlmutt schimmerte es in meiner Hand, ein solches Material hatte ich noch nie in meinem ganzen Leben gesehen. Türkis, schon fast wie vom Wasser eingefärbt, blitzte es in der trockenen Sonne und bildete einen unvergesslichen Kontrast zum monotonen Gold des unendlichen Sandes. „Was hast du da?", fragte mein Großvater. Als ich es ihm gab, weiteten sich seine Augen und er rief die gesamte Mannschaft zusammen. Ein unfassbarer Fund, ein Ohrring! Ein Ohrring aus einem seltenen Material. Er drückte mich, gab mir einen Kuss auf die Wange und warf mich nach oben. Alle feierten mich, die Entdeckerin dieses spannenden Zeugnisses antiker Geschichte. Und ich sah an diesem Tag das aller erste Mal ein Stück Schmuck. Da wusste ich, was Herr Droog gemeint hatte. Ich begann mir vorzustellen, wer dieses Schmuckstück getragen hatte.

ZWEI

Natürlich konnte der Ohrring nicht in unserem verstaubten Zelt in Gizeh bleiben, sondern mussten gut versorgt, gereinigt und dementsprechend verpackt nach Großbritannien gebracht werden. Dafür mussten wir, mein Großvater, Herr Droog und ich nach Kairo rein, denn dort war unsere nächstgrößere Anlaufstelle. Ich wusste natürlich rein gar nichts über die Stadt. Ich konnte an meinen Fingern abzählen, wie oft ich irgendwo anders gewesen war, als in der unendlichen Weite von Gizeh und da stellt sich nicht nur Ihnen werter Leser, sondern auch mir die Frage, inwieweit diese Erinnerungen noch den Tatsachen entsprechen, und ob sie nicht doch nun mehr das Produkt meiner lebhaften Fantasie als kleines Mädchen sind. Nun ja, wir fuhren also zu dritt richtig in die Stadt von Kairo hinein. Die Sonne prallte geradezu auf unsere Köpfe, es war ein unbeschreiblich heißer Tag. Und doch war ich völlig überfordert von der Fülle von Eindrücken. Kamele liefen auf dem brennend heißen Asphalt, der ganz fein mit weißen Sandkörnern übersät war und von den zarten Luftzügen in der Luft wirbelte. Ich schaute nach links nach rechts, nach oben auf die Dächer, von denen Teppiche mit Goldbordüren herunterflatterten und unter mir auf den Boden, dessen Pflaster von der Hitze förmlich dampfte. Ich hörte aufgeregte Stimmen schreien. Von oben bis unten verschleierte Männer in weiß trugen riesige Hüte auf ihren Köpfen und standen hinter Ständen mit jeder Menge kleiner Päckchen, die einen unerträglichen Duft ausstrahlten. „Großvater!", ich zog ihm an seinem Leinenhemd. Er folgte meinem Blick und lachte. „Das sind Gewürze", erklärte er mir, „Damit schmeckt das Essen anders. Besser." Aber ich verstand es nicht wirklich. Mein Essen befand ich als gut, so wie es war und dennoch… Diese bunten, farbig strahlenden Gewürze sahen aus wie Wundermittel. Mein Großvater hielt mich an der Hand, eine Fürsorge, die ich nicht gewohnt war von einem Mann, dem ich regelmäßig die Zigaretten anzündete, damit er besser gelaunt war, und der mich manchmal einfach so mit Erde abwarf, lachte und „SANDSTURM!", rief. Und nein, lieber Leser, das war nicht pädagogisch verwerflich, das war einzig und allein totlustig. Ich liebte die Streiche meines Großvaters und fühlte mich von oben bis unten wie ein von Glück erfülltes Kind. Bis zu diesem Tag. Bis zu dem Tag, als ich den Ohrring fand und in der Stadt eine Entdeckung machte. Diese Entdeckung spielte sich zufällig genau vor unserem Ziel ab: dem Ägyptischen Museum. Diese Entdeckung war in ein Gewand aus genau der gleichen Perlmuttschimmernden Farbe gekleidet, wie der Ohrring, der sich in dem Behälter meines Großvaters befand. Bei jedem Schritt, den sie machte, flog der federleichte Stoff ihres Gewandes um sie umher. An ihrem Oberkörper war es mit winzigen, goldenen Fäden versehen, ihr schwarzes Haar wallte ihr bis zur Brust hinunter und die tief dunklen Augen waren bläulich umrandet. Wenn man als Kind jahrelang unter Männern aufwächst und an einer Hand abzählen konnte, wie oft man ein weibliches Wesen zu Gesicht bekommen hatte, dann wusste man nicht recht, wie man mit einer Schönheit dieses Ausmaßes umgehen sollte. Eines aber wusste ich schlagartig: ich wollte sein, wie sie. Wollte den Stoff dieses Kleides um meine Beine fühlen, wollte, dass er meine Taille umschmeichelte. Noch nie zuvor in meinem ganzen Leben hatte ich etwas Vergleichbares gefühlt. Aber sie erschien so unnahbar, so unerreichbar, als wüsste sie ganz genau um die Wirkung, die sie auf alle hatte. Und es dauerte Jahre, bis ich mir darüber bewusstwurde, dass es nicht ihre Kleider waren, die mich so für das begeisterte, was sich vor meinem Auge abspielte. Es war der Blick in ihren dunklen Augen, nicht das, was sie trug, sondern das, was durch sie nach außen getragen wurde. Diese wunderschöne mysteriöse Frau umgab eine Aura der Sinnlichkeit. Unfassbar reizend und doch so verletzlich. Ja, ihre Verletzlichkeit lag in ihrem Stolz. Und doch ging alles so unfassbar schnell. Noch bevor ich mir noch näher die Stickereien auf ihrem Kleid ansehen konnte, war sie auch schon verschwunden. Sagen nicht die Leute in den Büchern immer es gäbe eine Art Schlüsselmoment im Leben? Wenn ja, lieber Leser, dann war dies mein Schlüsselmoment, denn etwas in mir hatte sich ganz entschieden verändert. Ich hatte die Schönheit nie gekannt, Sinnlichkeit war mir fremd. Aber dieses kleine Stückchen Perlmutt, dieser kleine Glanz im gelben Sand, zeigte mir, dass wenn man nur lange genug grub, die Schönheit im Verborgenen wartete.

Nicht nur in meinem Welt- und Selbstbild hatte der Fund des Ohrringes alles durcheinandergebracht, auch mein Großvater fiel völlig aus den Socken. Denn kaum waren wir im Museum angekommen, breitete sich die Aufregung auch unter den anderen aus. Endlich wurde etwas gefunden, endlich, nach all den Jahren der Buddelei. Und auf einmal meinte man, dass die Mann, die wir waren, nicht ausreichten, man brauche noch zig mehr! Das Museum rekrutierte mehr Männer aus sämtlichen Ländern, aus England, aus Frankreich, sogar aus dem Deutschen Kaiserreich. Und all das war noch nicht genug: uns sollte ein ägyptischer Experte zur Seite gestellt werden, der sich in der Umgebung rund um Gizeh auskannte. Denn schließlich hatten wir ja jetzt lange genug dort rumgebuddelt, wir sollten unseren Umkreis vergrößern. Und bei jedem Wort, das der Museumsdirektor vorschwärmte, zuckte mein Großvater einmal mehr zusammen. Ich wusste damals ganz genau, wie er sich fühlte. Jahre um Jahre hatte er in den Löchern gesessen und abends versucht die Erde unter seinen Fingernägeln hervorzukratzen und nun stand da ein großer Herr in einem schwarzen Anzug und hielt den Ohrring in seinen Händen. Er wollte Profit. Mein Großvater hatte Tränen in den Augen. Also änderte sich auch in unserer Truppe so ziemlich alles. Als wir aus dem Museum hinausgingen, atmete mein Großvater schwer aus und sah sich um. Ich griff nach seiner Hand und drückte sie. Als ich noch jünger gewesen war, hatte ich mir immer einen Spaß daraus gemacht meinen Großvater damit zu ärgern den Altersflecken auf seiner Hand zu zählen. Just in diesem Moment bemerkte ich, dass sie so viele geworden waren, dass es für mich viel zu lange gedauert hätte sie jetzt noch zu zählen. Ich lächelte zu ihm herauf. Mit einem gepressten Lächeln zwinkerte er mir zu und drückte mich.

„Na Josie, wie gefällt dir die Stadt?". Wie gefiel sie mir? Ich war ehrlich zu mir selbst, mir war sie völlig egal, das Einzige, was in meinem Kopf Platz hatte, war die Schönheit. Also zuckte ich mit den Schultern.

„Mitnichten so familiär, wie unsere Station".

Mein Großvater fiel in hallendes Gelächter aus.

„Wer hat dir denn diese Worte beigebracht?" Ich wollte antworten, da hatte er sich aber schon zu mir heruntergebeugt und hielt mich an den Schultern. „Josie", sagte er eindringlich, „Das ist heute dein großer Tag!" Ich fragte mich damals sofort, warum er das dachte. „Egal, was dieser Anzugheini da redet, das ist DEIN großer Tag. Heute bist du eine waschechte Archäologin. Und lass dir ja von niemandem etwas anderes einreden." Ich legte den Kopf schief.

„Aber Großvater, das bin ich doch schon seit ich geboren wurde. Ich habe mehr Sand in meinem Leben gegessen als so mancher Mensch Kekse zum Tee." Er lachte und schüttelte den Kopf. „Jedenfalls, möchte ich, dass du dir von hier aus der Stadt etwas aussuchst. Etwas, dass du dir wünschst und was ich dir kaufen werde."

Es kam mir damals so unfassbar banal vor. Etwas kaufen? Warum sollte er mir etwas kaufen, wo ich doch alles hatte, was mich glücklich machte und niemals bekommen konnte, was mich erfüllen würde? Und dann fielen mir die Händler und ihre Stoffe wieder ein. „Das ist äußerst gütig von dir, Großvater", sagte ich lächelnd.

„Hör auf zu sprechen, als kämst du ausm Buckingham Palace, sonst muss ich nochmal ein ernstes Wort mit Herrn Droog sprechen!", scherzte er. Und das war die zweite Sache, die ich an diesem Tag realisierte. Ich genoss es plötzlich gewähltere Worte zu verwenden. Wie sie klangen, wenn ich sprach, wie sie aus meinem Mund purzelten, wie edel sie waren. Und dann war da noch diese große neue Aufgabe. Ich sollte mir etwas aussuchen, was ich mir wünschte. Aber es war doch noch alles so neu für mich, wie sollte ich das alles kennenlernen und direkt entscheiden, wonach ich mich sehnte? Als wir dann auf den Markt gingen, wurde es mir schlagartig bewusst. Ich sah sie erst nur aus dem Augenwinkel. Stoffe, in den buntesten Farben und den verschiedensten Ausführungen. Schnurstracks deutete ich auf den Händler, mein Großvater folgte mir. Ich sah sie auf einmal so deutlich vor mir, als stünde sie direkt neben dem Händler. Die Schönheit, mit all ihrer Sinnlichkeit, all ihrer Ausstrahlung. Der Händler beäugte die Fremdartigkeit meiner weißen Haut, die trotz all der Jahre in der ägyptischen Sonne nie an Bräune gewonnen hatte, meine zarten Glieder, die durch all die körperliche Betätigung nie an Fleisch zugenommen hatten und dann fiel sein Blick auf meine rostroten Haare. Instinktiv griff ich mir in den wilden Haarschopf, aber er wirkte in keiner Weise verstört, er wirkte geradezu fasziniert. Und dann drehte er sich um und holte ein grün leuchtendes Tuch hervor. An den Seiten hatte es feine Stickereien und wundervolle Fransen. Er breitete das Tuch aus, deutete auf meine Haare und lächelte. Ich verstand instinktiv und beugte mich zu ihm vor. Kunstvoll drapierte er mir das Tuch um den Kopf, sodass das Grün wellenartig in das Kupfer der Locken überging, die sich noch wild darunter hervorstahlen. Zufrieden hielt er mir einen Spiegel hin, und ich erschrak. Die bleiche Haut zum Leben erweckt, der wunderschöne Kontrast von Rot und Grün. Als mein Großvater bezahlte, war das Tuch mein größtes Heiligtum, mein ganzer Stolz, alles, was ich besaß. Ich spürte eine innige Liebe, vielleicht nicht zu dem Tuch selbst, aber zu dem, was es aus mir machte. Als wir aus der Stadt zurückkamen, bestaunte jeder das Tuch um meinen Kopf. Herr Droog kam und stellte sich verträumt vor mich. „Oh, werte Dame, welch Freude Ihre Aufwartung zu machen." Mein Großvater schnaubte.

„Hören Sie auf meiner Enkeltochter so geschmalztes Gelaber beizubringen, Droog". Ich zwinkerte und flüsterte. „Bitte nicht, ich finde es so schön".

Und auch die anderen aus der Mannschaft spaßten herum, nannten mich jetzt eine feine Lady. Abends jedoch, als die meisten schliefen und auch ich bereits schlafen sollte, sah ich meinen Großvater noch in die Ferne starren. Oh je, dachte ich direkt, das war ein Zigarettenmoment. Also zündete ich zwei an und reichte ihm die eine.

„Du sollst doch nicht rauchen!", presste er hervor, die Zigarette schon zwischen den Lippen.

„Und außerdem sollst du schlafen." Ich blies den Rauch aus und fragte mich urplötzlich etwas ganz anderes: Nämlich, ob das etwas ist, was Schönheiten tun. Würde die Frau vor dem Museum so ungeschickt Rauch ausblasen? Noch nie zuvor hatte ich mir diese Frage gestellt.

„Du siehst ja so traurig aus", stellte ich fest, „dabei war heute doch ein so schöner Tag." Mein Großvater schmunzelte und seufzte, während er sich das Tuch ansah, dass ich nun als Schärpe trug.

„Da hast du völlig Recht, meine Josie. Und doch war er auch so traurig. Mir ist nämlich klargeworden, dass passiert ist, was passieren muss und worüber ich mir noch nie Gedanken gemacht habe." Ich hustete.

„Die Arbeit?", fragte ich naiv.

„Nein", lachte mein Großvater, „aber es ist spät, und du sollst ins Bett. Du bist doch jetzt unsere berühmte Ausgräberin." Und da wurde ich auf einmal furchtbar müde. Ich sollte außerdem auch erst viel später erfahren, was er denn damit gemeint hatte.

DREI

Verlief mein Leben bis dahin auch noch so eintönig, so sollte sich ab diesem Tage alles mehr oder weniger ändern. Ich hatte das Leben geschnuppert, die neuen Eindrücke hatten bei mir etwas bewirkt und wie es irgendwie immer ist, wenn sich ein Gedanke in unseren Köpfen eingenistet hat, wird er uns nie wieder verlassen. Sind Gedanken einmal vorhanden, können wir sie nicht ungedacht machen, so sehr wir es uns auch wünschen. Wir können einzig und allein entscheiden, wie wir mit diesem gedachten Gedankengut umgehen und was wir daraus machen. Als ich eines Morgens aufwachte, hatte sich alles verändert. Sie würden sich wundern, verehrter Leser, wie schnell weiße britische Männer handeln können, wenn sie ein seltenes Stück wertvollen Fundes in den Händen halten. In meiner langatmigen, langlebigen Welt kamen mir alle diese Veränderungen vor, wie eine Welle, oder noch ein besseres Wortbild: Wie ein Sandsturm, der über unseren Alltag flog und alles, was bisher dagewesen war mit einer dicken Schicht seines Sandes belagerte. Ich stand auf, wickelte mir den Schal um, den ich die ganze Nacht in meinen Händen gehalten hatte und verließ das stickige Zelt. Als ich hinauskam, war es nicht nur die mir so vertraute ägyptische Sonne, die mich blendete. Innerhalb weniger Wochen hatte sich unsere Mannschaft verdreifacht. Nicht nur hatten wir auf einmal mehrere ägyptische Führer, die sich in den Tiefen der Wüste auskannten, auch aus Europa waren zahlreiche weitere Männer angereist. Ich hörte auf einmal Sprachen, die ich noch nie zuvor gehört hatte, sah Dinge, die mir noch exotischer vorkamen als die bunten Gewürze auf dem Markt in Kairo. Wo wir noch vor wenigen Wochen unsere vertraute Truppe langjähriger Freunde gewesen waren, fühlte ich mich nun, wie in einer Kolonie von Fremden. Es war, als wären sie aus Europa gekommen, um uns mit ihrer europäischen, zivilisierten Art zu zeigen, wie man die Dinge richtig machte, die wir in ihren Augen Jahre lang falsch gemacht hatten. Und mich als junges Mädchen von gerade einmal vierzehn Jahren, betrachteten sie, wie einen gefährlichen Skarabäus. Doch so sehr ich mir auch wünschte, dass ich es bereute den Ohrring gefunden zu haben und wieder dahin zurückzukehren, wo wir all die Jahre gewesen waren, ich konnte es nicht. Dieses Schmuckstück hatte mir eine Welt eröffnet, mir bewusst gemacht, was es für schöne Dinge da draußen gab, und nun wollte ich diese Gewissheit nicht mehr hergeben, für nichts in dieser Welt. Ich klammerte mich an meinen Schal, als wäre es eine Verdinglichung meiner Erinnerung, als befürchtete ich, dass sie mir abhandenkäme. Ich musste nur jeden Morgen das Grün betrachten, um wieder diese Regung in meiner Brust zu verspüren, die ich gespürt hatte, als ich die Schönheit sah. Hätte ich mir also gewünscht dies ungeschehen zu machen, wäre auch eben diese Erinnerung mit verschwunden. Jede Veränderung tut erst einmal weh, und wenn ich glaubte, dass sie mir schon wehtat, dann würde ich keine Worte finden, um zu beschreiben, wie mein

Großvater unter der Last des Neuen zusammenzuckte. Sogar Herr Droog hielt den Blick nun immer öfter gesenkt und buddelte ganz für sich allein, allerhöchstens einmal mit mir. Wie früher würde es aber nie wieder werden, das wussten wir alle. Während ich mit Herrn Droog dasaß und meinen Pinsel über den Sand malen ließ, erzählte er mir Dinge über die Geschichte aus dem Land, aus dem er kam: dem Deutschen Kaiserreich. Es hatte mal eine Zeit gegeben, da war das Kaiserreich aufgeteilt in ganz viele Fürstentümer. Fürsten waren furchtbar reich, aber nicht einmal annähernd so reich, wie Könige. Auch wir in England, dem Land, aus dem mein Opa stammte, hatten eine Königin gehabt, die war aber vor ein paar Jahren gestorben und nun regierte ihr Sohn zu Hause das Land. Deutschland hatte einen Kaiser, erzählte mir Herr Droog, der hatte einen ziemlich lustigen Schnurrbart und war noch recht jung gewesen, als er Kaiser wurde. Während wir da also buddelten, gruben, pinselten, hörte ich Herrn Droog zu und konnte mich gar nicht entscheiden, was ich am spannendsten fand. Wie er die Landschaften beschrieb, voller Wälder und Lichtungen in denen Vögel zwitscherten. Selbstverständlich kannte ich keine Wälder und erst recht keine Vögel, weshalb die Schilderungen von Herrn Droog alsbald zu wunderbar fantastischen Gebilden meiner Vorstellungskraft wurden. Aber ich war so fasziniert von diesen Geschichten, dass sich bald ein ganz interessanter Gedanke in meinem Kopf festsetzte und wir wissen ja, was dann geschehen würde, wenn er erst einmal da war: er wurde real.

„Ich muss unbedingt einmal dorthin!", rief ich aufgeregt, „Ins Kaiserreich, da muss ich einmal hin".
Auf einmal fegte mir jemand einen heftigen Stoß Sand über

den Kopf und ich erschrak so sehr, dass ich in die Grube fiel und mein Tuch mit Erde beschmutzte. Von oben sah ich einen Mann, der mit verzogenem Mund auf mich herabsah und „Pute allemande!", ausstieß. Herr Droog verpasste ihm einen heftigen Schlag und erwiderte etwas auf der gleichen Sprache, das so beängstigend gewesen sein musste, dass sich der Fremde mit einem Knurren abwandte und uns fortan mied. Herr Droog kam zu mir, nahm mein Tuch und blies den Sand weg. „Komm mein Kind", sagte er und wickelte mir das saubergemachte Tuch wieder um die Haare.

„Warum hat er das getan? Ich habe nicht verstanden, was er zu mir gesagt hat." Seufzend half mir Herr Droog auf die Beine und klopfte den Sand von meiner weißen Bluse.

„Es ist noch gar nicht so lange her, da hat Deutschland gegen Frankreich in einem furchtbaren Krieg gekämpft. Viele sind ums Leben gekommen, und man weiß nicht so recht, was diese Männer alles gesehen haben, dass sie zu solchen hasserfüllten Kreaturen wurden. Als du ausgesprochen hast, was du eben ausgesprochen hast, hat das diesen Mann wahrscheinlich einfach an etwas erinnert. Und das hatte rein gar nichts mit dir zu tun." Ich hustete einen Schwall Sand aus und trotz, dass der Mann mich so herb behandelt hatte, empfand ich auf einmal tiefstes Mitleid. „Das tut mir schrecklich leid", sagte ich zu Herrn Droog, aber dieser winkte ab.

„Es sind nicht Länder oder Nationalitäten, die diese Kriege führen. Es sind Menschen, völlig unabhängig davon, wo sie herkommen. Nationalität kann keinen Charakter haben, es ist also völlig egal, ob du Franzose, oder Deutscher oder Italiener bist: Du kannst auch alles gleichzeitig sein, zählen tut nur, dass du menschlich bist und was du daraus machst. Viele wissen gar nicht erst woher sie kommen, so wie du meine Kleine. Zählen tut nur dein Weg, nicht wo er begonnen hat und nicht wo er endet, sondern nur wie du ihn gehst." Ich sah dem Mann noch eine Weile nach.

„Ich hoffe ich werde niemals einen so furchtbaren Krieg miterleben müssen", erwiderte ich. Herr Droog besah mich mit einem mitleidigen Lächeln. Danach machten wir uns wieder an die Arbeit.

Wissen Sie, verehrter Leser, warum Sie die Geschichte ihres Lebens so erzählen, wie sie sie erzählen? Warum Sie genau die Ereignisse erwähnen, welche Momente bei Ihnen alles verändert haben? Ich habe mich schon so oft gefragt, warum manche meiner Erinnerungen so lebhaft so wichtig sind, und andere nicht, wo doch jedes Fragment, jeder Moment dieselbe Bedeutung und dieselbe Wichtigkeit innehat. Wie Bindeglieder liegen sie zwischen unseren großen Erinnerungen, halten die Kette unserer Lebensgeschichte aufrecht. Und manchmal vergessen wir Dinge, die in den Momenten ihrer Aktualität noch so groß und bedeutungsvoll erschienen. Hätte ich an diesem Tag gewusst, dass es meine letzte Unterhaltung, der letzte Abend beim Essen mit Herrn Droog sein würde, ich hätte ihm gedankt. Ich hätte ihn gedrückt und ihm gedankt dafür, was er mir alles beigebracht hatte. Aber natürlich hatte ich es vorher nicht gewusst und als Herr Droog in dieser Nacht starb war es, als wäre ein bedeuter Teil unseres Alltages auch gestorben. Mein Großvater ging in sein Zelt, ich begleitete ihn. Er sah aus, als würde er schlafen, die kleine silberne Brille mit den kreisrunden Gläsern auf der Nase, sogar seinen hellen Strohhut, hatte er sich auf den Kopf gelegt. Mein Großvater schnäuzte und nickte.

„Lebwohl mein alter Freund." sagte er und verließ das Zelt. Mir kullerten lautlos die Tränen, es war, als wäre mein bester Freund gestorben. Denn das war er für mich gewesen, mein bester Freund, der mir Dinge über die Welt erzählte, die ich so noch nie hatte kennenlernen dürfen. Ich wischte mir die Träne von der Wange und nahm das kleine gerahmte Bild von seiner Frau vom Boden, um es ihm behutsam unter die Hand mit seinem Ehering zu legen. Er hatte mir vor langer Zeit einmal erzählt, dass seine Frau die Schönheit einer blühenden Magnolie und den Charakter eines Engels auf Erden besessen hatte und es erinnerte mich an die vielen Abende, die er dort in der ägyptischen Wüste unterm Sternenhimmel gesessen hatte, nach oben sah und ihr lächelnd in den Himmel zuzwinkerte. Als ich ihn da so liegen sah, das Bild in seiner Hand und den friedlichen Ausdruck auf seinem Gesicht, da spürte ich diese todtraurige Freude. Todtraurig über diesen ersten riesigen Verlust in meinem Leben und Freude darüber, dass dieser wunderbare, ehrbare Freund nun endlich wieder mit seiner Frau tanzen konnte.

fünf

Als Herr Droog nicht mehr bei uns war, trauerte unsere ganze Mannschaft um ihren alten Freund. Mit ihm war auch das letzte bisschen Bekanntes gestorben und wir mussten uns alle nun diesem unleugbar Neuem stellen. Auch mein Großvater war nicht mehr der Alte. Eine Woche lang rührte er keine Zigarette an, trank nichts und wenn ich abends mit ihm am Lagerfeuer saß, umarmte er mich einfach still, bis wir dann alle ins Bett gingen. Er arbeitete nicht mehr gerne. Früher hatten wir den ganzen Tag alle zusammen gegraben, haben gelacht und Scherze gemacht. Nun war es nicht mehr so, denn Großvater wurde von früh bis spät von den englischen Männern zur Rechenschaft dafür gezogen, was so viele Jahre ihrer Meinung nach schiefgelaufen war. Wo ich ihn am Anfang noch still zuhören gesehen habe, starrte er jetzt mit ganz glasigen Augen in die Ferne und schien gar nicht mehr wirklich anwesend zu sein. Ich schluckte und konzentrierte mich zunehmend auf die Bücher in meinem Zelt als auf das Buddeln in der Sonne. Herr Droog hatte mir alle seine Bücher hinterlassen, sogar schriftlich und ich war nun stolze Eigentümerin von Büchern. Geschichtswerke, Sprachbücher, sogar Romane. Immer mehr Zeit verbrachte ich auf einmal zwischen den Zeilen, bis ich irgendwann vollständig in diesen fremden Welten versank. Die Wüste wurde mir zu klein, mein Leben engte mich ein. Und dann eines Tages, kam jemand an. Ich saß gerade im Sand, da sah ich drei Kamele auf uns zukommen, zwei ägyptische Männer in ihren typischen Gewändern und eine dritte Person. Als er abstieg, musterte ich ihn aufmerksam. Ich hatte mein ganzes Leben lang mit männlichen Personen zusammengelebt, ich bin unter Männern aufgewachsen. Aber diesmal war es anders. Er hatte kurzes, blondes Haar, war groß, so viel größter als ich. Seine Augen waren beinahe so grün, wie mein Tuch, das ich noch immer tagein, tagaus um den Kopf trug. Mit großen Schritten kam er uns entgegen. Einer der fremden Arbeiter, der erst vor wenigen Tagen angekommen war, sprach mit ihm und deutete dann in die Richtung meines Großvaters. Der saß gerade schweißgebadet auf einem Stuhl und trank etwas aus seiner grünen Wasserflasche, als sich der blonde Herr vorstellte. Ich merkte sofort, wie sich die Augen meines Großvaters verengten und er dem Herrn andeutete kein Wort von dem zu verstehen, was er versuchte zu sagen. Ich ging ein wenig näher an die beiden heran und hörte, dass der junge Mann Deutsch sprach. Mein Großvater verstand ihn nicht, denn er sprach nur Englisch, ich aber hatte von Herrn Droog Deutsch gelernt. Mit pochendem Herzen und ganz nervös auf den Beinen ging ich auf die beiden zu. „Entschuldigung", sagte ich und sofort drehte sich der junge Mann zu mir um. Seine Augen musterten mich erstaunt und ich glaube ich fragte mich das erste Mal in meinem ganzen Leben, ob ein männliches Wesen mich hübsch fand. Ich lächelte ihm unsicher zu.

„Mein Großvater spricht kein Deutsch", erklärte ich mit matter Stimme. Der junge Mann stieß einen Schwall Luft aus. „Ich kann es ihm übersetzen", bot ich an.

„Ich bin der neue Arzt, man sagte mir man habe mich bereits angekündigt." Noch nie hatte ich eine solche Stimme gehört. Sie war von einer Sanftheit, dass ich mich in ihrem Klang hätte baden wollen, von einer Ruhe, dass ich mich von ihr hätte in den Schlaf reden lassen, so beschützend, so warm, wie der perlige feine Sand unter meinen Füßen. Ich nickte gebannt und erklärte meinem Großvater auf Englisch, wer dieser Mann war. Im ersten Moment musterte ihn mein Großvater mit einem Blick, der so viel Zweifel ausspie und gleichzeitig sagen wollte: *bist du nicht gerade erst geboren wurden?* Aber dann schien er sich daran zu erinnern, dass ein junger Arzt wohl besser war, als gar keiner und lächelte müde. War bisher einer von uns krank geworden, musste man ihn nach Kairo zu einem Arzt bringen. Nun waren wir aber so viel Mann geworden und unsere Expedition so groß, dass man es wohl als nötig befand uns mit einem eigenen Expeditionsarzt auszustatten. Für meinen Großvater war die Sache wohl gegessen, denn er wandte sich lustlos ab. Hilflos stand der junge Mann da und ich erkannte, dass er wohl genauso fremd in dieser Welt war, wie ich in seiner sein würde.

„Kommen Sie", sagte ich höflich, „Ich zeige Ihnen Ihr Zelt." Dankbar folgte er mir. Ihm wurde das Zelt von Herrn Droog zugeteilt, da dieses leer stand und es sich sehr gut als Ärztezelt eignete. Es war ausreichend geräumig und hatte zwei Pritschen. Doch als ich mit der Hand aufs Zelt deutete, fühlte es sich an, als hätte mir jemand ein Messer ins Herz gerammt. Er ging hinein und ich folgte ihm. Begeistert und zugleich beängstigt sah er sich um, legte dann seine Ledertasche ab und packte die Hände in die Taschen seiner hellen Leinenhose. Er sah so vornehm aus, dass es mir schwerfiel zu glauben, er habe in seinem ganzen Leben das Haus öfter verlassen, als für eine vornehme Kutschfahrt. Ich hatte noch nie so saubere Kleidung gesehen und kam mir gleichzeitig seltsam schmutzig vor. „Wie kommt es, dass Sie Deutsch sprechen?", fragte er mich. Ich erklärte ihm, dass ein guter Freund es mir beigebracht habe, ein alter Gelehrter aus dem Kaiserreich. „Ich komme aus Österreich", sagte er freudig. „Aus Wien genauer gesagt." Ich versuchte zu verstecken, dass ich keine Ahnung hatte, wo das war und was Wien eigentlich genau war. „Ich komme aus Ägypten", erwiderte ich automatisch und als ich sah, dass er stutzte, erläuterte ich: „Ich bin hier groß geworden bei meinem Großvater." Wir lächelten uns an und ohne zu wissen, wie wir hießen, waren wir Vertraute. „Ich bin Erich", stellte er sich mir vor. Ich schüttelte seine Hand und wunderte mich über die Zögerlichkeit seines Händedrucks. „Josephine". Und so kam es, dass mich in kürzester Zeit eine der wichtigsten Personen in meinem Leben verließ und gleichzeitig eine andere in mein Leben trat.

Erich, der geheimnisvolle Fremde mit dem blonden Haar und den grünen Augen. Ich erinnere mich daran, wie es sich anfühlte neben ihm zu sitzen, seine Stimme zu hören, sein Lachen, wie seine Augenlider zuckten, wie sanft und weich sich die Haut über seinen Händen anfühlte. Alle anderen Hände, die ich je gesehen, oder berührt hatte, waren rau gewesen, wie kratziger Stein, braun wie Leder, porös. Nicht aber die Seinen. Seine Haut war so makellos hell. Sein Haar lag jeden Tag in einer sanften Welle von der Stirn nach hinten weg. Er trug helle Kleidung, weiße Hemden, goldene

Hemdnadeln, Weste und Leinenhosen. Seine glänzenden Lederstiefel sahen aus, als hätte er sie erst einmal getragen, und zwar auf seiner Reise hierher. Wenn ich neben ihm saß, roch ich den fremden Geruch, der so süßlich und herb zugleich war. Und schon bald wurde dieser Duft für mich zu dem wohl Schönsten, was mein Herz je gespürt hatte. Von da an und für jeden Tag meines Lebens, der folgte, sollte es Erichs Duft sein. Süß und herb, sanft und beschützend. Wir sprachen über Bücher, er erzählte mir von Wien, von einer Speise, die sich Apfelstrudel nannte und beschrieb mir den Geruch eines Kaffeehauses. Ich lachte bei der Vorstellung, dass sich feine Leute in eleganten Roben trafen, um dort etwas zu trinken. Aber Erich erklärte mir, dass es in Österreich eine Tradition sei, etwas unfassbar Wichtiges im Alltag. Man traf sich und man trank Kaffee und dabei redete man über alles Mögliche, über Politik, über Tratsch. Ich hörte mit so glänzenden Augen zu, dass er dieses Schmunzeln hatte, dieses ganz besondere stille lachen, was er immer hatte, wenn er sich innerlich freute, wenn ihn eine Vorstellung so begeisterte, dass er sich in diesem Gefühl von Freude badete und sich doch nicht ganz traute diese Freude nach außen zu tragen. Sein distanziert galanter Charakter prallte auf meine wenig damenhafte Art mich auszudrücken, meine Wildheit, meine rasche Begeisterung für alles Fremde und Unbekannte. Oft saßen wir dort unter den Sternen, als alle anderen schon schliefen und ich erzählte ihm von meiner Kindheit in Ägypten. Wie ich unter Männern aufwuchs und letztlich auch von dem Ohrring. Oder besser gesagt, was dieser Fund mit mir gemacht hatte. Als ich mit der Erzählung fertig war, sah mich Erich mit einer sanften Faszination an, so dass das

Feuer vor uns in seinen grünen Augen flackerte. Sein Duft strömte in meine Nase und ich merkte, dass nichts und niemand, nicht einmal die Schönheit aus Kairo es geschafft hatte, mein Herz in so ein wohliges Gefühl rasender Freude zu bringen, wie dieses leise Schmunzeln auf Erichs Lippen. „Das Tuch ist wirklich wunderschön", sagte er dann, nein er hauchte es eher. Ich fasste an den seidigen Stoff.

„Nein, wirklich", stieß er hervor, „Als wir uns am ersten Tag kennenlernen, hast du ausgesehen, wie die einzig schöne bunte Blume in dieser ewig monotonen Wüste aus goldenem Sand. Ich glaube ich habe noch nie etwas Schöneres gesehen", flüsterte er. Ich legte meine Hand auf seine. Die erste Geste der Zärtlichkeit und der innigen Verbundenheit. Habe ich bis dahin auch nie gewusst, was Verliebtheit war, nun wusste ich es. Und dann erzählte mir Erich aus seinem Leben. Er wuchs bei wohlhabenden Eltern in Wien auf, in der Nähe eines Ortes, der sich Prater nannte. Seine Mutter starb, als er noch ein kleiner Junge war, der Vater hatte ihn auf ein Internat geschickt. Dort lernte er allerhand totes Zeug, wie Griechisch und Latein, las längst verweste Autoren, wie Socrates und beschäftigte sich mit den wirklich wichtigen Fragen des Lebens: Was er wohl am allerbesten mit seinem reichen Erbe anstellen würde und welche wohlerzogene junge Lady aus einem ebenso vornehmen Kreis ihn dabei wohl unterstützen würde. Aber dann verschluckte sich eines Abends ein Junge aus seiner Klasse an einem Stück Gebäck und Erich merkte das erste Mal, dass er Arzt werden würde. „Es war eine Eingebung", erzählte er mir, „Eine Berufung. Ich muss Arzt werden!". Und dabei hatte er ein schon fast verrücktes Glänzen in den Augen, das mich aber niemals einschüchtern hätte können, weil ich mich in seiner Erzählung stets selbst fand. Auch ich hatte eine Art Berufungsmoment erlebt, ich wusste damals nur noch nicht welcher Art er gewesen war. Erichs Vater fand die Vorstellung jedoch weniger amüsant, er war geradezu erzürnt. Sein Sohn solle nicht seine Lebensjahre an der Universität verschwenden und sich dann an verseuchten Menschen gar selbst anstecken und dahinraffen. Es war dann mehr oder minder ironisch, dass sein Vater, der nur sehr wenig liebevoll zu seinem Sohn gewesen war, einige Jahre später selbst an einer Krankheit starb, die sich die französische Krankheit nannte. Als ich Erich bat mir zu erklären, was denn die französische Krankheit sei, wurde er kurz rot, sah sich um, ob auch niemand uns belauschte und lehnte sich dann zu mir herunter. Was er mir da erklärte, versetzte mich in eine Ekstase des Staunens. Ich hatte bisher noch nicht einmal gewusst, was da zwischen Mann und Frau entstehen konnte, aber so etwas! Erich sah mich skeptisch an und ich zuckte mit den Schultern. „Was ist denn los?", fragte ich ihn. „Du bist ja überhaupt nicht geschockt." Ich lachte.

„Aber nein, warum sollte ich denn geschockt sein?"
Er schüttelte den Kopf und hob die Augenbrauen.

„Du bist das außergewöhnlichste Mädchen, was mir je begegnet ist." Ich verstand es erst später, als ich mit dem Konzept von Konventionen konfrontiert wurde. Aber Erich verstand in diesem Moment nicht, dass ich nicht hätte geschockt sein können, denn Konventionen wurden rein gesellschaftlich anerzogen, und da ich hier unter einer Horde Männer aufgewachsen war, mit denen ich gerne noch eine letzte Abendzigarette rauchte, kannte ich die anerzogene Scham nicht. Genauso wenig, wie ich junge Männer um mich herumgehabt hätte, hatten die älteren Männer Frauen um sie herum, das Thema war also nie in meiner Anwesenheit aufgekommen. Und so wurde es langsam, aber immer mehr zu einer Tradition, dass wir da abends saßen und über ungeheure Dinge redeten, die eigentlich gar nicht ungeheuer waren.

Eines Morgens wachte ich von unbekannten Krämpfen auf. Es hatte gerade angefangen zu dämmern, und ich schreckte aus dem tiefsten Schlaf hoch, als hätte mich ein Skorpion gebissen. Die Schmerzen wallten sekündlich auf und wurden stärker und stärker. Krampfend hielt ich mir den Bauch und schrie. Dann bemerkte ich, dass meine ganze Pritsche voller Blut war, das aus mir herauszufließen schien. Ich stand auf, die Handflächen voller Blut und schleppte mich die wenigen Meter zu Erichs Zelt. Er lag dort, im Schlafanzug und schien zu schlafen. „Erich!", presste ich hervor, „Erich, ich sterbe". Auf einmal schlug er die Augen auf und setzte sich ruckartig auf, er hatte sich zu Tode erschrocken.

„Josephine!", hauchte er, als er aus dem Bett hervorsprang. „Ich sterbe, ich verblute", weinte ich. Erich sah das Blut an meinen Beinen und legte mich auf die Pritsche neben seine. Er zündete eine Petrollampe an und tastete meinen Unterbauch ab. „Es ist kein Blinddarm", schlussfolgerte er. Und als er die Lampe in Richtung meines Unterleibes hielt, seufzte er, zu meiner damaligen Verwunderung erleichtert.

„Josephine", sagte er, „Du hast deine Periode bekommen. Du verblutest nicht und du bist auch nicht krank. Es ist alles in Ordnung." Ich krümmte mich vor Schmerz. „Ich habe Schmerzen", stieß ich hervor, „so starke Schmerzen." Erich legte sanft seine Hand auf meine Stirn.

41

„Das geht vorbei. Morgen spätestens." Aber es half mir leider gar nichts, dass es morgen enden würde. Ich starb doch gerade, ich könnte diese Schmerzen nicht eine Stunde länger ertragen. Erich ließ mich auf seiner Pritsche liegen und legte mir einen feuchten Lappen auf die Stirn. Die Hitze dort draußen in der Wüste brachte mich bei diesen Schmerzen um den Verstand. Aber er hatte Recht gehabt. Am Tag darauf endete es, nicht das Bluten aber das Leiden. Nach diesem Tag war es, als wäre jegliches Eis, jede Barriere um uns herum endgültig eingebrochen. Am nächsten Tag wurde ich sechzehn. Morgens wachte ich auf und fühlte mich anders. Ich weiß nicht, wie ich es beschreiben sollte, wie ich erklären sollte, auf welche Weise ich mich anders fühlte, aber ich tat es. Als ich mich diesen Morgen selbst von oben betrachtete, vielen mir so viele Dinge auf. Meine Brüste waren größer geworden in der letzten Zeit, ich bekam meine Hosen nicht mehr über mein Becken, ich fühlte mich auf einmal so rundlich, weich. Mein rotes Haar lockte sich bis zu meinen Brustwarzen herunter, die Sommersprossen waren verblasst, mein Gesicht wirkte nicht mehr kindlich. Und innerlich fühlte ich mich auch nicht mehr kindlich. Ich merkte eine so plötzliche Gier nach mehr, als würde ich das Geheimnis dieses Lebens nicht mehr im Sand verbuddelt finden. Weil mir die Hosen nicht mehr passten, zog ich den einzigen weiten Leinenrock an, den ich besaß. Mein Großvater hatte ihn aus Kairo mitbringen lassen, falls ich noch einmal in die Stadt gehen müsste. Frauen wurden dort ungern in Männerhosen gesehen. Und anscheinend war ich das ja jetzt, eine Frau. Als ich hinaustrat, kam mir mein Großvater entgegen, ein breites Lächeln auf seinen Lippen. „Sechzehn", stieß er hervor, „dass ich meine Enkelin noch groß werden sehen darf. Mein kleines Mädchen." Ich roch seinen vertrauten Geruch nach Erde, spürte seine rauen Hände auf meiner Haut. Wir hatten Geburtstage noch nie wirklich gefeiert, es war ein Wunder, wenn einer von uns wusste, wann der andere Geburtstag hatte. Aber Erich hatte es nicht vergessen. Als ich zu seinem Zelt ging, war er bereits auf der Suche nach mir. Er trug seinen weißen Anzug wie eh und je, seine Haare glänzend von der Pomade, nur stand auf seiner Stirn ein wenig mehr Schweiß als sonst. Er winkte mich zu sich, einen Arm hinterm Rücken versteckt und lächelte mich an. „Alles Gute zum Geburtstag", wünschte er mir und hielt mir ein Päckchen hin. Es war eine längliche, blaue Schachtel aus einem weichen Stoff. Allein die Schachtel war das Edelste, was ich jemals in meinem Leben gesehen hatte, den Ohrring mit einbezogen. Ich griff danach, wie in Trance und sah, dass man sie aufklappen konnte. Es kam eine silberne Kette zum Vorschein, an der ein Anhänger baumelte, der mit so zarten Schnörkeln verziert war, dass man sie nur erkannte, wenn man genau hinsah. „Sie gehörte meiner Mutter", erklärte Erich. „Der Anhänger ist ein Medaillon. Du kannst ihn aufmachen, und aufbewahren, was immer du möchtest. Was immer du denkst an deinem Herzen tragen zu müssen." Fassungslos sah ich ihn an, hielt das Silber der Kette in meinen Händen, spürte den Anhänger kühl in meiner Handfläche liegen. „Warum schenkst du mir so etwas Schönes?", fragte ich und meinte es auch wirklich so, denn ich verstand es nicht. Erich bedachte mich einem ernsten Blick, in dem Sehnsucht lag. „Ich glaube es gäbe keine Frau, keine Person auf dieser Welt, der ich sie lieber anvertrauen würde. Ich habe gedacht, meine Mutter sei die schönste Frau gewesen, die ich je gekannt habe. Aber ich musste erst zwanzig Jahre alt werden, um eine noch schönere kennenzulernen. " Und dann lehnte er sich vor und gab mir den ersten Kuss meines jungen Lebens. Wie etwas so schön und so schmerzhaft zu gleich sein kann, verstand ich erst, als Erich in mein Leben getreten war. Auf einmal weiß man, dass ein Moment an Schönheit nicht übertroffen werden kann und dazu verdammt ist zu enden. Gleichzeitig weiß man, dass er in die Unendlichkeit eingehen wird. An diesem Abend saßen wir alle am Lagerfeuer und dieser Gedanke, der sich einnistet, war zur Realität geworden. Das Kind in der Wüste von Gizeh war verschwunden und diese Änderung Realität geworden. Ich verstand, was mein Großvater mir vor langer Zeit hatte sagen wollen. Das Unaufhaltsame war passiert, ich war erwachsen geworden. Und während der Mann neben mir die Schönheit einer Frau sah, verrieten die Tränen in den Augen meines Großvaters, dass ich in ihnen noch immer das Mädchen war, das in Leinenhose im Sand saß. Und ich, ich wusste nicht mehr, was ich sehen sollte. Ich wusste nur, was ich sehen wollte und das war so viel mehr als das hier.

Eine Woche später wurde mein Leben in eine Düsterheit gehüllt, wie ich es mir nie hätte ausmalen können. Mein Großvater war im Schlaf friedlich von uns gegangen und ich fiel in eine so starke Trauer, dass ich mich an Erich krallte und einfach nur gehalten werden wollte. Innerhalb eines Jahres hatte man mir alles genommen, was ich kannte. Jeder Ort in dieser Wüste erinnerte mich an meinen Großvater, auf jedem Stuhl sah ich ihn sitzen. Als ich neben ihn in sein Zelt trat und mich schluchzend mit dem Kopf auf seine Brust legte weinte ich alles aus mir heraus, was an Emotionen in meiner Brust war. Und das, verehrter Leser, war eine Menge. Ich nahm eine Zigarette und legte sie ihm in die Hand. Meine Tränen benetzten sein Gesicht und ich schwöre bis heute, ich sah ihn lächeln, als ich ihn bat: „bitte grüß Papa, von mir im Himmel." Meine Schritte wogen so schwer wie Blei, als ich das Zelt verließ, dass ich überhaupt noch gehen konnte, war ein Wunder. Und doch hatte das Schicksal mir einen Streich gespielt. Vor dem Zelt stand Erich, die Koffer in der Hand, sein Jackett auf dem Arm. Seine Augen spien Traurigkeit und waren nass vor Sehnsucht. „Nein", stieß ich hervor, „Verlass mich nicht."

„Ich habe keine Wahl", erwiderte er mit erstickter Stimme, „Ich werde zu Hause gebraucht." Auf einmal überkam mich eine so große Wut, dass ich auf ihn zuging und mit meinen Fäusten gegen seine Brust boxte, während ich laut schluchzte. „Warum gehen alle die ich liebe, warum bin ich immer alleine", weinte ich mehr zu mir selbst als zu ihm.

„Ich brauche dich auch", schrie ich, „Ich brauche dich mehr." Erich ließ seine Koffer fallen, hielt mich an den Armen und schüttelte mich sanft. „Wir werden uns wiedersehen.", sagte er bestimmt. „Wenn alles zu Hause vorbei ist, komme ich und hole dich". Ich schrie das Weinen aus mir heraus. „Nimm mich mit!", bat ich, „lass mich hier nicht allein". Aber Erich schüttelte den Kopf.

„Hier bist du sicherer. Sobald alles vorbei ist, hole ich dich, ich verspreche es." Und dann küsste er mich, nahm seine Koffer und ging. Er verschwand aus meinem Leben, wobei er doch gerade erst gekommen war. Ich weiß nicht, wie lange ich dort im Sand saß, aber es war bereits dunkel, als ich es schaffte meine tauben Beine zum Aufstehen zu bringen und in mein Zelt zurückkehrte. Es war jedoch nicht mehr mein Zelt. Ohne Herr Droog, ohne meinen Großvater, ohne Erich war das nicht mehr mein zu Hause. Also packte ich einen alten braunen Lederkoffer mit meinen zwei Büchern und dem kleinen Goldstück, was ich heimlich vor Jahren bei einer Ausgrabung gefunden hatte, wickelte mir meinen Schal um den Kopf und verließ noch in dieser Nacht Gizeh. Mein zu Hause war kein Ort. Es waren die Menschen, die dort nun nicht mehr waren. Und ich nach dieser Nacht auch nicht mehr.

Irgendwo in Ägypten

SECHS

Ich glaube das, was ich damals mit den meisten anderen in meinem Alter gemeinsam hatte, war dieser eine berühmte, jugendliche Gedankengang: Ich schaffe das schon allein! Aber ich hatte mein Nest verlassen, und keine Ahnung, worauf ich mich da eigentlich einließ. Ich befand mich in einem Zwiespalt aus Trauer und Abenteuerlust, aus Schmerz und Aufbruchsstimmung. Der werte Leser solle sich an dieser Stelle ein Haus vorstellen. Dort in diesem Haus befinden sich alle Erinnerungen, die Ihr Herz bereichert, alles, was in Ihnen ein Gefühl wohligen Nach-Hause Kommens hervorruft. Der alte Sessel Ihres Großvaters, das Kissen bestickt von Ihrer Großmutter, die Kaffeetasse Ihres Vaters auf dem Küchentisch, daneben das Besteck, was Sie immer mit Ihrer Mutter an Weihnachten poliert haben, und wenn Sie das Haus betreten, diese Kakophonie an Gerüchen, die bewirken, dass Sie sich als kleines Kind dort sitzen sehen, mit glänzenden Augen und augenblicklich ein Gefühl tiefer Liebe empfinden. Und nun denken Sie sich alle die von mir erwähnten Sachen weg. Stehen, steht nur noch das Haus, ein leerer Ort, leere Gemäuer. Würden Sie es betreten? Haben Sie die Frage soeben mit nein beantwortet, oder ein schmerzhaftes Ziehen in der Herzgegend verspürt, dann können Sie sich jetzt in meine Gefühlslage hineinversetzen. Denn alles, was für mich Zuhause ausgemacht hatte, passte in meinen braunen, sperrigen Lederkoffer. Ich trug mein Zuhause in mir und spürte gleichzeitig, dass es nicht nur einen Ort gab, gar nicht nur einen Ort geben konnte. Noch heute sagen mir viele, dass sie die beiden Wörter „zu Hause" mit dem Ort verbinden, an dem sie aufgewachsen sind und verstehen häufig meinen Ansatz zum Verständnis dieses Begriffes nicht. Für mich ist Zuhause sein ein Gefühl, eine Zugehörigkeit, keine räumliche Begrenzung. Folglich ist es absolut möglich mehrere Zuhause zu haben von denen jedes einzelne ein anderes Gefühl der Zugehörigkeit vermittelt. Aber was ich damit meine, wird sicherlich im weiteren Verlauf dieser Geschichte klar.

Als ich da mit meinem Koffer in beiden Händen, das grüne Tuch um den Kopf gewickelt, durch das staubige Gizeh trampelte, merkte ich auf einmal, wie sich ein ungewollter Kloß in meiner Kehle festsetzte. Denn seit das alles passiert war, seit mich jeder Mensch verlassen hatte, der mein Zuhause gewesen war, glaube ich nicht, dass ich viel drüber nachgedacht habe, doch nun wurde alles urplötzlich für mich zu einer schmerzhaften Realität. Ich war allein. An einem vollkommen fremden Ort, in einer vollkommen fremden Welt und das Einzige, was mir blieb, war dieses Gefühl meines eigenen Zuhauses innerhalb meiner Seele. Ich war mir noch geblieben, ich mit meinen Gefühlen und meinen Gedanken, und das war mein letztes bisschen Bekanntes. Aber als ich merkte, wie mir die panischen Tränen der Verzweiflung in die Augen stiegen, sah ich auf einmal die treuen Augen von Herrn Droog vor mir, wie er mir vor ein paar Jahren sagte: „Reisen ist die Weiterentwicklung der Seele. Wenn man reist, dann ist es, als würde man ganz plötzlich zu einem anderen Menschen. Die Seele verändert sich durch das Gesehene, und man fühlt sich so viel reicher." Erst merkte ich, wie ich Angst bekam. Meine Gedanken, der Mensch, der ich war, das alles war doch das Einzige, was mir geblieben war. Wenn ich nun reiste, ginge mir dann nicht auch noch das verloren? Aber schnell merkte ich, dass es nicht so war und ich entwickelte die Droogsche These bezüglich des Reisens ein bisschen weiter. Man wurde nicht urplötzlich zu einem anderen Menschen. Der Mensch, der man einst gewesen war wurde nur noch fülliger, noch reicher, noch ausgelassener. Das Reisen verändert nicht das Wesen, es prägt uns nur. Und vielleicht entdecken wir dadurch auch Dinge an uns, die wir vorher noch nie bewusst wahrgenommen haben. Wenn ich diesen bestimmten Teil meiner Geschichte erzähle, stoße ich bei vielen Menschen auf pure Skepsis. Aber der verehrte Leser hat ja nur zwei Möglichkeiten: mir Glauben zu schenken, oder aber sich seinen Teil bezüglich der schieren Unwahrscheinlichkeit meiner Geschichte zu denken. Ich als Erzählerin kann leider keine Rücksicht darauf nehmen, wie unwahrscheinlich es sich anhört, ich erzähle einfach, wie die Dinge aus meiner Sicht heraus gewesen sind. Deshalb geht meine Geschichte weiter, irgendwo in Ägypten zwischen Gizeh und Kairo, den einzigen beiden Orten, die ich kannte. Sechzehn Jahre alt, völlig auf sich gestellt und nicht wissend wohin. Aber wenn man nicht weiß, wohin, kann man auch nirgendwo am falschen Ort sein, deshalb galt für mich bloß ein Gedanke: weiter! Und als Bild hatte ich den Ort vor Augen, den mir Herr Droog immer wieder beschrieben hatte. Wo die Sonne ihre Strahlen auf einen grünen Hügel warf, wo

Kiefernnadeln den mit Moosbedeckten Boden belagerten, wo das Geräusch des Windes durch die Baumkronen fuhr. Ich wusste nicht weshalb, aber dort war mein Ort, und ich könnte nicht genau sagen, wo er war. Eine ganze Zeit lang lief ich einfach vor mir her. Es war unbeschreiblich heiß, meine braunen Lederstiefel füllten sich schon bald mit hartnäckigem Sand und unter meinen Armen bildeten sich große Schweißflecken. Vor meinen Augen lag nichts außer dieser grauenvollen Weite des Unbekannten. Nachdem ich circa zwei Stunden gelaufen war, hatte ich immer noch nicht das Gefühl meinem Ziel auch nur ein Stückchen näher gekommen zu sein. Wenn ich damals mit der Mannschaft nach Kairo aufgebrochen war, dann waren wir stets auf einem Karren gefahren, so lange hatte es nie gedauert. Aber ich hatte nicht gewusst, dass ich mir den Weg merken müsste, dass Kairo irgendwann meine einzige Anlaufstelle sein würde. Und schon bald setzte bei mir Erschöpfung ein. Und die Last des Koffers zog mich zu Boden. Nach zwei Stunden, die ich vor mir hinwanderte, jeder Schritt schwerer als der davor, merkte ich, wie meine Knie nachgaben und ich immer wieder schwindelnd auf den Boden krachte. Nach dem vierten Mal, dass das passierte, blieb ich einfach einen Moment auf dem heißen Sand liegen. Ich sah nichts über mir, als diese beißenden Sonnenstrahlen auf ultrablauen Himmel. Ich dachte an meinen Großvater. Wenn ich hier starb, würde er das Sehen und er würde mich noch aus dem Himmel heraus mit Sand bewerfen, damit ich wieder aufstand. Aber ich konnte es doch nicht, meine Knie schmerzten, alles tat mir weh. Auf meinen Wangen spürte ich die Sandkörner, meine Lippen waren von der Hitze so porös, als ich sie bewegte riss meine Unterlippe auf. Und gerade, als ich wieder die Augen schließen wollte, hörte ich von weitem einen Karren ankommen. Ich wusste aber nicht, ob ich mir das nur einbildete. Also riss ich die Augen auf und drehte meinen Kopf zu Seite, allerdings wurde mir sofort wieder so schwindelig, dass ich mich nicht aufsetzen konnte. Das mir so bekannte Geräusch des Karrens kam immer näher, noch immer war ich mir nicht sicher, ob es nicht nur eine Fata Morgana war, davon hatte ich schon einiges gehört, denn dieses Phänomen war wirklich jedem bekannt, der eine gewisse Zeit in so einer eintönigen Umgebung, wie der ägyptischen Wüste verbracht hat. Doch zusätzlich zu diesem Geräusch vernahm ich plötzlich leise und dennoch aufgebrachte Stimmen. „Da liegt ein Mädchen! Ein Mädchen, da vorne, halt!". Und nun breitete sich ein unleugbarer Schatten über mein Gesicht aus. „Hilfe", bat ich mit erstickter Stimme, denn mein Hals war mindestens genauso trocken, wie mein gesamter Mundraum. Ich sah gar nichts wirklich klar, ich hörte nur diese zarte Stimme.

„Um Gottes Willen". Sie sprach Englisch, noch dazu auf die Art und Weise, wie ich es von meinem Opa kannte.

„Bringt sie hier hinauf." Und da spürte ich zwei Hände, die sich unter meinen Rücken gruben und mich hochhoben. Meine Hand hatte sich um den Henkel meines Koffers gekrallt. Das letzte, was ich sah, bevor mich jedes Bewusstsein verließ, war das wunderschöne Gesicht eines Engels, zwei treue braune Augen, die unter einer Hutkrempe hervorlugten und ein sinnlicher, voller Mund, der sich in staunendem Entsetzen zu einem Lächeln verzog. Ich weiß es noch bis heute, in dem Moment glaubte ich, ich wäre dem

Geist meiner Mutter begegnet, die mich am Rande zum Absturz in der Wüste vor dem Fall beschützt und gerettet hatte.

SIEBEN

Als ich wieder aufwachte, lag ich auf etwas weichem. Meine eigenen Haare kitzelten mir auf der Wange und ich merkte, wie ich langsam aber immer mehr zu Bewusstsein kam. Direkt vor mir war ein großes Fenster, dessen Türen weit geöffnet waren und an dem durch den Wind zwei weiße Vorhänge flatterten. Ich fragte mich in dem Moment, ob ich träumte, als jemand neben mir freudig einatmete. „Hallo", sagte eine Stimme, von der ich mich fragte, ob ich sie zuvor schon einmal gehört hatte, denn sie klang, wie der Gesang von Engeln. Ich drehte meinen Kopf zur Seite und sah eine liebliche Gestalt in einem strahlend weißen Kleid aus Leinen. An der Brust war es verziert mit süßen Rüschen und kleinen, glänzenden Perlen. Noch nie hatte ich so saubere Kleidung gesehen. Nach der gründlichen Prüfung ihrer Kleidung blieb mein Blick an ihrem Gesicht hängen. Tiefschwarze Haare kräuselten sich um ihre Wangen, sie hatte das dichte Haar zu einem großen Knoten auf dem Kopf gesteckt. Ihre Augenbrauen waren edel geschwungen, die Augen glänzten und unterstrichen das liebliche Lächeln. Erst jetzt fiel mir die goldene Brosche an ihrem bis zum Hals geschlossenen Kleid auf. Sie sah nicht aus, wie die Schönheit in Kairo, aber in ihrem Anblick lag etwas dermaßen Zartes, dass Sie mich an die Erzählungen von der Jungfrau Maria erinnerte. „Wie heißt du, mein Mädchen?". Ich wisperte meinen Namen, ganz leise. „Josephine". Und sie lächelte aufrichtig. „Ich bin Jane", antwortete sie und nickte mir zu. „Hast du ein zu Hause, Josephine?". Ich nickte. „Ja, in mir drin", antwortete ich und bemerkte sofort ihren stutzenden Blick. „Ich bin mein zu Hause." Als sie begriff, legte sich ein Ausdruck auf ihr Gesicht, den ich sonst noch nie an irgendjemandem gesehen hatte. Damals wusste ich nicht, was er bedeutete, heute nach so vielen Reisen mehr kann ich sagen, was er ausdrückte. Mitleid. „Sie sprechen Englisch", sagte ich mehr, als ich fragte.

„Mein Ehemann und ich kommen aus London."

„Wo ist London?", fragte ich und bewirkte, dass sich überrascht ihre Augenbrauen hoben. „In England", gab sie zurück, als wäre es das Selbstverständlichste der Welt.

„England… mein Großvater kam von dort", grübelte ich und überlegte, ob es diese kleine Insel neben dem europäischen Festland war, von der mein Opa mir immer erzählt hatte. Dort gab es einen Ort namens Cornwall, mit weißen Klippen und einer rauen See. Genau dort kam mein Großvater her. „Möchtest du mir erzählen, von wo du herkommst, Josephine?", fragte Jane interessiert. Ich sah wieder in Richtung des Fensters und beobachtete die beinahe schwerelos durch die Luft flatternden Vorhänge. „Aus der Wüste von Gizeh", begann ich meine Geschichte. Ich erzählte, ohne darüber nachzudenken, von meiner Kindheit, von dem Ohrring, vom British Museum, von Herrn Droog, meinem Großvater, lediglich Erich ließ ich bei meiner Erzählung aus. Ich wollte, dass diese Gefühle, die wir füreinander hatten, einzig und allein die unsrigen blieben, außerdem hatte ich keine wirklichen Worte, um unsere Beziehung zu beschreiben. Und als ich fertig war, riss ich den Blick von den Vorhängen los und lächelte mild. Jane hatte erst keine Worte für meine Geschichte und schüttelte dann den Kopf. „Was ein außergewöhnliches Leben du hast!", sagte sie mit purer Bewunderung in ihrer Stimme.

„Für mich ist es ein ganz normales Leben. Es hat sich über die Jahre hinweg nichts geändert, stets war es die Mannschaft und ich, grabend in der immerwährenden Hoffnung auf etwas Schönes zu stoßen." Aber sie war nicht davon abzubringen darauf zu bestehen, dass ich ein sehr außergewöhnliches Leben geführt hatte, was mich zu der Frage verleitete, die ich ihr dann auch stellte: „Welche Art von Leben haben Sie denn in England geführt, Jane?".

Jane war als Tochter eines Pfarrers und einer liebenden Mutter in der Nähe von Cornwall aufgewachsen. Eines Tages verlor Janes Familie jeglichen Besitz und da sie die älteste von insgesamt drei Schwestern war, und somit auch die einzige Heiratsfähige, schickte man sie nach London, wo sie Henry kennenlernte, den Sohn und Erben eines Abgeordneten aus dem House of Lords. Er war nicht viel älter als sie, hatte genug Vermögen und schenkte ihr innerhalb kurzer Zeit zwei Kinder, Mary und George. Sie lebten in London, in einer Straße, die sich Cherry Road nannte und aussah, wie in einer Märchenkulisse, in einem weißen Haus mit einem Vorgarten in der Nähe eines großen Parks. Aber Jane war nicht glücklich dort, denn trotz, dass sie ihre Familie gerettet hatte, und trotz, dass sie ein mehr als komfortables Leben in London führte, hatte sie einen innigen, einen geheimen

Wunsch. Jane wollte einen Platz in der Politik haben. In London wurden solche Frauenaufbegehren immer mehr, aber da Jane die Frau eines Abgeordneten war, konnte sie unmöglich in etwas so Skandalösem verwickelt sein. Und da sie Henry doch liebte, und ihre Familie sowieso, konnte Sie ihn unmöglich dermaßen blamieren. Aber ihr Wunsch eine einflussreiche Politikerin zu bleiben blieb, und so schlich sie sich regelmäßig in Henrys Arbeitszimmer und las sich all die wichtigen Dokumente durch. „Eine Frau muss immer auf dem Laufenden bleiben", sagte sie, „Auf keinen Fall dürfen wir uns zu dem Heimchen am Herd machen lassen, zu dem uns die Gesellschaft machen möchte." Ich hatte zugegebenermaßen überhaupt keine Ahnung, was von Frauen in dieser fremden, europäischen Welt alles erwartete wurde, deshalb konnte ich mir auch nicht recht ein Bild machen. Und wenn sich der Werte Leser nun fragt, warum eine feine, englische Dame all das einer wildfremden sechzehnjährigen anvertraut, die sie gerade aus der Wüste mitgebracht hatte, dann muss er sich mich, wie ein Tagebuch vorstellen. Wen hätte ich schon kennen sollen? Wen hätte ich schon davon in Kenntnis setzen sollen? Und wer wäre passender gewesen, seine Geheimnisse anzuvertrauen, als einem Mädchen, das noch nie von den strengen Konventionen der westlichen Welt gehört hatte. Ich war Janes geheimes Tagebuch.

„Und was sind deine Träume, Josephine?", fragte sie mich einfach geradeheraus.

„Ich möchte den Wald sehen", antwortete ich, ohne darüber nachzudenken. „Den Wald?", fragte sie mit pipsiger Stimme. „Ich möchte sehen, warum er so besonders für Herrn Droog war. Warum er sein „Zuhause" war." Jane lächelte traurig. „Aber vorher sollst du ein zu Hause haben", gab sie zurück und deutete damit an, dass sie mich mit nach Europa nehmen wollte.

Damit begann der zweite Abschnitt meines jungen Lebens. Und heute werde ich häufig gefragt, ob mir damals bewusst war, welch unfassbar großes Glück ich hatte. Und ich antworte darauf immer das Gleiche. Nein. Denn es sagt sehr viel mehr über eine Gesellschaft aus, die Janes nächstenliebendes Verhalten als unwahrscheinlich einstuft, als es als selbstverständlich zu betrachten. Denn um Handlungsweisen und Emotionen verstehen zu können, um sie als völlig normal zu betrachten, müssen wir sie gelernt haben und kennen. Anhand der vielen Nachfragen bezüglich dieses Teils meiner Geschichte, beurteile ich, dass wohl die aller wenigsten Menschen unserer Gesellschaft wahre Nächstenliebe kannten. Für sie alle war Janes Fürsorge für ein armes, verwaistes Mädchen völlig unverständlich. Ich aber hätte jederzeit das Gleiche getan. Jane war die erste wirklich weibliche Person, mit der ich wahrhaftig gesprochen habe. Und es hatte ganze sechzehn Jahre gedauert. Aber als sie mir von ihrer Kindheit, von London, von ihrem Ehemann erzählte, da kam ich mir einfach furchtbar unwissend vor. Was ich hatte ich schon gesehen, außer Staub, Sand und alten Überbleibseln von einer Zeit, die schon längst vergangen war? Ich möchte mich aber auch keineswegs an dieser Stelle beschweren, denn täte ich das, so wäre ich dem gegenüber was mein Großvater für mich getan hatte, furchtbar undankbar. Und das bin und war ich nicht eine einzige Sekunde meines Lebens. Ich bin im Laufe meines Lebens vielen Waisenkindern begegnet und ihre Armut, und damit meine ich nicht einmal das Materielle, nein die Liebesarmut, in denen sie lebten, war ein Ausmaß eine Grausamkeit, wie ich es mir niemals vorstellen könnte. Denn ich war in Liebe aufgewachsen, ja, ich wurde sehr geliebt. Mein Opa hat mir all das geboten, was ihm möglich war in seinem Alter einem Kind zu bieten. Aber er war nun einmal eben keine Frau. Jane war nur fünfzehn Jahre älter als ich und dennoch so viel erfahrener. Sie glaubte stets sie hätte nichts in ihrem Leben gesehen, nichts erlebt, und dennoch war sie so wortgewandt, eloquent, sie sprühte vor Begeisterung. In ihren Grundzügen erinnerte sie mich an Herrn Droog. In der ersten Zeit, die wir zusammen verbrachten, sprach sie immer wieder von all den Büchern, all den Geschichten, die sie in ihrer Jugend und ihrem Denken geprägt hatten. Weil ihr Vater Pfarrer war, wollte er, dass seine Mädchen eine ausgezeichnete Ausbildung genossen, und so wies er sie wöchentlich an sich die verschiedensten Bücher aus der Bibliothek zu leihen, sich Wissen anzueignen und sich eine eigene Meinung zu bilden. Jane war Europäerin, natürlich wusste sie, was die Gesellschaft von ihr erwartete, wie sich eine Frau zu verhalten und wie sie zu sprechen hatte. Aber als der Moment dann kam, dass sie tatsächlich von Zuhause weggehen sollte, zersprang ihr Herz in Splitter. Ohne ihren Vater, der sich um ihre Bildung kümmerte, gab es niemanden auf dieser Welt, dem ihre Ausbildung am Herzen lag.

Wir saßen gerade am Frühstückstisch ihres kleinen Häuschens und tranken ein Getränk, dass sich Earl Grey nannte. Es war ein Tee, der durch Blätter und heißes Wasser zog und in den man danach etwas Milch oder auch einen Spritzer Zitrone gab. Schon wieder trug Jane ein anderes

Kleid, sie wechselte es morgens, nachmittags und abends, was ich sehr befremdlich fand. Wofür sollte man seine Kleidung so häufig wechseln? Meistens saßen wir ja doch nur im Salon oder gingen eine Runde spazieren, aber für Jane schien dies ein wichtiges Ritual zu sein. Ein weiterer Gedanke meinerseits bezüglich der soeben erwähnten Thematik war, dass niemand auf dieser ganzen Welt doch so viele Kleider besitzen konnte! Aber Jane schien das schon zu tun. Und sie sah absolut wundervoll in jedem von ihnen aus. Ich wollte jedenfalls gerade an meinem Earl Grey nippen, da fiel mir eine Frage in, die ich schon länger im Kopf hatte. „Was wird denn eigentlich von Frauen erwartet?", fragte ich sie ganz unverhohlen. Jane hielt in ihrer Bewegung inne, schürzte die Lippen und grübelte. „Eine ganze Menge!", war ihre Antwort.

„Und dann auch wieder nicht. Es gibt eine strenge Liste von Dingen, die wir tun und nicht tun sollen. Ganz am Anfang Punkt eins: Hübsch sein, aber nicht zu hübsch! Galant nicht gewollt, so lautet das Motto." Ich schluckte.

„Bleibst du deshalb so lange in Ägypten ohne deine Kinder? Weil du nicht nach Hause darfst, weil du zu hübsch bist?". Jane prustete auf einmal laut los. Aber ich hatte meine gestellte Frage auch absolut so gemeint. Ich könnte mir keine schönere Frau vorstellen, als sie es war. „Nein, das ist nicht der Grund", sagte sie, mehr zu sich selbst als zu mir. In ihrem Blick lag auf einmal etwas sehr Melancholisches, etwas Nachdenkliches, als hätte sie soeben eine tieftraurige Nachricht erhalten. Sie sprach die Worte nicht aus und ich fragte sie nicht danach. Eine Sekunde später fand sie ihr lächeln wieder und musterte mich. „Hmm", brummte sie und legte den Kopf schief. „Halt deine Teetasse einmal so. Spreiz den kleinen Finger ab." Ich versuchte es ihr nachzumachen und meine rissigen Finger unter deren Fingernägeln noch immer Schmutz klebte zu dieser grazilen Geste zu bewegen. Es sah noch sehr holprig aus und außerdem fragte ich mich auch wozu denn das gut sein sollte. Der Tee schmeckte schließlich auch nicht besser, wenn ich ihn hielt, als wäre er ein verdauender Skarabäus. Jane stand auf und stellte sich hinter mich. „Den Rücken musst du durchstrecken, das Kinn gehört nach oben." Ich versuchte verkrampft in dieser Pose zu verweilen und kam mir dabei furchtbar lächerlich vor.

„Ich kriege keine Luft mehr", presste ich mit durchgedrücktem Rücken hervor." Jane setzte sich wieder und lächelte. „Wozu das Ganze?", fragte ich und erschlaffte wieder in meine träge Haltung. „Das ist es, was man von uns Frauen verlangt", erklärte Jane dann. Ich weiß heute genau, warum sie es mir demonstriert hatte. Jane hasste die Steifheit der Gesellschaft, für sie war London das Korsett, in das man sie hineinzwang und in dem ihr die Luft zum Atmen geraubt wurde. Sie hätte wahrscheinlich niemals mit der Wirkung ihres Schauspiels bei mir gerechnet.

„Bringen Sie es mir bei", stieß ich auf einmal hervor.

„Was?", fragte Jane verwundert.

„Bringen Sie mir bei, eine Dame zu sein, bitte. Ich möchte es können. Ganz wie in Europa." Janes Antwort passte zu ihrem Charakter, ihrer Nächstenliebe. Denn obwohl sie es selbst so sehr verachtete, lachte sie schwach und willigte ein mich zu einer europäischen Dame zu machen.

„Darf ich Sie um noch etwas bitten?", fragte ich Jane. Diese Frage hatte sich die letzten drei Tage in meine Seele gebrannt, wie noch nichts zuvor. Alles in mir drängte danach, alles trieb mich zu diesem Vorhaben an. „Darf ich eines Ihrer Kleider anprobieren?".

ACHT

Als Jane mit mir ins Ankleidezimmer ging, schlug mir mein Herz bis zum Halse. Sie war unwesentlich größer als ich, hatte jedoch mehr Busen und weibliche Rundungen. „Ich suche ein Schönes für dich aus", sagte Jane und trat an ihren Kleiderschrank. So nannte man dieses Möbelstück. Denn wenn man so viele Kleider besaß, dann brauchte man einen Schrank, um sie aufzubewahren, das war ja nun einmal logisch. Ich fühlte mich, als hätte ein Autor das erste Mal sein eigenes Buch im Regal einer Buchhandlung stehen sehen. Die Schranktüren öffneten sich, wie die Pforte zum Himmel und mein Blick erhaschte dermaßen viele Stoffe, dass die Überforderung mich davonschwemmte. Ich hatte mich verliebt und es war Liebe auf den ersten Blick gewesen. Jane wühlte in dieser Ansammlung von himmlischen Stoffen und blieb bei einem stehen. „Das hier sollte dir besonders gut stehen. Es wird wundervoll aussehen mit deinem Haar." Sie zog es heraus und hielt es für mich hoch. Es waren zwei Teile, eine helle Bluse aus cremefarbenen Leinenstoff, die ähnlich aussah wie Janes, und ein hell bestickter Rock mit Verzierungen am Saum. Ich zog mich bis auf die Unterwäsche aus, während Jane mir half in die Sachen zu schlüpfen. Und als die Bluse geschlossen war, holte ich das silberne

Medaillon hervor, was mir Erich geschenkt hatte. Auf der hellen Bluse strahlte das Silber, wie ein Stern. „Sieh dich an", sagte Jane mit glitzernden Augen. Ich drehte mich zu dem schweren Standspiegel um und musste einen Moment lang überlegen, wer diese Person war. Von dem burschikosen Mädchen in der ägyptischen Wüste war nur noch die Unwissenheit übrig. Vor mir aber sah ich eine zierliche junge Frau auf den Weg in ein neues Leben. Es war eine Schönheit. Nicht so orientalisch, nicht so bunt, wie die aus Kairo, nein eher zart, natürlich, bescheiden. Und das war der Moment, in dem ich lernte, dass es mehrere Schönheiten auf dieser Welt gab und jede Schönheit anders war als die anderen. Für mich gab es kein besser, schöner, attraktiver. Für mich gab es nur anders.

Zwei Tage später sollte unsere Schiffsreise nach England beginnen. Jane hatte begonnen den gesamten Hausstand in gefühlt einhundert verschiedene Holzkisten zu packen, die alle auf dem Schiff transportiert werden sollten. Es würde eine längere Reise werden, weshalb Jane vorher mit mir noch nach Kairo in die Stadt fahren wollte, um mir neue Kleidung zu besorgen. „Wenn wir dann erst einmal in London angekommen sind, dann bekommst du dein ganz eigenes Zimmer. Das Haus ist so groß, da ist doch genügend Platz! Außerdem gibt es in London die besten Schneider, damit du dir tolle Kleider anfertigen lassen kannst." Ich hatte bereits damals das Gefühl, dass Jane aufgeregter über diese ganze Sache war als ich. Verstehen Sie mich nicht falsch, verehrter Leser, aber ich hatte ja keine große Ahnung davon, was mich erwarten würde. „Was ist mit Ihrem Ehemann? Was wird er denken, wenn ich einfach zu Ihnen ziehe?", fragte ich ein wenig besorgt. Jane hielt inne und winkte dann jedoch ab.

„Ach, er ist doch sowieso häufig bis spät abends aus dem Haus. Außerdem ist es so leer und Angestellte haben wir auch genug. Er hatte sich immer ein volles Haus gewünscht."

„Aber doch nicht mit Fremden, sondern bestimmt mit seiner Familie", entfuhr es mir damals. Sofort merkte ich, dass meine Bemerkung Jane zugesetzt hatte. Etwas in ihrem lieblichen, ihrem friedlichen Gesicht hatte sich verändert und es hatte düstere Züge bekommen. Einen Moment darauf aber lächelte sie wieder und schüttelte den Kopf.

„Es wird ihm nichts ausmachen, mach dir darum keine Sorgen", versicherte Jane und widmete sich der nächsten Holzkiste. Für unseren Ausflug heute lieh mir Jane das Ensemble, das ich den Tag davor anprobieren durfte, denn es passte mir vorzüglich und so fuhren wir zu dritt, inklusive des Fahrers in die Innenstadt Kairos. Es war nun einige Jahre her gewesen, dass ich mit meinem Großvater dieses geschäftige Treiben der Innenstadt gesehen hatte und doch trug ich nach all der Zeit noch immer meinen grünen Schal im Haar. Es war noch immer derselbe Stoff, dasselbe Gefühl auf meiner Haut, aber alles andere um mich herum hatte sich so sehr verändert. Wir besorgten mir neue Kleider, was sich unfassbar komisch für mich damals anfühlte. Als mein Großvater mir den Schal gekauft hatte, fühlte er sich an, wie mein wertvollster Besitz, ein kleines bisschen Schönheit in einer staubigen Umgebung voller Tod und Vergänglichkeit. Jane versicherte immer wieder, dass die Kleidung natürlich nur für die Schiffsreise sei und ich mir neue holen könnte, sobald wir in London waren, aber für mich war es schon absurd genug mehrere Dinge auf einmal zu bekommen. Und als wir fertig waren mit unserem Einkauf, da sog ich meine Umgebung in mich auf. Würde ich es je wiedersehen? Je wieder den Sand von Gizeh unter meinen Füßen spüren? Und wie würde sich Europa hingegen anfühlen? Hier war doch alles, was ich kannte, mein Großvater, Herr Droog, sogar die Liebe zu Erich schlief gemeinsam mit den vielleicht unergründbaren Geheimnissen der Vergangenheit in der Wüste. Ich hielt auf einmal inne und bat Jane um einen Gefallen, den ich tun musste. „Können wir noch einen Abstecher zum Museum machen?". Jane willigte ein und so machten wir den Umweg übers Museum.

Ich wusste ja selbst nicht genau, was ich erwartet hatte. Ich stand hilflos vor diesem Eingang und versuchte noch einmal die Schönheit vor mir zu sehen. Als wäre es erst gestern gewesen, sah ich sie vor mir, die Augen blau umrandet, während das Gewand ihre weiblichen Rundungen umspielte. Ich lächelte. „Hier hat alles begonnen", sagte ich zu Jane. „Und hier muss ich jetzt Abschied nehmen." Natürlich, verehrter Leser ist Ihre Erzählerin eine ziemlich starke und dabei noch lässig elegante Frau und ist es auch natürlich schon immer gewesen, aber als zwei Tage später die Küste dieses Landes vor meinen Augen kleiner wurde und irgendwann nur noch ein Schatten, eine Fata Morgana meines Lebens war, flossen die Tränen über meine Wangen, und ich konnte endlich Abschied nehmen. Von dem Sand unter meinen Füßen, von meinem Großvater, der mich behütet hatte, von Herrn Droog, der mich gebildet hatte und von Erich, der mich geliebt hatte. Die Schönheit hat sich in meinem Leben angekündigt und nun würde ich sie woanders suchen.

London

neun

Als ich von Bord des Schiffes stieg, wehte mir ein eisiger Wind ins Gesicht und ich fühlte mich, als hätte mir jemand einen Peitschenhieb verpasst. Nachdem die Schifffahrt für mich die pure Hölle gewesen war, der verehrte Leser kann sich denken, dass es der armen Erzählerin nicht gerade blendend ging, bei einer mehrwöchigen Schiffsreise, die zufällig auch noch die aller erste ihres Lebens gewesen war. Auch Jane hatte den ein oder anderen Tag in der Kabine verbracht. Richtig dumm war es nur, wenn wir beide uns abwechselnd in den Kübel übergeben mussten, nur weil es an Bord dieses prächtigen Passagierschiffes nicht mehr Kotzkübel gab. Allerdings kann ich dadurch nur aus Erfahrung sagen, dass nichts zwei Menschen mehr verbindet als ein gemeinsames Leiden und ein geteilter Brechkübel. Wir lagen also länger als uns lieb gewesen war da unten in der Kabine und hatten in unseren Brechpausen über alles nur Erdenkliche gesprochen und philosophiert. Nur nicht, und das fällt mir heute erst auf, über die wirklichen wichtigen Dinge. Was würde passieren, wenn wir in London ankämen? Wo würde ich hingehen? All das klärte sich erst, als das Schiff im Hafen einfuhr und ich das erste Mal Europa spürte. Und wenn ich sage spürte, dann meine ich das tatsächlich auch so, denn es war arschkalt. Der werte Leser verzeihe mir meinen verbalen Ausbruch, aber manchmal denke ich, dass diese vulgären Unfeinheiten auch durchaus ihre Berechtigung haben. Und ich könnte das Wetter nicht besser beschreiben als arschkalt! Als junges Mädchen habe ich absolut nichts erwartet, nicht gewusst, wie es sich anfühlen würde so weit weg von dem Ort zu sein, der mir als einziger bekannt war. Und auch heute fällt es mir sehr schwer die richtigen Worte für die Gefühlslage zu finden, in der ich mich zu dem Zeitpunkt befunden habe. Ich glaube ein Wort, das es recht gut trifft, war: andersartig. Hier war der Himmel grau, mit dichten Wolken bedeckt, die aussahen, wie aufgequollene Milch. Vor uns lag ein geschäftiger Hafen an dem Menschen in seltsamer Kleidung herumliefen wie kleine Ameisen. Ich war einfach vollkommen überfordert von der Menge an Eindrücken. Die Damen trugen lange, schmal geschnittene Kleider, die meistens bis zum Hals geschlossenen waren, ähnlich wie Janes und meins, sowie riesige Kopfbedeckungen mit weiten Krempen. Die Herren wirkten steif und ernst in ihren grauen oder schwarzen Anzügen. Manche sahen so edel und fein aus, als wären sie noch nie in ihrem Leben mit Dreck in Verbindung gekommen. Kleidung, wie Erich sie getragen hatte, aus hellen Hosen und weißen Leinen, mit Hosenträgern und lustigen Mützen auf ihrem Kopf. Erich… Ich kann nicht genau erklären weshalb, aber ich erwischte mich selbst dabei, wie mein Blick durch die Menge streifte und nach ihm suchte. Hier war nicht Österreich, aber immerhin schon einmal Europa. Da konnte er doch nicht so weit weg sein. Könnte ich ihn nicht vielleicht innerhalb weniger Stunden besuchen? Die Reise von Ägypten hatte so lange, und ermüdend auf mich gewirkt, unmöglich könnte Europa größer sein als die Distanz von Gizeh nach Kairo! Ja, sie schmunzeln mein lieber Leser und fragen sich bestimmt, wer mir zuletzt einmal etwas von Geographie erklärt hatte. Und hier bekommen Sie Ihre Antwort: Niemand! Ich hatte keine Vorstellung von der Welt. Ich wusste nur: ich wollte Erich sehen. Aber wie sollte ich das Jane erklären? Ich hatte ihr ja nicht einmal von ihm erzählt. Diese war in heller Aufregung, sie berührte meinen Rücken und sah nach mir, sodass ich nicht in der Menge verloren ging. „Komm, Josephine, dort drüben ist der Chauffeur." Sie deutete auf etwas, was ich in der Art noch nie zuvor gesehen hatte. Es sah aus, wie eine komische Kutsche, die seltsame Geräusche von sich gab. Mit offenstehendem Mund folgte ich Jane zu dem schwarzen Gefährt. Ein alter Mann stieg aus. Sein Haar war schneeweiß und er trug etwas, das mich an eine Uniform erinnerte. Seine Augen waren lieb, und als er die Mütze vom Kopf nahm und sich sein dichter Schnurrbart zu einem Lächeln verzog, da dachte ich, nur ein leises Flüstern in meinem Kopf, *Großvater*.

„Guten Tag, Madam.", begrüßte er Jane, „ich hoffe Sie hatten eine angenehme Reise und die Schifffahrt war nicht zu beschwerlich." Jane und ich tauschten einen wissenden Blick und fielen beide in lautes Gelächter aus.

„Das ist Miss Josephine. Sie kommt direkt aus Kairo und ist unser Gast!" Ich lächelte dem Herrn zu und erntete meinerseits ein liebes Lächeln zurück. Er stellte keine Fragen, und verstaute lediglich den letzten ledernen Koffer, bevor er und half in das Gefährt zu steigen. Total erstaunt sah ich mich darin um. Was war das hier bloß für eine Welt? Und warum hatte ich all das noch nie vorher gekannt? War

Ägypten so anders als dieses mysteriöse Europa? Jane setzte sich neben mich und beobachtete mich mit einem leisen Schmunzeln. „Aufregend?", fragte sie. Doch dieses Wort traf es noch nicht einmal annähernd. Überwältigend hätte eher gepasst. Und dann fing das Gefährt an sich in Gang zu setzen. Ruckartig hielt ich mich an den Türen fest! Jane lachte. „Aber nein, hab keine Angst", besänftigend nahm sie meine Hand, „Dir wird hier drin nichts geschehen." Na ja, die hatte gut reden. Sie kannte ja all das schon. Es dauerte eine Weile, bis wir den Hafen verlassen hatten. Ich konnte meinen Blick nicht mehr vom Fenster lösen. Das hier war also England. Grau und Trist lag eine seltsame Landschaft vor mir. Mal waren da grüne Hügel, dann auf einmal war wieder alles eben. Wir fuhren circa eine Stunde und mit jedem Meter, den wir näher in die Innenstadt kamen, bedrückte mich diese graue Umgebung ein wenig mehr. Wo war die Sonne? Ich zog mir das Tuch enger um die Schultern, denn obwohl meine dünnen Arme von dem weißen Spitzenstoff meiner Bluse vollständig bedeckt waren, fror ich. Dieser kalte Wind fühlte sich schmerzhaft auf meiner Haut an. Auf einmal geschah etwas, was ich noch so selten in meinem Leben gesehen hatte, dass ich nicht wusste, was ich davon halten sollte. Große, nasse Tropfen prasselten gegen die Fenster des Gefährtes, von dem ich eben erfahren hatte, dass man es Automobil nannte. Das Runterprasseln der Regentropfen hörte sich an, wie ein Steinregen auf dem Automobildach und die Welt draußen verschwamm vor meinem Auge in einen Wirrwarr aus verschleierten Eindrücken. Was war hier bloß los? „Ach, England", sagte Jane und seufzte tief bei dieser Bemerkung, als ob auch sie bereits jetzt schon die strahlende Sonne Ägyptens vermisste. Wir fuhren in eine Stadt ein, über eine große Brücke mit zwei Türmen, vorbei an vielen anderen Automobilen, die zum Teil aufgeregt hupten und manchmal unserem lieben Fahrer sogar böse Blicke zuwarfen. Die Brücke führte über einen Fluss, der von oben so grün und schmutzig war, dass ich mir nicht sicher war, ob er wirklich aus Wasser bestand. Einige der Straßen, durch die unser Weg führte, waren so düster, so bedrückend, dass ich Herzklopfen bekam. Und überall waren Menschen. Sie tummelten sich auf den Straßen, sie hielten sich in Scharen in den Gassen auf, Kinder schrien, Frauen weinten, andere Männer gingen in sauberen Anzügen und schwarzer Kopfbedeckung umher. Wie hätte man ein solches Sammelsurium an Neuem ordnen sollen? Wie hätte ich es aufnehmen sollen? Eines wusste ich aber damals schon: so hatte ich mir Europa definitiv nicht vorgestellt.

Als wir dann vor dem Haus standen, was folglich mein Neues zu Hause werden sollte, verspürte ich zum aller ersten Mal, seit ich in England angekommen war so etwas wie Hoffnung. Die weiße Fassade wirkte einladend, ein kleines Tor schützte den Vorgarten und den Eingang. Ich wartete darauf, dass Jane ausstieg und freudestrahlend die Stufen zu ihrem Heim hinauflief, als hätte sie es nicht erwarten können endlich wieder da zu sein. Aber als ich mich zu ihr herumdrehte, wirkte sie kein bisschen freudig. Ihre Augen waren auf das Haus gerichtet, auf dieselbe Art, wie man ein Monstrum begutachten würde und augenblicklich wüsste, es gäbe keinen anderen Weg als an ihm vorbei. Jane seufzte, schloss einen Moment die Augen und setzte dann wieder ihr breites Lächeln auf. „Na dann", sagte sie und drückte meine Hand,

„Dann wollen wir einmal!" Wir verließen das komische Gefährt und ich sog die Londoner Luft ein, die nass und klamm,
wie ein feuchter Waschlappen in der Luft lag. Noch immer
nieselten die Tropfen auf unsere Köpfe und ich erschrak
mich so schlimm, dass ich nach hinten stolperte, gegen das
schwarze Gefährt. Jane war schon bis zum Gartenzaun ge-
schritten, da ging die Tür auf. Im Türrahmen stand ein Mann,
groß und schlank, mit einer schwarzen Hose, einem weißen
Hemd und einer schwarzen Weste. Sein Haar war sorgfältig
gekämmt und glänzte, als wäre es noch nass. Aber die Art
und Weise, wie er dastand und wortlos auf Jane hinunter-
blickte, verriet mir, wer dieser Mann war, ohne dass ich ihm
offiziell vorgestellt wurde. Ich blieb im Hintergrund, allein
deshalb, weil ich mich so unbehaglich in dieser Situation
fühlte und nicht einen Augenblick lang wusste, wie man sich
verhielt. Niemand hatte mich auf so etwas vorbereitet, ich
war so hilflos, fast verloren. Seine Augen musterten Jane, als
befände sich so viel Wut in ihnen, dass er keine Worte fand
sie auszudrücken. Sein wutentbrannter Ausdruck schwand
für eine leise Sehnsucht. „Hallo Henry", sagte Jane und stand
dort, als traute sie sich nicht die Schwelle hinein auf das
Grundstück zu überschreiten. „Jane", antwortete er, getränkt
in eine Tinktur aus Überraschung, Wut und Fassungslosig-
keit. Dann sagten sie beide wieder gar nichts und ich beobachtete die Szene, wie Sie, mein werter Leser, Beobachter
meiner Geschichte sind. Nicht wirklich daran beteiligt und
doch immer wieder angesprochen, wie ein unsichtbarer Passant.

„Du bist wieder da". Jane nickte knapp.

„Ja, natürlich", antwortete sie, wusste aber, dass es

anscheinend nicht so selbstverständlich war, wie sie es ausdrückte. „Fünf Monate", spie Henry aus, „Fünf Monate lang hast du mich hier allein gelassen".

„Ich brauchte Abstand. Zeit, die ich nicht hier in London ertragen konnte." Henry schluckte und hob die Augenbrauen. „Bei mir meinst du? An meiner Seite, da wo eigentlich dein Platz ist?" Jane reckte das Kinn.

„Da war ich mir nicht mehr sicher", gab sie ihm kurz zu verstehen. Henry antwortete nicht auf den stummen Vorwurf, er wollte nicht, dass die Nachbarn etwas mitbekamen.

„Komm bitte herein", sagte er sanft. Jane nahm einen Atemzug und ich, der stille Passant, merkte, wie schwer es ihr fiel. „Ich möchte dir noch jemanden vorstellen." Und da erst fiel Henrys Blick auf den unsichtbaren Passanten im Hintergrund, der mit aufgeregter Miene, in einem fremden Land, mit einer noch fast fremden Frau vor einem Haus stand und eigentlich aber auch mit einem Fuß am Abgrund.

„Das ist Josephine. Sie kommt aus Ägypten, ihre Familie ist tot und ich werde für sie sorgen." Henry hob sichtlich erstaunt beide Augenbrauen. „Ist das so? Und diese Entscheidung triffst du ganz ohne mich?". Jane behielt über die ganze Zeit hinweg ihre starke Haltung, als könne kein Storm ihr etwas anhaben. „Die Zeit war zu knapp es mit dir zu besprechen." Henry wusste nicht recht, wie er reagieren oder was er davon halten sollte. Ich rechnete eigentlich damit, dass er augenblicklich anfing zu lachen und mich wegjagte, sodass ich binnen kurzer Zeit eines der Geistergesichter in den Seitenstraßen wurde. Und dann wurde mir auf einmal bewusst, warum Jane ihn als Ehemann hatte. Ein knappes, gedrungenes, aber versöhnliches Lächeln legte sich auf seine

Lippen und er deutete mir an hervorzukommen und mich aus meiner Schockstarre zu lösen. „Komm, Josephine", er kam geradewegs auf mich zu und nahm mir meinen braunen, schweren Koffer aus der Hand, „Ich trage das für dich." Und auf einmal fiel jegliche Beklemmung in meinem Körper in sich zusammen. Ich lächelte und nahm einen tiefen Atemzug, bevor Henry, Jane und ich in das weiße Haus in der Londoner Cherry Street verschwanden.

zehn

Natürlich blieb die ganze Sache nicht unkommentiert. Aber der werte Leser selbst kann sich auch vorstellen, dass es für Henry ein ganz schön schweres Päckchen war, schließlich war ich eine völlig Fremde und aus welchen Gründen auch immer hatte seine Frau ihn fünf Monate lang verlassen. Ich glaube ich mache an diesem Punkt der Geschichte Abstriche daran was und wie detailliert ich dem Leser schildern soll, was in der ersten Zeit alles in mir vorging, denn schließlich hat jeder Mensch mehr oder weniger ein Gefühl davon, wie sich vollkommene Fremdheit anfühlt. Bei mir waren es ganz logische, aber auch banale Sachen. Ich hatte noch nie auf einem richtigen, feststehenden Bett geschlafen, nun hatte ich ein ganzes Zimmer. Die Wände waren mit einer hell geblümten Tapete geschmückt, Möbel aus hellem Holz standen herum. Mein Blick fiel sofort auf einen Schreibtisch, der aussah, als hätte noch niemals jemand an ihm gesessen und seine Unterarme auf ihm abgelegt. Ich nahm meinen braunen Koffer, öffnete ihn und stellte die Bücher von Herr Droog darauf. Diese Geste war es, die mir auf einmal sagte, dass dies nun mein Zimmer war. Dann setzte ich mich auf das Bett und müsste auf einmal kichern, als ich, weil die Matratze so federte, einen kleinen Hopps machte. Glauben Sie mir oder nicht, lieber Leser, durch dieses kleine Lachen aus purer Freude, dieses winzige Geräusch, merkte ich, wie glücklich ich war. Auch wenn dies ein völlig fremder, ein mir unbekannter Ort war, so wusste ich, dass ich doch nur mein eigenes, innerliches zu Hause brauchte. Meine Bücher standen hier, mein grüner Schal lag um meine Schultern und Erichs Medaillon baumelte an meinem Hals. Ich war zu Hause.

Als ich meinem ersten Tag aus meinem Zimmer ging, hörte ich Jane und Henry im Nachbarzimmer reden. Ich blieb stehen, um ihnen zuzuhören. Heute weiß ich, dass man sowas nicht macht, allein aus Respekt vor der Privatsphäre der anderen, damals aber hatte ich mir noch absolut nichts dabei gedacht.

„Du kennst sie doch gar nicht wirklich", bemerkte Henry leise.

„Ich hatte eine Menge Zeit mich mit ihr vertraut zu machen!", stieß Jane scharf zurück, „und sie braucht uns. Jeder braucht jemanden, wenn man in Not ist."

„Oder brauchst du einfach nur jemanden, damit du das Loch vergisst, was Mary in dein Herz gebrannt hat?", stellte er nüchtern fest. Jane sog scharf die Luft ein.

„Wie kannst du so etwas nur sagen?", warf sie ihm vor. „Keine Mutter wird je das Loch vergessen, was der Tod ihres Kindes in ihr Herz gebrannt hat! Weißt du wie hart es für mich ist? Hier in diesem Haus? Ich sehe sie in jedem Zimmer, ich höre ihre Schritte auf der Treppe, ich rieche den Duft ihres Haares. Auf der Fensterbank liegt noch ihr Buch, ihre Puppe schläft im Kinderwagen. Und du warst nicht da, nicht einen Tag nachdem es passierte. Ich kann mich nicht in Arbeit drängen, ich habe nichts, in das ich mich flüchten könnte, so wie du. Nicht einmal den Alkohol". Ich hielt jede einzelne Sekunde des Gespräches meine Luft an, als stünde ich unter Hochspannung. Und dann hörte ich, wie Jane bitter und leise hinzufügte: „nicht einmal andere Frauen." Der Leser mag vielleicht denken ich hätte nicht verstanden, was Jane damit gemeint hatte, denn ich verstand von solchen Dingen ja noch rein gar nichts. Aber das stimmte nicht. Denn in all den Wochen, die ich nun von Erich getrennt war, habe ich mich immer und immer wieder gefragt, was wohl das Schlimmste wäre, das ich bei unserem Wiedersehen erfahren oder vorfinden könnte. Und eines der Szenarios in meinem Kopf kam tatsächlich immer und immer wieder. Und das war eben jenes von einer anderen Hand in seiner und von einer anderen Frau in seinen Armen. Dadurch war es mir völlig klar, warum Jane nicht bei Henry gewesen war. Und ja, nach all diesen traurigen Informationen, die sich puzzleartig über Janes Leben in meinem Verständnis zusammensetzten, da fragte ich mich, wie diese wunderschöne, junge Frau überhaupt noch vor einem stehen konnte und dieses Lächeln auf den Lippen haben, das nicht gelogen sein konnte. Gleichzeitig fühlte ich mich ihr verbundener denn je. Denn keiner konnte diesen Schmerz des Verlassenwerdens verstehen, wie ein anderer, der verlassen wurde.

Am nächsten Morgen wurde ich durch ein besonderes Kommando geweckt. Als die ersten Sonnenstrahlen meine Wangen küssten, und ich mit den Augen blinzelte, wurde mir plötzlich die wichtigste Frage gestellt, die es zu klären gab. „Bist du eine feindliche Invasorin?". Ich schrak auf, und musterte das kleine Gesichtchen, das mit geweiteten Augen an meinem Bett stand. „Eine was?", fragte ich und gähnte laut. „Na, eine fremde Streitkraft, die unser Haus belagert", erklärte mir das helle Stimmchen noch einmal. Ich musste kichern. „Nein, das bin ich ganz sicher nicht. Und du? Bist du der Böse, der mich hinausjagen will?", stellte ich die Frage zurück. Das kleine Wesen vor mir stemmte energisch die Hände in die Hüften und kniff die Augen zusammen. „Ich bin nicht böse!", rief er und brachte mich damit noch mehr zum Lachen.

„Das habe ich auch ehrlich nie gedacht. Vielleicht können wir uns auf ein einvernehmliches Einwandern meinerseits und ein friedliches Annehmen deinerseits einigen." Ich reckte ihm meine Hand entgegen, die er mit einem zufriedenen Lächeln schüttelte. „Dem bin ich keineswegs abgeneigt", ging er auf meinen Vorschlag ein und brachte mich damals mit seiner ausgewählten Art sich zu artikulieren völlig aus der Fassung. Ich erinnere mich, als wäre es gestern gewesen, dass er in seinem feinen, dunkelblauen Anzug vor meinem Bett stand, die blonden Locken zur Seite gekämmt und schon damals den Ausdruck eines Lords auf dem Gesicht trug, in dem die Kindheit noch ihre Wurzeln hatte.

„Ich bin Josephine, und wer bist du?" Er machte eine kleine Verbeugung mit dem Kopf und stellte sich gerade hin.

„Ich bin Sir George Arthur Alexander Wennington."

„Das ist aber ein furchtbar langer Name für so einen aufgeweckten Jungen, wie dich", antwortete ich lieb. Und da erschlaffte seine Haltung und er zuckte mit den Schultern. „Vater sagt immer ich solle mich den Menschen direkt mit dem Namen vorstellen, der mich ausmacht. Eigentlich nennen mich hier auch alle nur Georgie". Ich stand aus meinem Bett auf und machte ihm die Verbeugung nach. Vielleicht war das ja etwas, was man hier tat, und ich wollte ihn doch nicht verwirren, wenn ich seine gesellschaftliche Konvention nicht teilte. „Sir George Arthur Alexander, darf ich Sie dann wohl mit Georgie rufen? Ich gebe Ihnen damit auch auf alle Zeit die Erlaubnis mich würdevoll mit Josie anzusprechen. Damit sind wir dann wohl Vertraute." Georgie nickte. Der Vertrauenspakt war geschlossen, jetzt waren wir verbündet. „Ach du meine Güte, Georgie!", schrie Jane aus, als sie mit einem Tablett in der Hand ins Zimmer trat. „Wirst du wohl hier hinausgehen! Man betritt nicht einfach so das Zimmer einer jungen Dame, ohne vorher um Erlaubnis zu bitten." Georgie rannte schnell hinaus und ließ mich schmunzelnd zurück. „Das ist doch kein Problem", besänftigte ich Jane, die sich zu Tode zu schämen schien. „Ich bin Zeit meines Lebens nur unter Männern aufgewachsen. Das ist für mich völlig normal". Jane lächelte und stellte das silberne Tablett ab. Noch nie in meinem ganzen Leben hatte ich in meinem Bett gefrühstückt, ich saß dazu immer in meiner Leinenhose bei den anderen kurz bevor es wieder ans Buddeln ging. „Er muss das lernen", erwiderte Jane, auch wenn man an ihrem Tonfall hören konnte, wie sehr sie die Strenge bedauerte. „Sonst könnte man ihm noch etwas nachsagen. Er wird nicht ewig ein kleiner Junge bleiben, und was er jetzt macht, wird anders aussehen, sobald er ein Mann ist." Je mehr Zeit ich damals in Europa verbrachte, desto einfacher kam mir mein vorheriges Leben in Ägypten vor. Außerdem sah ich Jane, nachdem was ich am Vorabend gehört hatte, auf einmal mit anderen Augen. Und ich weiß nicht, ob mir erst da der Verlust einer gebrochenen Mutter in ihren Gesichtszügen, die feinen Fältchen und die verhärmte Stirn aufgefallen waren. Sie sah auf einmal so viel müder aus, so viel älter, als sie eigentlich war. „Ich habe dem Fahrer schon Bescheid gegeben, dass wir für heute das Automobil brauchen", sprach sie lächelnd. „Wir wollen in die Stadt fahren und dir etwas Schönes zum Anziehen besorgen. Ganz wie eine junge, hübsche, englische Lady." Mein Herz machte damals einen gewaltigen Sprung. Ich sollte zu einer englischen Lady werden! Ich würde mir neue Kleider aussuchen dürfen und draußen strahlte die Sonne, was könnte diesen Tag überhaupt noch schöner machen? Ich stand auf, Jane half mir bei der Toilette. Aber als ich mir zum Schluss mein grünes Tuch umwickeln wollte, da hielt Jane mich zurück.

„Wir sollten es erst einmal waschen", sagte sie, „und dein Haar solltest du halb zurückstecken, aber nicht ganz. Warte ich helfe dir". Sie nahm zwei Strähnen meines roten Haares, das sich widerspenstig kräuselte und verwob sie ineinander, sodass sie am Hinterkopf einen Knoten bildeten und die übrigen mir wild über die Schultern fielen.

„Aber ich trage das Tuch immer", erwiderte ich verständnislos. Jane atmete tief durch. „Es ist ganz schmutzig, von der langen Reise. Lass es mich erst einmal waschen", bat sie mich. Ich ließ sie gewähren, fühlte mich aber dennoch so unfassbar nackt, auch wenn ich viel bekleideter war als sonst. Ich griff nach Erichs Medaillon und atmete die Vertrautheit ein. Ich fühlte mich unbehaglich, wenn ich mein Tuch nicht bei mir trug, so als wäre mein Großvater mir nicht nahe. Doch dann beruhigte ich mich selbst mit einem Gedanken. Seine Liebe lebt in meinem Herzen. Und in mir drin bin ich immer zu Hause.

ɛℓʒ

Ich ging mit Jane durch die trubelnden Straßen von London
und wusste gar nicht wohin ich zuerst schauen sollte. Weil
Henry das Automobil brauchte, gingen wir zu Fuß, denn es
war wirklich herrliches Wetter. „Wo ist Georgie, während
wir unterwegs sind?", fragte ich Jane.

„Bei seiner Gouvernante. Obwohl…", sie sah auf
eine Armbanduhr mit einem winzigen Ziffernblatt. „Gerade
hat er eine Mathematikstunde mit seinem Hauslehrer." Ich
weitete damals die Augen, war es mir doch völlig abwegig
und fremd, dass der arme George allein zu Hause bleiben
musste, in diesem riesigen, leeren Haus, während wir beide
durch die Straßen zogen und das Wetter genossen. Aus meinem vorherigen Leben kannte ich es nicht allein zu sein.
Aber das Leben hier in Europa schien sehr viel einsamer und
distanzierter. Die Leute grüßten sich nicht wirklich, außer sie
trafen einen Bekannten, geschweige denn verbrachten sie
Abende zusammen bei jemandem im Haus. Sogar das Gefühl
in den Londoner Straßen unterschied sich grundlegend von
dem in Kairo. Dort war alles farbenprächtig gewesen, mit
aufregenden Düften und Kleidern. Hier schien irgendwie alles die gleiche Farbe zu haben, eine trübe Mischung aus
Braun, Schwarz, Grau und Beige. Es war zwar sonnig,

dennoch fror ich entsetzlich. Manchmal stellte ich mir vor die Wärme Ägyptens zu spüren, während die kühle Sonne Englands mir auf die Wangen schien. Es funktionierte aber nicht wirklich. „Mathematikunterricht?", fragte ich Jane, „das ist ja aufregend!" Jane hob zweifelnd die Augenbrauen. „Was, findest du?". Und ich nickte damals heftig. Die Vorstellung, dass ich von einem richtigen Lehrer unterrichtet werden könnte, Dinge lernen könnte, verstehen lernen könnte, das trieb mein schlagendes Herz zu Hochtouren an. „Wenn Georgie Unterricht bekommt, und sowieso ein Herr dazu ins Haus kommt, könnte ich mich dann nicht vielleicht dazusetzen?" Jane war nicht sehr überrascht von dem Vorschlag, es schien, als hätte sie selbst schon darüber nachgedacht. Aber sie zweifelte. „Möchtest du denn nicht viel lieber Sprachen lernen, oder Sticken? Mathematik ist doch so eine furchtbar trockene Sache". Aber ich ließ nicht locker. „Ich möchte alles lernen!", stieß ich aus purer Begeisterung hervor. Herr Droog hatte mich ein bisschen in den Naturwissenschaften unterrichtet, vor allem aber in der Biologie, nicht so sehr in der Mathematik.

„Dann spräche wahrscheinlich nichts dagegen", lächelte Jane, kurz bevor wir vor einem Gebäude zum Stehen kamen. Ich blickte in die gläsernen Fensterscheiben. Dort standen Puppen, die verschiedene Kleider trugen. So viele Kleider! Ich bekam durch diese ganze Aufregung meinen Mund nicht mehr geschlossen. Jane hielt mir die Türe auf und ließ mich herein. Noch heute erinnere ich mich an diesen ganz bestimmten Geruch, denn jedes Mal, wenn ich einen ähnlichen Duft in die Nase bekomme, sehe ich mich als junges Mädchen wieder mit Jane dort stehen, aufgeregt und nichts ahnend, was die Welt alles bereithält.

„Guten Tag", sprach auf einmal eine sanfte, männliche Stimme. Und als ich das dazugehörige Gesicht hinter einem Paravent auftauchen sah, da machte mein Herz einen Sprung und ich dachte augenblicklich, ja, ich flüsterte den Namen in mich herein. Herr Droog. Der sympathisch wirkende Mann trug genau das gleiche, runde Seehglas, trug eine dunkle Weste über einem blau-weiß gestreiften Hemd und hatte sogar einen ähnlichen Gang.

„Wie kann ich den Damen helfen?". Der Klang seiner Stimme legte mein Herz in warme Tücher, als hätte es gefroren. „Wir hätten gerne ein paar geschneiderte Kleider für die junge Miss", erklärte Jane. Der Herr holte ein langes Band heraus und wickelte es um meinen Brustkorb, meine Taille und meine Hüfte. Furchtbar witzig, wie ich fand. Wozu machte er denn so etwas? Hatte er nicht ein paar Kleidungsstücke einfach herumliegen gehabt, die ich anprobierten und mitnehmen konnte? „Wie eine zierliche Elfe", stieß er lachend hervor, als er seine Abmessungen gemacht hatte.

„Welche Art Kleider sollen es denn werden?". Und da verlangte er doch tatsächlich, dass ich ihm erklärte, was ich haben wollte. Ich hatte ja aber gar keine Ahnung davon, wie etwaige Kleider aussahen oder was ich auswählen könnte! Ich fühlte mich furchtbar überfordert, sah hilflos zwischen Jane und ihm hin und her. Diese begriff nach einem Moment und nickte wild. „Wir bräuchten zwei Nachmittagskleider, ein Ausgehkleid und zwei Abendroben. Sicher ist sicher". Und dann erklärte sie ihm, welche Passform das Kleid haben sollte. Ich verstand nicht so viel, mein Blick schwebte durch den gesamten Raum, erblickte Stoffe, Muster, Knöpfe.

Und dann unterbrach ich Jane. „Ich hätte gerne ein Kleid aus… diesem Stoff", ich raste zu dem dunkelblauen Satin, „mit einer weiteren Schicht aus dem", meine Hand griff nach durchsichtigen türkisen Tüll, „und diesen Perlen als Bestickung!" aufgeregt tunkte ich meine Hand in ein Gefäß mit hunderten goldener Perlen. „Am Oberteil", stieß ich außer Puste hervor, „sollen diese goldenen Fäden eingearbeitet werden! Bekommen Sie das hin?", fragte ich und holte schwer Luft. Ich befand mich wie in einer Art Trance. Man hatte mir eine Tür geöffnet und so lange ich auch gebraucht hatte sie zu durchschreiten, desto schneller rannte ich nun in die Welt, in die man mich hineingelassen hatte.

„Aber ja", lachte der Herr, und sowohl er als auch Jane sahen mich belustigt an. „Auch wenn es ein wenig unkonventionell ist, werde ich der jungen Miss gerne ihren Wunsch erfüllen." Ich atmete noch immer schwer ein und aus und nickte eifrig. Jane hielt sich ihre Hand vors Gesicht, als müsste sie sonst laut loslachen. „Ach, wir haben noch etwas vergessen", fiel mir des Weiteren ein, „Ich brauche noch eine Hose." Jane und der Herr hoben beide eine Augenbraue.

„Eine Hose?", fragte Jane, „aber wozu denn das?" Ich stutzte über diese Frage. „Na, was ist, wenn ich etwas im Garten buddeln muss?", fragte ich mit völligem Ernst. Jane und der Herr lachten nun beide aus vollem Halse und ich fühlte mich einen Moment lang total veräppelt.

„Ich habe genau die richtige Idee für eine Hose, die Ihnen überaus gefallen wird, Miss. Sie werden sie lieben." Jane lächelte und legte den Kopf schief. „Vielen Dank, Sir". Dann bezahlte Jane schon einmal einen Teil der Kleider und wir verließen den Laden. Mir war damals überhaupt nicht bewusst, dass Jane ein halbes Vermögen für meine Kleider bezahlt hatte, denn ich kannte die Währung ja überhaupt nicht. Auch wusste ich nicht wie viel man für Kleider so bezahlte. Und ich war außerdem auch völlig in Trance, denn als wir den Laden verließen, wusste ich, dass ich soeben mein erstes Kleid gestaltet hatte. Und vor meinem inneren Auge sah ich die Schönheit von Kairo vor mir stehen. Als wir wieder nach Hause gingen, wollte Jane einen kleinen Abstecher zum Piccadilly Circus machen und mir ein bisschen was von London zeigen. Sie kaufte jedem von uns eine Zuckerbrezeln und wir schlenderten durch die Gassen.

„Jane", sagte ich irgendwann, „bist du manchmal einsam?". Janes Gesicht verwandelte sich in etwas Dunkles, etwas Sorgenvolles. „Ja", gab sie nüchtern zurück, „ja, Josephine, ich bin sehr oft einsam." Ich hakte mich bei ihr unter. „Und du, bist du hier einsam?", wollte sie von mir wissen. Ich schüttelte instinktiv den Kopf.

„Nein, ich glaube nicht. Ich war schon in Ägypten einsam, wahrscheinlich war ich schon mein ganzes Leben lang einsam, ich habe mir nur nie Gedanken darüber gemacht. Wenn man klein ist, dann stellt man sich häufig Fragen, die Erwachsene für Schwachsinn halten, eigentlich aber die pure Form von Leben darstellen. Ein Wesen, das so rein ist wie ein Kind, stellt sich Fragen nicht ohne Grund."

„Und welche Fragen hast du dir gestellt?" Ich konnte mich augenblicklich an eine erinnern, die ich mir so häufig gestellt hatte, dass sie sich in meine Schublade ungelöster Fragestellungen gelegt hatte. „Wer war meine Mutter?" antwortete ich. Ja, wer war sie gewesen? Mein Opa hatte sie nicht wirklich gekannt und konnte mir deshalb auch nichts über sie erzählen. Werter Leser, an dieser Stelle, spreche ich Sie noch einmal ganz persönlich an, haben Sie schon einmal überlegt, wie häufig Sie eins Ihrer Verhaltensmuster damit erklärt haben das Kind Ihrer Eltern zu sein? *Ich komme eben nach meiner Mutter*, oder, *der Apfel fällt nicht weit vom Stamm!* Ja, wenn man seinen Stamm aber überhaupt nicht kennt, dann findet man auch keine einfachen Lösungen dafür, warum man so ist, wie man ist. Man ist mit der geballten Ladung seiner Identität völlig allein auf weiter Flur. An dieser Stelle hinkt meine Begründung ein wenig, weil ich schließlich viel von den Menschen in meiner Umgebung aufgenommen habe, sei es Herr Droog, oder mein Großvater, aber Sie als Leser wissen, was ich meine.

„Ich frage mich häufig, wie meine Tochter jetzt wohl aussehen würde", sagte Jane leise, mit erstickter Stimme. Sie wusste, dass ich es wusste und sie versuchte auch gar nicht es vor mir geheim zu halten. Wie ich bereits erzählte, teilte Jane die meisten ihrer intimen Gedanken mit mir. Ich, Josephine, ihr Tagebuch. „Ich frage mich, ob sie mir ähnlichsehen würde. In diesem Alter verändern sie sich doch so schnell, von Tag zu Tag sehen sie manchmal anders aus. George sieht aus wie Henry, sogar seine kleine Krawatte ist der seines Vaters nachempfunden. Ob Mary meine Augen gehabt hätte? Ob ihre Haare sich inzwischen gekräuselt hätten? Es ist jetzt zwei Jahre her und dennoch vergeht keine Minute, in der ich nicht an sie denke." Und so gingen Jane und ich weiter unseres Weges zum Piccadilly Circus, während ich meinen Arm bei ihr unterhakte. Sie erzählte mir und ich hörte zu. Jane fühlte sich verstanden. Auf einmal bogen wir in eine Seitenstraße ein, die so belaufen war, dass man kaum vor und zurück sehen konnte. Männer standen vor Gebäudeeingängen, hielten Papierfetzen hoch und schrien: „Abendvorstellung, Abendvorstellung nur ein Pfund! Sichern Sie sich jetzt Ihre Karte für nur ein Pfund!". Interessiert sah ich mich um. Was bekam man für einen Pfund? Und da fiel mir ein junger Mann auf, der lässig an einer der Wände lehnte und sich, im Gegensatz zu seinen Partnern, nicht einmal bemühte zu werben. Sein schwarzes Haar stand leicht gelockt von seinem Kopf ab, er trug eine beige Hose mit abgenutzten Hosenträgern und hatte ein Bein gegen die Hauswand gestemmt, während er mit desinteressiertem Blick auf einer Zigarette herumkaute. Auf einmal kam ein kräftiger Herr aus der Tür und schalt ihn.

„Du wirst nicht dafür bezahlt, dass du hier stehst und eine paffst, verkauf gefälligst ein paar Karten, du Nichtsnutz!", schrie er, und das in einem Englisch, was sich mir komplett fremd anhörte. Daraufhin rollte der Jüngere mit den Augen, sah sich um und traf zufällig genau auf meinen Blick, der ihn natürlich schon eine Weile musterte. Wir gingen weiter, doch er folgte meinen Augen. „Ey, Miss!", rief er. „Warten se mal". Er lief uns entgegen und sah mich an. Seine Augen waren blau wie Kristalle und kalt wie der englische Regen. „Kein Interesse an einer Karte?". Jane griff meinen Ellbogen und zog mich fort. „Nein, haben wir nicht, vielen Dank!", entgegnete sie so kühl, wie ich es von ihr gar nicht gewohnt war. Nun lächelte er verschmitzt und zwinkerte mir zu. „Was ein Prolet!", sagte Jane, „Ich bin ja auch für die Gleichstellung aller Klassen, aber sich derart manierlos zu verhalten, das können wirklich nur die Reisemenschen des Westends!". Ich versuchte ihr zuzuhören, wirklich werter

Leser, ich gab mein Bestes, aber es fiel mir dermaßen schwer, weil mein Herz so laut pochte, dass Janes Stimme dagegen, wie Geflüster wirkte.

zwölf

„Aber am absolut größten finde ich Napoleon! Er war der beste General aller Zeiten, hat gekämpft, mit Säbel und Schwert und seinem Land alle Ehre bewiesen! Zudem hatte er noch ein schönes Mädchen zu Hause, das er geliebt hat. Vater, wenn ich groß bin, dann werde ich Napoleon. Ich habe mich entschieden." Georgie erzählte bereits den ganzen Abend von seiner innigen Liebe zu diesem General Napoleon Bonaparte. Ehrlicherweise faszinierte es mich zutiefst ihm zuzuhören, denn er hatte schließlich jeden Tag Geschichtsunterricht. Am besten gefielen mir die Geschichten über die tapferen Männer und deren Liebe zu ihren starken Frauen. Vor ein paar Abenden hatte Georgie von einer Geschichte namens Beowulf erzählt, in der es um einen Drachentötenden Helden ging. Georgie hat erklärt, dass es nur eine Sage war, denn als ich begeistert rief ich wolle auch den Drachen im Norden Europas sehen, da hatte er mir mit dem Zeigefinger gegen die Stirn geklopft und gesagt:

„Mann, Josephine, du bist aber ganz schön verdreht! Den gibt es doch gar nicht, sind alles nur Märchen". Aber wie konnte sich jemand etwas ausdenken, wovon niemand zuvor erzählt hatte? Wie fantasierte man sich einen Drachen, wenn man noch nie ein ähnliches Wesen zu Augen bekommen hatte?

„Vielleicht wollen alle nur, dass wir denken es gäbe ihn nicht! Überleg mal, wie viele Menschen dann dort wären, um ihn zu sehen? Ganze Scharen stünden dort und mindestens ein Dutzend hätte solche Angst, dass sie wollen würden, dass jemand ihn beseitigt. Und der arme Drache wird in seiner Privatsphäre gestört. Vielleicht hat der Drache damals zum Autor von Beowulf gesagt: du darfst ein Buch über mich schreiben. Aber bitte mach mich etwas stärker, als ich bin, etwas größer und etwas angsteinflößender, und außerdem tu so, als wäre ich ein legendärer Mythos, damit niemand jemals versucht herauszufinden, ob das alles über mich überhaupt stimmt." Ohne von seiner Zeitung aufzublicken, rief Henry: „also ganz genauso, wie Napoleon Bonaparte." Da lachten wir alle, sogar Jane, die von ihrem Webrahmen aufsah und Henry einen spöttischen Blick zuwarf. Georgie und ich saßen auf dem Boden und blätterten in seinen Geschichtsbüchern herum, dieses gefiel mir sehr, denn es hatte viele schöne Illustrationen. Die Kleider der Frauen änderten so schnell ihre Stile und ich konnte mich gar nicht entscheiden, welches mir am besten gefiel. „Diese Geschichte gefällt mir am besten", entschied ich und zeigte dabei auf das Bildnis einer wunderschönen Frau mit wallendem Haar und einem blauen Gewand, das von einem goldenen Gürtel auf der Hüfte verziert wurde. „Eleonore von Aquitanien?", fragte Georgie. „Woher weißt du denn das alles bloß?", bewunderte ich damals sein Wissen, woraufhin er lachte, mir seine Milchzahnlücke zeigte und den Kopf schüttelte. „Eigentlich bin ich nur ein großer Schummler! Da steht es doch". Und tatsächlich, ihr Name stand daneben. „Oftmals ist Wissen ein großer Schummel", erklärte Georgie, „und oft kommt man ziemlich weit damit zu schummeln. Tu so, als seist du der größte Experte und benutze, wenn möglich, häufig die Ausrufe, *aber natürlich ist das so*", oder auch mein Favorit, *nein, wirklich, Sie haben auch schon davon gehört?* Am liebsten im Geschichtsunterricht sage ich auch: *Herr Meyers, das ist mit Abstand mein allerliebstes Thema, ehrlich!* Dann denkt der Lehrer, dass er dich nicht genug damit quält und sucht ein anderes aus. Vertraue meiner Lebenserfahrung." Woraufhin wir alle wieder in Gelächter ausbrachen und Henry bloß ausstieß: „Georgie, du bist ein Kohlkopf, aber dumm bist du nicht, das muss man dir lassen." Nein, dumm war Georgie nicht. Er war sogar, und das glaube ich bis heute, das besterzogene, liebenswerteste und gescheiteste Kind, war mir je über den Weg gelaufen ist. Und nach einiger Zeit liebte ich ihn, als wäre er mein Bruder und die Abende vor dem Kamin, Henry zeitunglesend, Jane webend und wir beide auf dem Teppich sitzend, die Bücher vor uns aufgeschlagen, gaben mir eine Art familiärer Liebe, wie ich sie, seit ich in Ägypten klein gewesen war, nicht mehr erlebt hatte.

An einem wunderbaren Herbsttag im November, um die vier Monate nach meiner Ankunft, saßen wir zusammen am Esstisch, es gab einen fettigen Auflauf und Püree mit Maronen, die ich so liebte. Da nickte Jane Henry lächelnd zu und dieser sah mich durch seine kleine runde Brille an.

„Josephine, wir würden gerne mit dir über etwas reden." Erst bildete sich ein riesiger Kloß in meinem Hals und ich hatte Angst an einer Marone zu ersticken. Doch Jane berührte mich sanft am Arm und lächelte. „Henry und ich haben beschlossen, dass wir dich gerne offiziell adoptieren möchten." Ich ließ meine Gabel senken, mit düsterer Miene. „Nur weil ich so schlecht in Mathe bin? Ich kann mich bessern, ich verspreche es." Georgie prustete los und auch Jane lachte leise. „Adoptieren bedeutet, dass wir möchten, dass du offiziell unsere Tochter wirst, Josephine", erklärte Henry mit einer liebenden, warmen Stimme. Und da fing mein Puls an zu rasen und mein Herz explodierte in einem Mix aus Glück, Dankbarkeit und Rührung.

„Wir möchten, dass du auch vor dem Gesetz offiziell zur Familie gehörst. Als unsere Tochter, die du schon geworden bist." Werter Leser, Sie können sich nicht vorstellen was für ein Gefühl das ist, was für eine Wärme, wenn man auf einmal spürt, dass man eine Familie hat. Dass man nicht länger auf der Durchreise ist, nicht länger Angst haben muss. Und dass man geliebt wird. In all den Jahren, egal ob damals oder heute, fand ich, dass es kein vergleichbares Gefühl gibt, als die Gewissheit im Herzen anderer Menschen getragen zu werden. Und ein paar Wochen später wurde ich offiziell Josephine Wennington. Und das war das erste Mal in der Geschichte meines Lebens, dass ich einen Nachnamen trug und auch wusste, welcher es war. Aber wenn sich der liebste Leser nun fragt, ob ich mich nicht derart verändert hätte, dass ich völlig vergaß, woher ich eigentlich kam, dann kann ich beherzt verneinen!

Als ich am ersten Abend meinen neuen Namen trug, da tauchte ich mein Gesicht in den weichen Stoff meines grünen Tuches, schloss die Augen und lächelte, ganz für mich allein und besinnlich. Ich sah auf, mit Tränen in den Augen und redete in den Himmel: „Schau Großvater, wie gut es mir geht. Schau, ich habe Menschen gefunden, die mich lieben. Du brauchst dich jetzt nicht mehr sorgen, ich bin nicht allein, du kannst jetzt da oben in Ruhe deine Zigarette rauchen, denn Josie ist versorgt." Ich stellte mir vor, wie mein Großvater sich freute, wie er mich beobachtete und sich dachte: meine Enkelin, nun eine so feine Dame. Aber das war ich ja noch gar nicht, und ich wusste auch noch nicht, was auf mich zukam, damit ich zu einer solchen wurde, doch ich sollte es bald herausfinden.

Jetzt wo ich den Namen Wennington trug, lernte ich auch auf einmal, was an so einem Namen alles dranhing. Und das war mehr, als sich der werte Leser vorstellen kann! Nun ja, sicherlich erinnern Sie sich an meine Begeisterung bezüglich des Mathematikunterrichts und meiner glühenden Euphorie selbst auch mit der Mathematik vertraut zu werden. Und sicherlich erwarten Sie, mein teurer Leser, genau dasselbe, was ich auch damals erwartet habe: Miss Josephine Wennington: das jüngste, hochbegabte Mathematikgenie. Und was sie nicht alles kann! Diese verblüffende junge Frau, mit sechzehn Jahren aus Kairo gekommen, nur mächtig der Kunst Sand mit einem Pinsel zu beseitigen, wird Englands erste hochbegabte Stipendiatin. Sie blüht auf, sie studiert, und sie wird das nächste Wunder der intellektuellen Welt. Na gut, vielleicht habe ich meine Gedanken da gerade mehr ausgeschmückt, als die ihren zu dem Thema waren, aber die Essenz unserer Erwartungen war wahrscheinlich die Gleiche. Und glauben Sie mir, ich bin nicht ein kleines bisschen weniger enttäuscht als Sie, darüber, dass die Realität wie folgt aussah: Ich saß neben meinem achtjährigen Bruder, hatte mir für diesen Anlass extra mein schönstes Tageskleid herausgekramt, ein weißes mit Spitze und einer wunderbaren goldenen Brosche, die mir Jane von sich abgetreten hatte und war mit einer Motivation erschienen, die jeden Politiker dieser Welt in den Schatten stellte. Dann setzte ich mich hin, überzeugt davon die nächste Ada Lovelace zu werden… und sah die erste Gleichung meines Lebens. Buchstaben, Klammern, Zahlen, es entzog sich meinem Verständnis. Und je mehr ich versuchte eine Mathematikerin zu sein, desto verzweifelter wurde der arme, alte Mathematiklehrer, der irgendwann leider wortwörtlich die Hände über dem Kopf zusammenschlug, sodass das Buch, was er in den Händen hielt, ein Dach der Traurigkeit auf seinem Haupt bildete. Und komischerweise bekam ich aus jeder einzelnen Gleichung, ganz egal, was da stand, immer das Ergebnis vierzig raus. Denn ab einem bestimmten Zeitpunkt griff ich schlicht und einfach auf Georgies Taktik zurück: so tun, als wäre man der größte Experte auf einem Gebiet. Das sah dann wie folgt aus: jeden Tag ging ich hinunter, ein passendes Kleidungsstück angezogen, irgendwann schnappte ich mir sogar Henrys kleine, runde Brille, und setzte sie mir auf die Nasenspitze, suchte mein Buch heraus und tat einfach so, als läge der ganze Fortschritt der mathematischen Welt allein in meinen Händen. Und ich schrieb und schrieb, Klammer für Klammer, Punkt, Punkt, Komma Strich und das ergab? Ja, sie haben es erraten, mein schlauer Leser. Heraus kam vierzig! Dann nahm ich demonstrativ die Brille ab und seufzte theatralisch. Herr Meyer allerdings runzelte jedes einzelne Mal die Stirn, sah sich obligatorisch meine Gleichung an, seufzte und sagte irgendwann nur noch: „Josephine, ich glaube Sie sind die geborene Schauspielerin. Aber die Mathematik will sich Ihnen wohl einfach nicht erschließen." Bedrückt und enttäuscht verließ ich den Unterricht jeden Tag aufs Neue. Und da lernte ich eine sehr wichtige Lektion fürs Leben: manche Dinge kann man noch so sehr wollen, sich noch so sehr ins Zeug legen und noch so sehr tun, als wäre man der Weltexperte schlechthin, man war einfach eine Niete. Und das war in Ordnung. Schließlich ging es doch nur darum, dass man sich selbst nicht aufgab und sich jedes Mal aufs Neue anstrengte. Die zweite lebenswichtige Lektion folgte direkt darauf: aufgeben ist ab einem bestimmten Punkt der Peinlichkeit absolut gerechtfertigt. Nach circa einem Monat führte Herr Meyer mit Henry ein Gespräch, Henry schmunzelte und Jane tischte nachmittags besonders leckere Erdbeertörtchen auf ihrem schönsten Service auf. Deutlicher gesagt: sie hatten irgendwas mit mir vor, von dem sie glaubten, es würde mir wohl eher weniger gefallen. Ich saß also unten beim Nachmittagstee mit Jane, Georgie und Henry, der an diesem Tag erst abends zur Arbeit musste, da im House of Lords eine Sitzung im Schachklub stattfinden würde, und ließ beinahe aus Schusseligkeit die wertvolle Tasse mit poliertem Goldrand fallen. Jane erschrak und machte ein mitleidiges Gesicht. „Josephine", fing sie an, „Henry und ich haben uns Gedanken, um deinen Werdegang gemacht." Ich hustete, hatte ich mich doch zuvor am heißen Tee verschluckt. „Meinen Werdegang?", fragte ich erschrocken.

„Genau den", antwortete Henry, mal wieder tief in eine Zeitung versunken. „Wir haben uns gedacht, dass eine junge Frau wie du unter anderen jungen Frauen seien sollte. Auf einer Mädchenschule, die dich gesellschaftlich ausbilden soll." Ich schauderte. Andere junge Frauen... die mir wahrscheinlich alle sagen würden, wie dumm und ungebildet ich war. „Du trägst jetzt den Namen Wennington", fügte Henry hinzu, „du solltest auch dementsprechend gute Chancen auf eine passende Verbindung bekommen und deshalb soll es bitte nicht an deiner Ausbildung scheitern." Ausbildung? Verbindung? Ich sackte tiefer in die Kissen der Chaiselongue und macht den Rücken krumm. Bisher hatte ich mir morgens nicht einmal Gedanken darüber gemacht, was ich abends wohl getan haben wollte, nun änderte sich das alles schlagartig.

DREIZEHN

Geplant hatten sie dieses Fait accompli wohl schon länger, es kam mir nämlich verdächtig seltsam vor, dass ich dort bereits angemeldet worden war und auch bereits am nächsten Morgen beginnen sollte. Nachdem meine Mathematikkarriere ein einziger Reinfall gewesen war, ging ich zu diesem neuen Level an *was-wird-aus Josephines-Leben* mit mäßigem Enthusiasmus ran. „Denk immer daran deine Teetasse so zu halten, wie wir es geübt haben, und vergiss bitte nicht dein Retikül", ermahnte mich Jane. Aber mein Retikül, ein kleines Täschchen, war so fest um mein Handgelenk gebunden, dass es unmöglich gewesen wäre es zu verlieren. Es hätte höchstens ganz aus Versehen im weiten Bogen leider über die Themse fallen können. Das einzig Gute an der ganzen Sache war: es gab extra für den Anlass ein ganz neues Kleid! Und zwar einen Marineblauen Rock, eine weiße Bluse mit rundem Kragen und darüber hatte ich mir eine Weste im gleichen Blauton gewünscht, die mit goldenen Knöpfen verziert war. Der Chauffeur, der bisher in jeder noch so mittelmäßig tollen Lebenssituation gelächelt und den Daumen hochgehalten hatte, fuhr mich über die Themse zu einem Gebäude, was von außen so schauerlich aussah, wie die Abtei von Northanger, aus dem Jane Austen Roman, den ich zurzeit las. Bestimmt waren in diesen gotischen Gemäuern zig Menschen gestorben und in Konserviergläser gesteckt wurden. Und wenn nicht sie persönlich, dann totsicher ihre ganze Lebensbegeisterung. Dieses Gebäude, mit seinen dramatischen Türmchen, den Zinnen und den vielen Statuen an der Fassade, die mit grotesken Fratzen auf mich hinabsahen und mich mit ihren Blicken bespien, sagte bereits beim Hineingehen etwas ähnliches aus wie: „gib uns deine ganze Fröhlichkeit, wir haben Hunger und wollen deine Freude fressen!". Tja, da hatten sie die Rechnung aber mit der Falschen gemacht, denn ich wollte meine Fröhlichkeit bei mir behalten. Ich trat also in das Gebäude ein und suchte den Raum, den man mir gesagt hatte in diesem endlosen, tristen Gang. Es roch hier ganz seltsam, ich konnte den Duft nicht einordnen und weiß auch nicht, ob ich es gewollt hätte. Die Tür war verschlossen, anhand der murmelnden Stimmen hörte ich aber, dass schon jemand im Raum war. Ich nahm all meinen Mut zusammen und klopfte an der Tür. Als ich sie öffnete, starrten mich bestimmt zehn Augenpaare herablassend an. Auf einmal war ich wie gelähmt. Ich schwöre, ich konnte mich nicht bewegen! Kein einziger Muskel in meinem Körper gehorchte mir mehr. Ich hatte noch nie Kontakt zu so vielen anderen Mädchen meines Alters gehabt. Und sie alle sahen mich mit erwartenden Blicken an.

„Ja, Matrose?", fragte mich eine von ihnen, braune Augen, ebenmäßige Haut mit einem, wie Honig glänzenden, blonden Zopf. Ich machte den Mund auf, es kam aber nichts heraus. Bevor die Situation noch unerträglicher wurde, stand endlich eine Frau mittleren Alters auf und begrüßte mich.

„Du musst Josephine sein. Willkommen", bat sie

mich herein. Mit tippelnden Schritten bewegte ich mich in den Raum. „Josephine ist neu in dieser Klasse, und ich erwarte, dass ihr sie wohlwollend in unserer Mitte aufnehmt." Aber da hatte ich auch schon eine weitere wichtige Lektion gelernt. Als das Honigmädchen mich mit herablassenden, feurigen Augen verfolgte wurde mir klar, dass egal, wie unschuldig du wirkst, Feinde kamen auf natürliche Weise. Ich ging mit unsicheren Schritten zu dem einzigen noch freien Platz in einer Zweierbank. Dort hinten, am Ende des Raumes saß ein Mädchen mit krausen, Kakaobraunen Haaren und haselnussbraunen Augen. Ihr Gesicht wirkte durch die kleine Stupsnase und die kugeligen Augen so freundlich, dass ich mich direkt neben ihr niederließ. „Hallo, ich bin Judy", stellte sie sich vor. „Meinen Namen kennst du ja", stotterte ich und versuchte zu lächeln.

„Du bist die Tochter der Wenningtons, richtig?" Ich nickte unsicher. „Mein Vater arbeitet mit Henry Wennington zusammen im Parlament. Sie haben aber nur selten etwas miteinander zu tun." Ich lächelte weiterhin freundlich, versuchte aber zu verstecken, dass es mir eigentlich völlig egal war, wer ihr Vater war, oder mit wem er zusammenarbeitete. Das Einzige, was sich in mein Hirn eingebrannt hatte und ich auch so nicht beantworten konnte war eine Frage.

„Warum hat mich das Mädchen da vorne Matrose genannt?", fragte ich Judy. Sie presste mitleidig die Lippen aufeinander. „Audrey ist furchtbar fies. Ich verstehe nicht, warum sie die Beliebteste hier ist. Ihre Eltern sind furchtbar vermögend und wahrscheinlich hat einfach jede hier Angst sich Audrey zum Feind zu machen, deshalb laufen sie lieber hinter ihr her." Aber das hatte meine Frage nicht beantwortet und so stellte ich sie noch einmal, bis Judy, als wäre es das offensichtlichste der Welt erklärte. „Es ist deine Kleidung. Blau und Gold sind die Farben der Marine." Der werte Leser glaubt bestimmt, dass ich mich habe unterkriegen lassen von den anderen, die gesellschaftlich so viel erfahrener waren als ich. Aber da hat er sich gewaltig geirrt. Diese Audrey hatte meinen Kleidungsstil angegriffen und das, obwohl sie ein dermaßen langweiliges Ensemble aus Leinen Trug. Ich war nicht die Einzige, die eine Feindin haben könnte, entgegen ihrer Beliebtheit, gegen die ich ziemlich immun war, konnte nämlich auch sie eine haben. Und das war ab diesem Zeitpunkt Ihre verehrte Erzählerin.

Von all den Mädchen, die mit mir in eine Klasse gingen, gefiel mir Judy am besten. Sie war witzig, ein wenig schusselig und hatte immer einen passenden Spruch parat. Aber irgendwie schien auch sie extreme Angst vor Honigkuchenpferd Audrey zu haben, wie ich sie gerne nannte. Denn sie wieherte immer ihre Empörung über Gott und die Welt hinaus, wie ein Pferd und hatte, wie ich ja bereits bis ins kleinste Detail geschildert habe, honigblondes Haar. Auch hatte sie, wenngleich ich es nicht gerne zugab, leider auch die Grazie und die ehrenhafte Haltung, wie ein Pferd, sie machte dem Namen der Schule also alle Ehre.

„Man sagt sie habe bereits eine Partie, und die ist nicht von schlechten Eltern!", flüsterte Judy nach einem wieder mal einzigartig eloquenten Wortbeitrag des Honigkuchenpferdes. „Eine Partie?", fragte ich blauäugig, denn zugegebenermaßen hatte ich auch letztens zu Hause nicht gewusst, was Henry gemeint hatte, als er sagte, meine schlechte Ausbildung solle keiner geeigneten Partie im

Wege stehen. „Na, das heißt sie ist jemandem versprochen. Verlobt." Was das bedeutete, war mir natürlich völlig klar.

„Nur weiß noch niemand, wer es ist", Judy versuchte auf komische Weise so zu sprechen, dass unsere Lehrerin nicht mitbekam, wenn wir wieder heimlich tuschelten, anstatt mit hochgespannten Ohren mehr darüber zu erfahren, zu welcher Jahreszeit man seinem Gatten wohl am ehesten die Strümpfe stricken sollte. „Aber wir sind doch erst siebzehn", flüsterte ich empört, hatte ich mir doch noch nie Gedanken darüber gemacht zu heiraten und eine Ehe, Haushalt und Kinder zu versorgen, wie Jane es tat. Judy nickte.

„Ja eben! Und das ist das dringendste Alter die Augen für eine geeignete Partie aufzuhalten. Du möchtest doch nicht als alte Jungfer enden." In meiner Brust stockte mein Herz. War ich möglicherweise schon jetzt verloren? Aber wie zur Hölle sollte ich denn überhaupt eine geeignete Partie finden, wenn ich niemals mit einem annähernd jungen, männlichen Wesen zusammentraf. Auf einmal stieg eine Panik in meine Brust, wie ich sie seit dem Tag, als ich aus Kairo geflüchtet war, nicht mehr kannte. Es war wieder diese Angst davor auf der Straße zu landen. „Nein, sicher nicht", murmelte ich deshalb als Antwort. Und dann bekamen wir auf einmal eine Aufgabe, die mir auf den ersten Blick wundervoll erschien! Wir sollten eine eigene, eine kreative Geschichte schreiben, mit unserem Traum-Ehemann in der Hauptrolle des Helden. Warum es jetzt genau der sein musste, wusste ich auch nicht. Aber seltsamerweise dauerte es keine drei Millisekunden da erschien Erichs Gesicht vor meinem inneren Auge. Erich… wo er wohl war. Ob er noch ein einziges Mal an mich gedacht hatte? Alles in mir hatte eine derartige Sehnsucht nach meinem Erich, dass ich des Öfteren kurz davor war Jane zu bitten mit mir nach Österreich zu fahren, das, wie ich erfuhr, gar nicht mal so nah bei uns war. Dann hatte ich aber auf einmal doch wieder zu viel Angst und schlug die Idee aus meinem Kopf. Und bedauerlicherweise schweifte ich dermaßen in meinen Gedanken ab, dass ich die ganze viertel Stunde, die wir Zeit hatten unsere Geschichte zu schreiben, mit meinem Gedankenchaos verbrachte. Und danach kam noch das viel Schlimmere: Honigkuchenpferd wollte uns natürlich unbedingt an ihrer Version teilhaben lassen. Ich stützte meinen Kopf, schon von ihrem Leseansatz gequält, auf dem Tisch ab und hörte mit müden Augen ihrer Erzählung zu. Bereits beim ersten Abschnitt brodelte es in meiner Brust. „Mit Schwert und Schild kämpfte sich Leopold durch die durchflutete Wüste in Kairo! Der Regen platzte nur so auf seinen Kopf, sogar sein Schild schützte ihn nicht vor den dicken Tropfen, die bereits seit Tagen vom Himmel kullerten. Doch er gab nicht auf! Tapfer und mit seinem üblichen Kämpfergeist ausgestattet, wehrte er mit dem Schwert seiner Klinge die Zebras ab, die versuchten ihn vom Sockel seines Pferdes zu reißen." Von dieser Absurdität schon fast gekränkt legte ich meinen Kopf auf meine Arme und hätte lieber geschlafen als auch nur eine Minute länger diesem Schwachsinn zuhören zu müssen. Auch unsere Lehrerin glaubte anscheinend, dass ich geschlafen hatte, (echt, es wäre mir lieber gewesen) denn sie nahm mich, kaum hatte Audrey ihre Saga zu Ende gelesen, prompt dran. „Josephine, was sagst du zu Audreys einzigartiger Geschichte?" In mir kroch ein Drängen meine Brust herauf. Sollte ich es heraushauen? Sollte ich es lieber nicht tun?

Dieses Drängen hatte ohne meinen Verstand entschieden, dass manche Dinge einfach gesagt werden müssen. „Vielleicht wäre die Geschichte nicht annähernd so unrealistisch gewesen, hätte Audrey sich einen Schauplatz gewählt, von dem sie gewusst hätte, wie er aussieht. Oder aber ein Geographiebuch aufgeschlagen. Oder einfach mal nachgedacht. Sicherlich hätten alle diese Vorschläge der Geschichte weitaus zum Besseren verholfen." Audrey sah aus, als würden ihr jeden Moment beide Augäpfel vor lauter Wut rausgesprungen. Den Mund zu einem entsetzten Ausdruck verzerrt starrte sie mich an, während im restlichen Klassenraum vollkommene Stille herrschte. Sie rang nach Worten, und als ihr Wiehern herauskam, hörte es sich an, als würde sich ganz London sich in Acht nehmen müssen.

„Was fällt dir ein, du, du…",

„Audrey, bitte", intervenierte unsere Lehrerin, „Josephine, würdest du deine Kritik vielleicht ein wenig spezifizieren, sodass wir dich besser verstehen könnten?" Ich schmunzelte und unterdrückte ein ironisches Lachen. „War Audrey schon einmal in der Wüste von Kairo? Offensichtlich nicht, denn ich hätte ihr fünf Pfund gezahlt, wenn sie mir auch nur ein einziges Zebra zeigt. Warten Sie, ich leg' noch einmal fünf Pfund drauf, wenn sie mir dann auch noch aufzählt, wie oft es in der Wüste von Gizeh regnet. Ich kann Ihnen eines sagen: so trocken, wie in der Wüste von Gizeh, Sie können sich gar nicht vorstellen, wie sich das anfühlt. Mit klareren Worten gesagt, man kann an der Hand abzählen, wie oft es in den letzten zweihundert Jahren dort geregnet hat. Honigkuchen-, ich meine Audreys Erzählung ist also völliger Quatsch." Manche Mädchen schlugen sich die

Hand vor den Mund, andere starrten mit geschockten Mienen zu Audrey herüber, die wirklich aussah, als würde sie innerhalb der nächsten Sekunden wie ein Vulkan anfangen Lava zu speien. „Du bösartiger... roter... Gnom!", stieß Audrey hervor. Eieiei, da hatte sie nun aber wirklich ihre Ausbildung zur ehrenhaften Tochter völlig vergessen. Besser gesagt, sie hatte sich selbst vergessen. „Woher möchtest du denn das alles wissen, du Tochter einer Hexe?", schrie sie wütend. Ich blieb ganz entspannt und mit gewollt nettem Lächeln dasitzen und sah sie mit ruhigen Augen an, als ich sprach.

„Weil ich ganze sechzehn Jahre in Kairo aufgewachsen bin." Und da brach völliges Getümmel aus. Einige Mädchen fingen aufgeregt an zu schnattern, andere lachten und Audrey lief nun zur Hochform auf. „DU LÜGNERIN!", feixte sie, „DU LÜGST!". Zwischen Lachen, Gackern, hysterischem Weinen, weil man einfach eine verwöhnte Göre war (Ja, lieber Leser, damit meine ich Audrey) und Judys amüsiertem, wie auch triumphalem Lächeln, weil endlich mal jemand dem Honigkuchenpferd die Stirn geboten hatte, stand meine völlig hilflose Lehrerin, die in einem Zustand zwischen Ohnmacht, aufgrund gesellschaftlich inakzeptablen Verhalten ihrer ehrenhaften (naja, in dem Moment wohl eher weniger ehrenhaften) Töchter, und kompletter Hyperventilation aufgrund meines Geständnisses war.

„Mädchen!", brüllte sie, „wir beruhigen uns jetzt einmal alle wieder!". Und nach einem dritten Klatschen hatte sich jeder oberflächlich wieder beruhigt und ihr zugewandt.

„Viel wichtiger ist doch", setzte sie an, „was Josephines Rückmeldung hier impliziert." Als absolut niemand wusste, was sie damit meinte, führte sie aus: „wenn nun euer

Gatte eine Geschichte erzählt und ihr wisst, dass diese ein wenig unplausibel ist, wie gehen ehrenhafte Ehefrauen vor?". Sofort schossen circa zehn Hände in die Luft. „Wir loben ihn für seine Kreativität und sehen das Positive in dem bloßen Versuch seiner Erzählkunst. Denn Männer brauchen unsere vollkommene Unterstützung." Alle nickten zufrieden und auf diese Bemerkung ließ ich nur erneut fassungslos meinen Kopf auf den Tisch fallen.

VIERZEHN

„Heute hat mich auf der Arbeit ein Brief erreicht von einer gewissen Miss Swanston, die sich über das Benehmen und die Manieren meiner Tochter empört", erzählte Henry beim Abendessen, und ja, sie können es sich denken, verehrter Leser, er war dabei mal wieder in die Daily Times vertieft. „Da würde es mich doch einmal brennend interessieren, was da vorgefallen ist, Josephine, dass diese Maßstäbe der Prüderie in der Nachricht deiner Lehrerin begründet". Noch immer wütend über die Sache spießte ich ein Stück Fleisch auf meine Gabel. „Das ist eine sehr lange Geschichte", murmelte ich grummelig. „Ich dachte dafür seien Abendessen da", gab Henry zurück. Ich ließ meine Gabel sinken.

„Eine ungehobelte, verzogene Zicke hat eine Geschichte erzählt, die vollkommen unrealistisch war und nicht schlimmer hätte sein können. Und da ich nun einmal sechzehn Jahre in Kairo aufgewachsen bin, weiß ich es eben besser." Henry musterte mich mit gerunzelter Stirn. Dann holte er ein weißes Kuvert aus seiner Hosentasche, rückte die kleine Brille auf seiner Nase zurecht, räusperte sich und las:

„Mein sehr verehrter Sir Wennington. Ich muss Sie mit diesem Schreiben über das unschickliche Benehmen Ihrer Tochter Josephine in Kenntnis setzten. Nicht nur zeigt sie einen aufmüpfigen Charakter, sie geniert sich auch in keiner Sekunde des Unterrichts deutlich zu machen, wie unnütz sie die Unterrichtsinhalte findet. Zu guter Letzt, und das ist wohl das Schlimmste an der ganzen Sache, brüskiert sie sich über andere Schülerinnen in ihrer Klasse und lehnt sich gegen die gesetzten Konventionen auf. Sollte dieses Verhalten keine Besserung zeigen, bin ich hiermit gezwungen sie von der Schule zu verwaisen. Dies sollte als eine Abmahnung gelten." Vollgestopft mit Wut kreuzte ich meine Arme vor der Brust und schmollte in den Schmorbraten.

„Das ist völliger, erstunken und erlogener Schwachsinn!", antwortete ich auf dieses lächerliche Kuvert. „Ich brüskiere mich nicht über die Schülerinnen, ich brüskiere mich über ihr Verhalten und ihre unrealistischen Geschichten, das ist etwas vollkommen Anderes!" Aber Henry schien mit dieser Erklärung nicht ganz zufrieden zu sein und hob eine Augenbraue. „Nun im Endeffekt ist mir die Meinung dieser Person bezüglich meiner Tochter gleich, andernfalls sind wir von ihrer Bewertung über dich abhängig und diese Ausbildung zu bestehen ist für dich nun mal deine Eintrittskarte in die Gesellschaft." Ich sprang auf und reckte trotzig den Kopf empor. „Damit ich nicht ohne Partie ende?", fragte ich wütend und sowohl Jane als auch Henry schienen sehr überrascht über diese Frage. „Mir wurde bereits davon erzählt, dass ich ohne eine gute Partie eine einsame Jungfer werde und meiner Familie auf der Tasche liege." Aber Henry machte mit seinen Händen eine senkende Geste.

„Nun setz dich mal wieder hin, Hitzkopf, gute Partie hin oder her, auf der Tasche wirst du in diesem Hause niemand jemals liegen. Aber in einem gewissen Maße haben Sie

Recht, du solltest auf jeden Fall mit den Konventionen der Londoner Gesellschaft vertraut sein, um in der Gesellschaft angenommen zu werden. Und das wirst du eben nur über das Gutachten dieser Frau."

„Ich finde die Meinungen dieser Menschen schlicht weg seltsam", erwiderte ich und versuchte meine Zweifel zu begründen, „Ich meine, wie dumm wäre es denn, jemandem nicht zu sagen, dass der Verlauf seiner Geschichte so gar nicht realistisch ist, wenn doch nichts daran der Wahrheit entspricht? Das ist unaufrichtig und unaufrichtig sein bedeutet Lügen, ergo begehe ich eine Sünde." Alle am Tisch begannen zu lachen, allen voran Georgie. Als Henry sich wieder gefangen hatte sah er mich mit einem Blick an, der verzweifelt aussagte: „Wie bekomme ich die wohl gezähmt".

„Jemanden ein wenig zu beweihräuchern ist noch lange keine Sünde", lachte er, „Männer müssen eben manchmal beweihräuchert werden. Schließlich sind wir nicht in allem so gut galant und weltgewandt, wie es unsere Frauen sind", er schenkte Jane bei dieser Äußerung einen liebevollen Blick, den diese überraschenderweise mit feurigen Augen erwiderte. „Leider sind die begabtesten Frauen nicht als Männer geboren worden", warf sie ihm entgegen, „ich würde mich lieber sündhaft mit Lügen beweihräuchern lassen, als für immer in meinem Talent und meinem Begehren von männlicher Seite unterdrückt zu werden." Und dann stand sie auf und verschwand in ihr Zimmer. Wir alle saßen ziemlich fassungslos am Tisch. Ich wusste nicht was los war, Georgie hatte noch immer das Stück Schmorbraten im Mund und Henry sah noch immer auf seine Zeitung. Dann aber seufzte er laut, lächelte gekniffen und sagte noch: „regle das,

Josephine, und versuch dich zu benehmen", bevor er Jane in das Zimmer hinterherlief. Georgie schluckte nun endgültig das Stück Schmorbraten hinunter und zuckte mit den Schultern. „Vielen Dank, Josephine, du hast echt perfekt von meiner unzureichenden Note in Mathematik abgelenkt. Sonst hätte ich davon erzählen müssen." Doch dann zerknautschte sein Gesichtsausdruck. „Herr Meyers wird es sowieso erzählen... moment, ich lasse ihn die Enttäuschung Schriftlich in einem Kuvert mitteilen. Dann kann Vater den wieder so theatralisch beim Dinner öffnen. Oder er ist von der Zeitung abgelenkt. Oh Mann, ich bin echt ein Genie." Dann sprang er von seinem Stuhl, lachte noch einen Moment über seine Genialität und ließ mich allein mit dem Schmorbraten.

Natürlich hatte sich die angespannte Stimmung zwischen Jane und Henry nicht einfach in Luft aufgelöst. Jane hatte gute Tage und schlechte Tage. Da ich jetzt immer öfter erst nachmittags wieder daheim war, konnte ich es auch nicht mit Gewissheit beurteilen, wie es um ihr Seelenheil stand, allerdings habe ich dafür auch keine Beobachtungsstudie anfertigen müssen, um zu wissen, dass Janes Herz auf alle Zeit gebrochen war. Manchmal, wenn sie dachte, dass niemand sie sähe, stand sie vor dem Fenster, starrte ins Leere hinaus und hielt dabei die Puppe in ihren Händen, von der ich wusste, dass sie Mary gehört hatte. Und ich sprach Jane nie darauf an. Ich wusste einfach nicht, ob sie es gewollt hätte. Ich trug meinen Großvater, Herr Droog und das Geheimnis um Erich auch lieber in meinem Herzen, denn da waren sie sicher. Mit großer Wahrscheinlichkeit ging es Jane mit Mary genauso. An diesem Abend lag ich also, zugegebenermaßen noch immer ein wenig aufgebracht wegen des Briefes meiner

Lehrerin, auf meinem Bett und hörte die erregten Stimmen der beiden im Nachbarzimmer. Ich brauchte gar nicht aufstehen und lauschen, man hörte die beiden auch so.

„Hergott, Jane, wie kannst du mir das übel nehmen?", stieß Henry hervor und nun hörte ich auch, dass Jane leise winselte. „Wie kannst du es mir nicht gewähren? Der Frau, die du liebst, die Mutter deiner Kinder, das Mädchen, dem du vor Jahren versprochen hast für sie Berge zu versetzen?", nun wurde ihr Schluchzen und ihre Stimme lauter, „Ich gehe ein in diesem Haus, ich ertrage das nicht mehr, wann bekomme ich denn endlich meinen Frieden?".

„Du weißt, dass mein Ansehen dann ruiniert sein würde! Ein Abgeordneter mit einer politisch aktiven Frau, Jane, sie würden dich als Suffragette ins Gefängnis sperren, möchtest du das? Möchtest du, dass ich das mit ansehen soll?".

„Das würde dich ruinieren? Natürlich eine Frau, die denkt, ruiniert dich, aber eine Affäre mit einer Frau eines anderen Abgeordneten anzufangen, das ist ja nur männlich! Weil wir nichts für euch sind, als ein Stück Fleisch!". In meinem Hals bildete sich ein Kloß, ich schluckte ihn ätzend herunter. Der Klang von Janes Stimme, getränkt in Wut, Trauer, Verzweiflung und Kränkung tat meinem Herzen weh.

„Es war keine Affäre", auch Henrys Stimme war nun den Tränen nahe. „Mary war tot, du warst für mich unerreichbar, mein Leben verhüllt von Trauer und Wut. Ich habe niemals wieder mit dieser Frau gesprochen. Niemals." Jane stand nun so heftig auf, dass ihr Stuhl nach hinten wegfiel.

„Ich war für dich unerreichbar? Und du musstest dir dann Trost holen?".

„Sie war meine Tochter!", schrie Henry nun. „Sie war auch meine Tochter! Sie war mein Mädchen, ich habe sie getragen, neun Monate unter meinem Herzen, habe die Schmerzen gespürt sie auf die Welt zu bringen, habe ihr die Löckchen gedreht, ihrer Puppe Kleidung gestrickt. Sie war auch meine Tochter", wiederholte sie immer und immer wieder und mit jedem Mal wurde ihre Stimme erstickter, bis sie in einem leisen Schluchzen verklang. Und als ich nichts mehr hörte, rein gar nichts, da stand ich wirklich auf und machte etwas, was wahrscheinlich die Maßstäbe der Unschicklichkeit übertraf. Ich stahl mich mit leisen Schritten aus meinem Zimmer und warf einen Blick durch das Schlüsselloch des Ehezimmers. Ich weiß verehrter Leser, so ein Verhalten ist absolut nicht tolerierbar, und ich kann nicht wirklich sagen, was mich dazu gebracht hatte. Aber ich glaube, ich hatte ein kleines bisschen Angst um die beiden, Angst, dass sie sich gegenseitig noch mehr verletzen könnten. Doch als ich meinen Blick durch das Schlüsselloch warf, sah ich Jane in Henrys Armen, seine Hände schützend auf ihrem Kopf. Und mir war plötzlich klar, dass die beiden realisiert hatten, dass der Tod ihrer geliebten Tochter nichts war, was sie auseinanderbrachte, sondern im Gegenteil, ein Schicksalsschlag, der sie nur enger aneinanderschweißte.

„Kannst du mir irgendwann verzeihen?", fragte Henry. Wie gebannt stand ich hinter der Tür und mein Herz schlug mir bis zum Halse. „Nein", antwortete Jane, „das kann ich dir nie verzeihen. Aber ich liebe dich trotzdem und du bist auch trotzdem mein Mann. Ich werde bei dir bleiben und niemals würde ich nach Vergeltung trachten. Nur verzeihen kann ich dir diese eine Sache nicht, und wenn du mich liebst, dann wirst du mich auch nicht weiter darum bitten." Henry lächelte schwach, denn auch wenn das nicht die Antwort war, die er sich erhofft hatte, wusste er, dass er nach seinem großen Verlust immerhin die Liebe seiner Frau weiter behalten durfte. Und in seinem Gesicht sah man die Dankbarkeit, die er Jane gegenüber empfand. An diesem Abend wurde mir bewusst, wie unfassbar stark diese beiden Menschen waren und was Liebe in ihrer tiefsten Bedeutung eigentlich aussagt.

Fünfzehn

Als ich am nächsten Morgen wieder einmal in die unerträgliche Schule für ehrenhafte Mädchen musste, plagten mich schon kurz nach dem Aufstehen Bauchschmerzen. Ich hasste es dort und es wurde auch nach drei Wochen nicht wirklich besser. Ich war zu grob, um Sticken zu lernen, zu ungeschickt, um mit feinem Porzellan zu hantieren und zu ungebildet, um mich mit gesellschaftlichen Konventionen auszukennen. Jene, die ich kennenlernte sorgten bei mir nur für Abstoßung und Unverständnis. Setzte ich alles so um, wie diese Menschen es von mir verlangten, war meine ganze Existenz nur dazu gut die Frau an der Seite meines Mannes zu sein. Still, bescheiden, gehorsam. Nachdem jede Stunde meine abgeneigte Langeweile verschlimmerte, verspürte ich nur noch ein Gefühl der Einengung in meiner Brust. Der verehrte Leser darf jetzt kein falsches Bild von seiner verzweifelten Erzählerin haben, es war nicht einmal der Fall, dass ich eine Konvention ablehnende Männerfeindin war! Auf keinen Fall war ich das, ich wäre ja sogar froh gewesen mal einen in Echt vor Augen zu bekommen, der nicht zufällig unser sechzigjähriger Chauffeur oder mein Adoptivvater war. Aber ich verstand einfach nicht, wozu ich gut sein sollte, wozu ich eigentlich existierte, wenn ich doch nur dazu verdammt war in einem Haus zu sitzen und mein Leben danach auszurichten einen Mann zu bezirzen. Denn so, wie es meine Lehrerin und jeder um mich herum mir zu verstehen gab, sollte ich nicht in einem warmen Heim sitzen und mit einem Mann angeregte Diskussionen über Themen führen, zu denen auch ich eine eigene Meinung hatte. Ich hatte laut denen überhaupt keine Meinung! Ich sollte lediglich in einem Heim sitzen und brav nicken, wenn mein Ehemann sprach. Und wenn ich eine auf die Rechte bekäme, so halte ich ihm auch die Linke hin. Es war grauenvoll. Bin ich ohne eine eigene Meinung, ohne ein Recht meine Gedanken zu äußern, ohne etwas das mich ausmacht, überhaupt ein Mensch? Ich wusste gar nichts mehr, nicht mehr ein noch aus. Ich wusste nur, dass meine Familie glücklich war, wenn ich glücklich war, also gab ich vor glücklich zu sein. Ich sagte in den Stunden nichts mehr, auch nichts mehr über die sinnfreien Beiträge von Honigkuchenpferd. Ich kehrte einfach immer stiller in mich hinein. Eines tristen Freitags im Januar, draußen hatten sich die Frostflocken an die Fensterscheibe gelegt und seit Wochen war es draußen bloß grau und matschig, ging ich nach vorne zu meiner Lehrerin und fragte sie: „Miss? In all den Wochen, die ich nun hier mit den anderen lerne, habe ich noch immer keine Ahnung, wer sie eigentlich sind." Ich erinnere mich noch heute an den ausdruckslosen Blick und das mit Furchen durchzogene Gesicht dieser verbitterten Person. „Das kommt wahrscheinlich daher, dass du dich nicht für diese Klasse interessierst." Diese Behauptung traf mich hart, hatte ich doch nun wirklich schon oft versucht mein Bestes zu geben. Und wenn Sie und ich ehrlich sind, lieber Leser, dann wissen wir doch beide, dass ich einfach nicht dorthin gepasst habe. „Nein", wies ich den Vorwurf ab, „das liegt daran, dass wir nie über uns reden. Nie etwas von uns erzählen, nicht miteinander darüber sprechen, was wir im Leben erreichen wollen." Nun zog sie garstig eine Augenbraue hoch und lachte bitter.

„Sie wollen erreichen ein gesellschaftlich anerkanntes Leben zu führen. An der Seite Ihres Ehemannes. Als gute Frau."

„Aber er hat doch sein eigenes Leben. Was ist mit meinem? Ich kann doch nicht nur dabei zusehen, wie er kommt und geht, was ist, wenn ich mich unerfüllt fühle?". Da lachte sie auf einmal richtig und packte ihre Sachen zusammen. „Dann sollten Sie vielleicht wieder zurückgehen in die Wüste von Kairo." Diese Bemerkung hatte mich so hart getroffen, dass ich daraufhin den ganzen Nachmittag auf meinem Bett lag und lautlos merkte, wie mir die Tränen von der Wange kullerten. Damit mich niemand so sah, hatte ich behauptet Kopfschmerzen zu haben und schlafen zu wollen. Ich schluchzte nicht, ich machte keine Geräusche, ich weinte einfach lautlos vor mich hin. Egal, was ich sagte, oder was ich fühlte, es passte an keinen richtigen Ort. Und so sehr ich mich auch versuchte anzustrengen, ich konnte mir nicht vorstellen, weshalb die englischen Männer so grundverschiedenen zu denen sein sollten, mit denen ich sechzehn Jahre lang aufgewachsen war. Als ich so in meiner melancholischen Trauer vollbekleidet auf dem Bett lag und nachdachte, kam mir der Gedanke in den Sinn, dass ich fast mein ganzes Leben unter Männern verbracht hatte, aber die wenigen Monate fast nur unter Frauen wesentlich schlimmer gewesen waren. Aber wie hatte ich es mir schon vorgestellt? Na ja, sagte ich zu mir selbst, sicher nicht so. Ich befand mich in einem tiefgreifenden, innerlichen Zwiespalt. Allein zu sein, abgestoßen von allen, erschien mir als das Schlimmste, was mir passieren könnte. Kein Gesicht zu haben und für immer ohne Identität hübsch dazusitzen, während mein Mann mir Geschichten vom Osterhasen erzählte und ich ihn dafür preisen sollte, erschien mir genauso unerträglich. Also was nun? Es gab keinen Ausweg, welche Option ich auch wählte, sie war nicht das, was ich mir für mich gewünscht hatte. Doch dann setzte ich mich ruckartig auf. Was, wenn ich mich heimlich weiterbildete? Ein immerzu aus dem Haus seiender Ehemann hatte nämlich auch einen Vorteil: Er war eben immer aus dem Haus! Das heißt, wie wollte er schon kontrollieren, ob ich im Kopf wissender und intelligenter wurde? Überprüfen konnte er es ja wohl kaum. Ich fühlte mich auf einmal genial in meiner neuen, gedanklichen Wissenserrungenschaft. Und in mir selbst, in meinen Gefühlen und Gedanken war ich ja so oder so immer zu Hause, das heißt, es würde mir sicherlich genügen. Neuen Mut schöpfend entschied ich mich dazu einfach eine gedanklich gebildete Frau zu werden und nur innerlich meinen Ehemann zu korrigieren.

Die Tage schleppten sich nur so dahin, und jeder Tag glich bald dem anderen. Ich fuhr in die Hölle der Ehrenhaften, ich kam nach Hause, es gab Tee, es gab Dinner, ich ging zu Bett. Doch dann, an einem Tag Anfang März, bekamen wir plötzlich die Information, dass schon in zwei Wochen der Frühjahrsball der Schule stattfinden sollte, und zwar, ja, können Sie das glauben, lieber Leser, mit männlichem Publikum! Alle waren dermaßen aus dem Häuschen, die Gespräche über die Kleider, die Dekoration, die Gäste, alles nahm überhand und wir bekamen uns gar nicht mehr ein. Ich hatte den anderen gegenüber jedoch einen Nachteil: außer Erich, hatte noch nie ein junger Mann wirklich mit mir gesprochen. Und nun war ich dermaßen gespannt darauf in welchem Grad die englischen Männer schlimm waren, ich konnte es nicht mehr erwarten. An diesem Nachmittag rannte ich nach Hause, so schnell, dass sich mein langer roter Zopf in tausende fliegende Locken ausbreitete. Als ich dann in der Cherry Road ankam, sah ich aus, wie eine verrückte Hexe, so durch den Wind war ich. „Jane!", brüllte ich, noch bevor ich die Tür richtig hinter mir geschlossen hatte, „JANE!". Ich hörte Schritte die Treppe hinuntersteigen und als Jane vor mir stand sah sie mich mit geweiteten Augen an, als hätte sie Angst um mein Seelenwohl. „Ich brauche das türkise Ballkleid, du glaubst es nicht, Jane, ich gehe auf einen Ball, einen richtigen Ball", ich packte sie vor lauter Freude an den Händen und wirbelte sie herum.

„Nun mach mal langsam, du Wilde, langsam", lachte Jane und nahm einen tiefen Atemzug.

„Ich kann endlich das wunderschöne Ballkleid anziehen, was schon so lange in meinem Schrank herumhängt. Ich bin so aufgeregt." Jane versicherte mir natürlich, dass ich an dem Abend grandios aussehen würde, und ich hoffte es wirklich. Ehrlicherweise wollte ich damals nicht einmal für mich grandios aussehen, ich wollte, dass all die jungen Männer dort standen, mich sahen und ihren Blick nicht von mir abwenden konnten, wie in den ganzen Jane Austen Romanen. Ich bekam mich den ganzen Tag nicht mehr ein, sogar Georgie kicherte irgendwann über mein breites Lächeln und fragte, ob er nicht meine Begleitung sein könnte für den Ball, schließlich habe Vater ihm doch gerade erst einen ganz schnieken Anzug schneidern lassen. Ich stemmte die Hände in die Hüfte. „Naja, wenn wir die Hose ein wenig länger machen und dich auf zwei Stelzen stellen, dann könntest du fast so groß sein, wie ich. Nur eine Ausrede für deine Zahnlücken müsstest du dir dann parat legen." Georgie war ein wenig sauer auf mich aufgrund dieses Neckens, aber abends beim Abendessen sagte Henry, natürlich mit dem Daily Telegraph in der Hand, „Ich werde aber auf jeden Fall an diesem Abend anwesend sein. Und Jane auch." Ich legte den Kopf schief.

„Ja, aber wäre denn so ein Ball von jungen Leuten nicht furchtbar langweilig für euch beide?" Henry zog seine Brille aus und widmete sich seinem Whisky.

„Viel größer ist das Problem deiner nicht vorhandenen Anstandsdame. Und ohne jemanden, der auf dich aufpasst kannst du sicher nicht gehen." Hm, dachte ich, na wenn schon, ich hatte die beiden ja sogar gerne dabei. Nur der arme Georgie tat mir leid, denn er musste zu Hause bleiben. Ich warf ihm einen bedauernden Blick zu.

SECHZEHN

In der Schule lernten wir jetzt täglich Dinge, die wir für den Abend des Balls wissen mussten. Schließlich erfuhr ich von Judy, dass es für viele der Mädchen ebenfalls der erste war und ich mit meiner Unerfahrenheit diesbezüglich nicht die Einzige. Allerdings waren die anderen schon weitaus erfahrener, vor allem, was das Tanzen anging. Ich konnte keinen der Tänze und quälte damit die arme Judy, die für den Walzer, den Kotillon und andere Gesellschaftstänze meine Partnerin war. „Tut mir so leid", beschwor ich immer wieder, wenn ich auf ihre Füße trat oder sie anrempelte. „Ich kann nichts dafür, ich versuche es ja". Und nicht selten kamen dabei bissige Kommentare aus der anderen Ecke des Raumes.

„Schaut mal alle zusammen, ich glaube Josephine zeigt uns die überaus kreative Version eines Trampeltieres." Und dann drehte das Honigkuchenpferd wieder in eine graziöse Drehung, als wäre sie eine gottverdammte Elfe. Ich warf ihr einen bissigen Blick zu.

„Immerhin bin ich kein ägyptisches Zebra!" Der Kommentar kratzte an ihr und sie hielt ihren Mund. Zu meiner Verwunderung fand Judy es manchmal sogar sehr lustig, wenn wir zusammen tanzen sollten und irgendwann so nach der hundertsten, na gut, nach der tausendsten, Wiederholung funktionierte der Walzer schon sehr flüssig und geschmeidig. „Tanzt nie mehr als zwei Tänze mit demselben Partner! Das kommt einer Vermählung gleich", warnte meine Lehrerin, die mit Argusaugen immer wieder die tanzenden Paare betrachtete. „Funktioniert das Tanzen nicht viel besser mit Musik?", fragte ich aufrichtig, denn wie zum Teufel sollte, man denn den Takt fühlen, wenn man überhaupt keine musikalische Begleitung hatte? Darauf reagierte sie nur mit einem strengen Blick und ihre Kommentarlosigkeit diente als meine Antwort. Nach dem Tanztraining trainierten wir Floskeln ein, die die meisten hier schon kannten, über meine Lippen aber nicht ganz aufrichtig rüberkommen wollten.

„Welch Freude Ihre Auftagung zu machen", versuchte ich es, aber Judy schüttelte den Kopf.

„Aufwartung!", korrigierte sie, was ich mit einem hastigen Nicken beantwortete. „Welch Freude Ihre Aufwartung zu machen", murmelte ich immer und immer wieder. Auch zu Hause probte ich meine Floskeln brav weiter und drehte sogar meine Walzerkreise im Salon. Georgie stand nur daneben und fragte sich wahrscheinlich, was zur Hölle falsch mit mir lief. Dachte ich jedenfalls, bis ich herausfand, dass er sich das leidige Trauerspiel ansah, was sich mein Tanzen nannte. „Links, rechts, zusammen", dirigierte Georgie und machte dabei eine perfekte Walzerdrehung. Sogar er konnte den Tanz perfekt, nur ich tanzte mir die Füße wund und sah dabei immer noch beschämend aus. Als es mir nach dem zehnten Mal immer noch nicht gelang, stampfte ich wütend mit dem Fuß auf und ließ mich schmollend auf den Sessel sinken. „Ich gebe auf, ich sehe ja doch nie aus, wie eine Lady!" Georgie seufzte. „Warum musst du denn überhaupt so toll tanzen können, um eine Lady zu sein? Die Ladies, die ich kenne, sitzen immer nur herum und schnattern, wie die Gänse."

„Na, um die jungen Herren von mir zu begeistern", antwortete ich und schmollte noch immer.

„Also ich finde dich toll. Deine Haare sehen aus, wie der Rost an unserer Regenrinne und du bist so klein, wie ein Kobold. Witzig bist du auch noch, und außerdem schnatterst du auch außergewöhnlich fiel. Für mich bist du die geborene Lady!" Nun brachte mich seine Ausführung aber doch zum Kichern und ich drückte ihn an mich, so goldig wie er war, und ließ mir noch mehr Walzerstunden geben. Und dann war der große Tag da, aber auf einmal war ich mir gar nicht mehr so sicher, ob ich wirklich diesen Tag hinter mich bringen würde, ohne mich vollends blamiert zu haben. Tanzen konnte ich noch immer nicht richtig, mich galant auszudrücken lief auch immer noch eher schlecht, als recht und ich fühlte eine aufwühlende Mischung aus Verzweiflung, Angst, Aufregung und das innerste Drängen endlich aufbrechen zu dürfen. „Komm", lächelte Jane, „ich mache dein Haar und helfe dir beim Ankleiden." Wir gingen hinauf in Janes Ankleidezimmer. Dort stand ein riesiger Tisch aus hellem Holz in den kunstvolle Verzierungen eingeschnitzt waren. Zum Tisch gehörte ein großer mandelförmiger Spiegel zum Frisieren und für die Toilette. Ich liebte dieses Zimmer und atmete mit geschlossenen Augen den Duft der Holzmöbel ein. Alles hier schrie nach Schönheit. Jane stellte sich hinter mich und befreite meine roten Locken aus den Papilloten, die ich seit gestern Abend im Haar trug. „Zwar sind deine Haare von sich aus schon sehr lockig, aber das formt sie noch einmal und gibt ihnen Glanz", hatte Jane erklärt. Außerdem, muss ich sagen, fand ich es auch sehr lustig mit ihnen herumzulaufen. Irgendwie sah ich aus, wie unser Lampenschirm im Salon. Auch Georgie hatte nicht eine einzige Gelegenheit ausgelassen darüber zu lachen. Ich staunte nicht schlecht, als meine langen Haare mir in kupfernen Wellen über die Schultern bis hinunter zur Brust fielen.

„Jane, warum haben wir eigentlich keine Zofe?", fragte ich geradeheraus. Jane war sehr konzentriert dabei mich zu frisieren und sah mich nicht an, als sie antwortete:

„Ich habe keine Zofe gebraucht und bisher hatte ich keine Tochter, die eine Anstandsdame benötigt hätte." Augenblicklich wusste ich, wie sehr sie dieser Kommentar geschmerzt haben muss, als ich matt lächelte und die Sache auf sich beruhen ließ. „So…", murmelte Jane, und ich spürte das letzte Piken einer Haarnadel am Hinterkopf. Ich sah auf und erschrak über die Person, die mir da im Spiegel entgegensah. Mein Haar lag in glänzenden Locken um meinen Kopf, hochgesteckt, wie die feinen Damen es trugen. An der rechten Seite stach eine große blaue Blume aus Stoff hervor. Es sah reizend aus mit dem feurigen Rot. „Wie findest du dich?", fragte Jane, die sanftmütig hinter mir stand. Ich seufzte tief.

„Ich erkenne mich nicht wieder." Jane nickte trübe.

„Solche Bälle haben oft etwas maskiertes, etwas verkleidetes. Selten ist man wirklich so, wie man sich innerlich fühlt. Mit jedem Ball, auf dem du sein wirst, wird dir das klarer." Jane wirkte in diesem Moment so unendlich traurig, bis heute weiß ich nicht wirklich, was sie mir damit sagen wollte. „Wir müssen dir heute ein Korsett anlegen", teilte mir Jane anschließend mit und machte dabei ein bedauerndes

Gesicht. „Ein was?“, wollte ich wissen. Jane hielt es hoch und ich versuchte wirklich beim besten Willen herauszufinden, was dieses Kleidungsstück sein sollte. Es sah grau, und trübe aus, ein Stück Stoff ohne jegliche Verzierung aber aus Satin mit Schnüren und silbernen Häkchen.

„Ein Korsett benutzt man, um eine aufrechte Haltung, eine schöne Silhouette und eine schmale Taille zu bekommen. Bisher habe ich immer bei dir darauf verzichtet, aber ich fürchte heute ist es unabdingbar.“ Ich begutachtete dieses Kleidungsstück, als wäre es ein fremdartiges Tier. Und irgendwie ahnte ich, dass es mir ganz und gar nicht gefallen würde es an meinem Körper zu spüren. Dann, als Jane es mir umlegte und begann die Schnüren am Rücken zuzuziehen, wich jedes kleine bisschen Luft aus meinem Körper und wurde explosiv herausgestoßen. „Das tut weh“, presse ich atemlos hervor. Da merkte ich, wie sich Janes Augen mit Wasser füllten und man ihr den Hass ansah, den sie gegenüber diesem Ritual verspürte. Da stand ich nun also, geschnürt in ein komisches Ding aus Satin, außen elegant und innen, als hätte man mir die Freiheit aus den Lungen gepresst.

„Man muss sich erst einmal daran gewöhnen“, versicherte Jane. „Irgendwann kommt es einem schon vertrauter vor, glaub mir, und dann wirst du es gar nicht mehr so sehr spüren.“ Ich wusste nicht, ob ihre Worte einfach daher gesagt waren, um mich zu beruhigen, oder ob es wirklich so war, dass man dieses mit Eisenstäben versetzte Monster irgendwann gar nicht mehr spürte. Ich bezweifelte es aber stark. Zuerst wusste ich gar nicht, wie ich mich darin bewegen sollte, alles war so eng und erdrückend.

„Können wir es nicht minimal lösen?", bat ich Jane und rang dabei nach Luft. Sie betrachtete mich grübelnd und zupfte dann ein wenig an dem Oberteil.

„Na gut, ich versuche es. Hauptsache es verrutscht nicht." Doch das kleine Bisschen tat schon seine Menge und ich konnte immerhin wieder freiere Züge Luft durch meine Lungenflügel pumpen. Andernfalls hätte ich auch wirklich Angst gehabt ohnmächtig beim Tanzen zu werden! Nachdem ich mich einige Minuten mit dem Korsett angefreundet hatte, holte Jane das blaue Kleid aus dem Kleiderschrank. Es war noch immer ganz genauso schön, wie an dem Tag, als es einzig und allein in meiner Vorstellung existierte. Zuerst stülpte mir Jane eine weiße Bluse über, mit Puffärmeln, die mit Goldornamenten bestickt waren. Danach schlüpfte ich in einen Rock aus hellblauem Chiffon, auf dessen Saum die ähnlichen Goldornamente zu finden waren, wie auf meinen Ärmeln. Der absolute Höhepunkt aber war das, was über Rock und Bluse gezogen wurde. Westenartig knüpfte man den Bezug unter der Brust zu, jedoch fiel dieser zu beiden Seiten über die Hüfe und verlieh dem Kleid den letzten Schliff. Verziert mit tausenden winzigen Steinchen funkelte das westenartige Überkleid, wie die Tiefen des Ozeans in dunkelblauen, grünen und türkisen Schattierungen. Ich sah schlicht und einfach wunderschön aus.

„Wie eine ägyptische Göttin", flüsterte Jane und bestaunte genau wie ich mein Spiegelbild. Dann legte sie mir ein wenig Puder und Lippenröte auf, aber nur ganz dezent. Ich hatte es nicht ahnen können, nicht gewusst, dass auch in mir eine derartige Schönheit schlummerte.

Henry allerdings schien wenig begeistert von meinem Kleid zu sein, denn er musterte mich, als wäre ich eine Zirkusattraktion, als ich, für meine Verhältnisse sehr anmutig, die Treppe herunterkam. Ich erinnerte mich an den Kommentar des Schneiders. „Sehr unkonventionell". Aber mir gefiel es, und Jane gefiel es auch. Sie war in eine dezente, blassrosa Robe gekleidet, eine Blume schmücke ihr hochgestecktes, dunkles Haar. Ich rechnete es Henry hoch an, dass er seine Zweifel gegenüber dem Kleid nicht zum Ausdruck brachte, wohl um meinetwillen. Georgie stand im Türrahmen und hielt mir einen Daumen nach oben. Ich musste schmunzeln und hob die Hand zu meiner Wange, um wie eine feine Dame auszusehen. Gerne hätte ich ihn dabeigehabt, denn er vermochte jede auch nur annähernd brenzlige Situation zu einem großen Spaß zu machen.

„Matthew ist schon vorgefahren", drängte uns Henry, der elegant gekleidet in Frack und weißem Hemd schon ungeduldig in der Tür stand. Jane und ich schwangen unsere Capes um die Schultern und waren bereit zum Aufbrechen. Auf dem gesamten Weg zur Veranstaltung, raste mein Herz und ich wusste nicht einmal weshalb. Ich fühlte mich wirklich großartig in der Robe und konnte es gar nicht erwarten endlich auszusteigen. Das war einerseits. Und andererseits hatte ich unterbewusst diese riesige Angst man könnte mir ansehen was für eine Schwindlerin ich war. Ein einfaches, verwaistes Mädchen aus Ägypten, nicht adelig, nein nicht einmal in die Oberschicht hineingeboren, lediglich aus purem Glück hier gelandet. Aber dann fiel mir etwas ein, und als der Wagen stoppte, hatte ich diesen Gedanken zutiefst verinnerlicht. Erst vor kurzem hatte mir doch Jane erzählt

Bälle hätten immer etwas verkleidetes. Dies hier war meine Verkleidung, meine Rolle. Manchmal haben wir Glück im Leben und es liegt einzig und allein an uns, ob wir es annehmen, und was wir daraus machen. Zögerlich entschied ich mich dieses Glück umzuwandeln. Ich war zwar nicht zur Dame geboren, aber ich würde zur Dame werden, denn hier kannte ja niemand mein Geheimnis und es lag nur an mir, wem und ob ich es jemanden anvertraute. Wenn all den Leuten da drin nicht einmal auffallen würde, dass ich nicht in ihre Kreise geboren wurde, was bedeutete der Klassenstatus dann eigentlich? Für mich hieß das, er war nichts außer Einbildung. Wir sahen die Dinge so, wie wir sie erwarteten zu sehen und wenn man es erwartet eine mittellose junge Frau niedrigen Standes vor sich zu haben, dann konnte sie noch so eine schöne Robe tragen, noch so viele Diamanten im Haar, man würde nur die Mittellose vor sich sehen. Erwartete man aber eine Lady dann sah man auch eben nur diese, egal, ob ihr Verhalten oder ihre Manieren auch dafürsprachen. Klasse hatte einen Freifahrtschein. Niemand wusste hier von meiner Herkunft, die Mädels, denen ich es erzählt hatte, erwarteten sowieso, dass ich log, deshalb schenkten sie meinen Behauptungen keine Bedeutung. Nur mein flammenrotes Haar unterschied mich so grundlegend von meinen Adoptiveltern, dass man sich doch fragte, woher es wohl kommen mochte. Nun schritten wir also zu dritt in Richtung des Einganges, außer uns waren noch weitere Gäste angekommen und ich erkannte sofort Judy in einer gelben Robe mit weißer Spitze, die mich mit geweiteten Augen von einiger Distanz her musterte. Dann winkte sie auf einmal aufgeregt.

„Hallo Josephine!" Dieses Brüllen erntete ihr einen

Seitenhieb von der Frau neben ihr. Anscheinend ihre Anstandsdame. „Judy Whitaker, wir brüllen nicht nach anderen Menschen! Wo bleibt denn wohl Ihr Benehmen!" Ich kicherte und erntete selbst daraufhin einen strengen Blick von Jane. „Josephine Wennington, man amüsiert sich nicht, auf keinen Fall", raunte sie mir sarkastisch zu und bekam wiederum als Endglied der Empörtheitskette einen bösen Blick von Henry. Judy und ihre Anstandsdame waren schon vor uns hineingegangen. Als wir eintraten, strömte mir eine dicke, schwere Luft durch die Nasenflügel. Im Raum war es furchtbar stickig, doch ich vergaß es schnell, entledigte mich meines Capes und wartete dann auf Jane und Henry, bis wir gemeinsam zu dem für uns vorgesehenen Tisch gingen. Judy und ich hatten uns schon vorher ausgesucht an einem Tisch zu sitzen und Gott sei Dank erlaubte es auch die Stellung ihrer Familie mit meiner den Abend gemeinsam zu verbringen. Noch so eine Sache, die mir einfach total lächerlich erschien, denn schließlich gingen wir doch alle auf dieselbe Schule, was aber laut unserer Lehrerin nicht bedeutete, dass wir alle aus denselben Ständen kamen. Ich war auf der anderen Seite aber auch nicht wirklich traurig darum weit weg vom Tisch des Honigkuchenpferdes platziert wurden zu sein. Dieses war übrigens gerade angekommen und durchschritt den Saal in der prächtigsten Robe, die ich jemals gesehen hatte. Als ich bemerkte, dass auch Judy staunte, lachte ich kurz laut auf und schlug mir dann die Hand vor den Mund, bevor Henry sich wieder aufgrund des Benehmens seiner Tochter schämen musste. Honigkuchenpferd drehte sich empört zu uns um, ihre Augen glitten arrogant über meine Aufmachung und dann würdigte sie mich keines Blickes mehr. Als ich nach der Wasserkaraffe greifen wollte, sah ich auf einmal diesen eindringlichen, dunklen Blick auf Janes Gesicht. Was hatte sie denn? Starr und glasig waren ihre Augen auf eine Person am anderen Ende des Raumes gerichtet und als ich sah auf wen, fuhr mir ein eisiger Schreck durch alle Glieder. Audreys Mutter schlängelte sich durch die Menschen in einem Kleid mit hunderten, funkelnden Steinen und ließ sich galant neben ihre Tochter auf den weiß gepolsterten Stuhl fallen. Nachdem sie Audrey von oben bis unten mit einem zufriedenen Lächeln bedacht hatte, schaute sie sich im Saal um. Ihre Augen hafteten auf Jane und warfen ihr einen vernichtenden Blick zu. Im Hintergrund spielten Geigen eine unbekümmerte Melodie und unterstrichen die Anspannung dieser Situation nur noch mehr. Es brauchte nicht viel Erklärung, um zu verstehen was da los war. Jane fixierte mit ihrem Hasserfüllten Blick jene Frau, bei der Henry sich nach dem Tod ihrer gemeinsamen Tochter Trost gesucht hatte. Ich konnte mein Entsetzen kaum zurückhalten und starrte nun auch zurück, in einer Mischung aus Ekel, Empörung und auch ein wenig Unglauben. Honigkuchenpferd muss meinen Blick bemerkt haben, denn augenblicklich stand sie auf und begann mit den anderen Mädels zu schnattern, natürlich nicht ohne mich ausdrücklich durch verschiedene Arten der Körpersprache wissen zu lassen, dass ich das beliebteste Gesprächsthema war. Am liebsten hätte ich jetzt schon mein Cape geschnappt und diesen Abend im Schutz meines Zimmers verbracht. *Jetzt durchschauen sie dich. Betrügerin!* Doch ich versuchte diese Gedanken zum Schweigen zu bringen. Endlich trat meine Lehrerin ein und dachte wir würden nicht gequält genug, nein, sie müsse auch noch eine gähnend langweilige Rede über die Ehrenhaftigkeit unserer tollen Schule halten. Nach fünfzehn Minuten merkte ich schon, wie meine Augenlider schwer wurden, aber nach einer halben Stunde dachte ich es nicht weiter aushalten zu können und jede Sekunde meinen Kopf auf den Tisch knallen zu merken. Als sie endlich fertig war, rief sie zum Eingangswalzer auf. Judy und ein paar andere Mädchen standen auf. Traurig schluckte ich meine Enttäuschung herunter. Meine Lehrerin hatte mir den Tag zuvor mitgeteilt, dass ich ihn nicht mittanzen durfte, da meine Tanzkünste zu schlecht waren. Nun ergriffen die Tanzpartner ihre Hände und sie fingen an sich im Takt zu bewegen. Zum aller ersten Mal sah ich so viele junge englische Männer auf einmal! Ich wusste nicht, was ich mir vorgestellt hatte, aber auf irgendeine Art und Weise war ich enttäuscht. Sie alle sahen einander so ähnlich, die Art und Weise wie sie sich bewegten, was sie trugen, wie ihr Haar gegelt war. Plötzlich viel mir zudem auf, dass auch die Mädchen sich alle auf eine Art und Weise glichen. Aber was hatte ich erwartet? Einige Tänze lang saß ich einfach nur da und beobachtete, wie Judy Tanze, Honigkuchenpferd tanzte, beinahe alle Mädchen aus meiner gesamten Klasse tanzten. Nur mich forderte niemand auf. Ich saß an meinem Platz, knetete die weiße Serviette unter dem Tisch und atmete nach über zwei Stunden des Sitzens und Wartens gegen meine Tränen an. Warum forderte mich niemand auf? Ich war unter den einzigen Mädchen, die nicht tanzten. Auch Jane und Henry ging diese Ablehnung an die Substanz. Jedes Mal, wenn sich ein junger Herr unserem Tisch näherte, bildete sich ein zufriedenes Lächeln auf Janes Lippen, das aber in dem Moment erstarb, in dem sich der junge Mann Judy zuwandte und sie aufforderte. Noch nie hatte ich mich so abgelehnt, so unattraktiv, nein so wertlos gefühlt, wie an jenem Abend. Dieses ekelhafte Gefühl fraß sich durch meinen ganzen Körper und bald würde es nicht mehr genügen nur gegen die Tränen anzukämpfen. Als wieder ein Tanz vorbei war, nun waren es schon Zweieinhalbstunden, stand ich auf und schluckte den Kloß in meinem Hals herunter, der sich schon seit Stunden dort größer gefressen hatte. „Ich gehe einen Moment auf den Balkon, an die frische Luft", kündigte ich mit erstickter Stimme an. Jane stand auf.

„Josi-", aber ich hob die Hand.

„Ich möchte kurz alleine sein", erklärte ich und verbat mir hier jetzt anzufangen zu weinen. Als ich durch den Raum hinaus auf den Balkon lief, sah ich noch in den Fensterscheiben, wie Audrey mir einen selbstgefälligen Blick zuwarf. Draußen angekommen strömte mir die kalte Luft durch die Lungen und bescherte mir Erlösung von diesem dusseligen Gefühl des Erstickens. Ich lehnte mich über das Geländer und ließ meinen drängenden Tränen freien Lauf, denn sie pressten sich in der Dringlichkeit schon gegen meine Augäpfel. Leise schluchzte ich draußen und wischte mir mit dem Handrücken über das feuchte Gesicht. Als mein Schluchzen leise im Dunkeln verklang, hörte ich auf einmal Schritte hinter mir und schreckte auf. Es sollte keiner wissen, dass ich geweint hatte, das würde mich bloß noch mehr zum Gespött machen. „Entschuldigen Sie". Die Stimme klang ruhig und sanft. Zögerlich drehte ich mich um und blickte in die unsicheren Augen eines jungen Mannes. Er stand vor mir, in einer weißen Uniform, seine blonden Locken kräuselten sich wild um seinen Kopf und ließen seine eisblauen Augen besser hervorstechen. Er war groß, doch für mich war jeder groß. Seine vollen Lippen waren von einem wohl gepflegten Oberlippenbart verdeckt und sein schmales Gesicht hatte markante Züge.

„Bitte verzeihen Sie, dass ich Sie störe, aber…", er sprach so leise, so betont, dass mich der Klang seiner Stimme ganz ruhig machte, „ich habe Sie eben herauslaufen sehen und wollte mich nach Ihrem Wohlbefinden umsehen." Ich schnäuzte.

„Das ist…", sprach ich noch immer ganz nasal vom Weinen, „Das ist sehr wohlgesonnen von Ihnen." Er stand einen Moment da und knetete seine Hände.

Ich… ich wollte Sie schon den ganzen Abend zum Tanzen auffordern. Aber, entschulden Sie bitte, ich bin wohl noch etwas unbeholfen." Ich musste lachen und wollte aber nicht, dass es unhöflich wirkte.

„Ich auch", erklärte ich deshalb schnell. „Das ist mein erster Ball." Er hob die Augenbrauen.

„Nun, meiner nicht, aber wohl der Erste, an dem ich doch etwas nervös bin." Er stellte sich auf einmal kerzengerade hin und streckte seine Hand nach mir aus. „Vielleicht sollte ich mich zuerst einmal vorstellen, ich glaube das gebietet der Anstand." Dann lehnte er sich nach vorne und hauchte einen Kuss auf meine Rückhand.

„Mein Name ist William Bayswater." Ich neigte meinen Kopf, so wie ich es gelernt hatte.

„Josephine Wennington", antwortete ich und stockte kurz. Dann sah ich Georgies Gesicht vor mir, wie er mit mir die folgenden Worte lange genug trainiert hatte.

„Ich freue mich höchst Ihre Bekanntschaft zu

machen." William schmunzelte. „Ganz meinerseits", hauchte er schon fast. Es entstand ein kleiner Moment, in dem beide von uns nach Worten suchten, sie aber nicht fanden. Wir sahen einander einfach an und verharrten in dieser seltsamen Stille. „Ich finde Sie sehr interessant, Josephine", sagte er dann mit stotternder Stimme. „Sie sehen ganz bezaubernd aus in diesem Kleid." Ich legte meine Stirn in Falten.

„Also finden Sie mich bloß aufgrund meines Aussehens interessant? Gesprochen haben wir ja kaum." Doch er schüttelte wild den Kopf.

„Oh nein, bitte verzeihen Sie, so meinte ich es nicht. Gestatten Sie mir zu erklären, dass man mir in meiner Ausbildung beigebracht hat, dass man eine Dame immer Komplimente zu Ihrer Erscheinung machen sollte." Ich legte meine Stirn in Falten und lachte auf einmal laut auf.

„Ist das so lustig?", fragte er und lachte auch seinerseits. Ich schüttelte den Kopf. „Nein, ich musste nur gerade daran denken, was man uns beigebracht hat. Nämlich, dass wir Männer immer für Ihren Charakter und Ihre Intelligenz lobpreisen sollen." William lachte leise. „Das erklärt also, warum meine Eltern so eine zufriedene Ehe führen." Ich musste auf einmal daran denken, warum Jane und Henry es oft nicht taten.

„Ich stelle mir gerade vor welch ein Schock es sein muss, wenn Byron herausfindet, dass Petunia ihn bereits seit zwanzig Jahren nur vorgaukelt, dass seine Ideen großartig seien.", dachte ich laut und hielt dabei kichernd eine Hand vor meinen Mund. William stimmte in diese Überlegung mit ein.

„Bitte was, Petunia?! Du hast all die Jahre gelogen,

dass mein Job im House of Lords von großer Wichtigkeit für die Bevölkerung sei? Du hast doch immer gesagt Whisky Verkoster und Schachspieltester sei eine ernstzunehmende Berufung!". Wir lachten beide.

„Ich würde nicht wollen, dass man mich lobpreist, wenn ich es nicht verdient hätte", stieß William hervor. Ich grübelte. „Ich fände es schon ganz nett jeden Tag gesagt zu bekommen, dass ich entzückend aussähe. Selbst wenn ich ganz verschlafen bin mit verrückten Haaren", überlegte ich laut. William musterte mich auf einmal mit einem tiefen, ernsten Blick.

„Ich kann mir nicht vorstellen, dass es eine Situation, Tageszeit oder irgendeinen anderen Zustand auf dieser Welt gäbe, in dem Sie nicht entzückend aussähen." Und auf einmal pochte mein Herz so laut, dass ich dachte, jemand hämmere mit ganzer Faust gegen meinen Brustkorb. Ich lächelte ihn an und merkte, wie meine Wangen sich tiefrot einfärbten.

„Möchten Sie mit mir tanzen?", fragte er sanft. Ich nickte auf einmal heftig. „Sogar zwei Tänze! Mehr dürfen wir nicht, dann denken doch alle wir seien verlobt." William lachte, als ich meine Hand in seine legte.

„Und diese Unkonventionalität wollen wir Petunia und Byron doch nicht antun."

SIEBZEHN

Als wir zu zweit wieder den Saal betraten, sahen uns alle an, als hätten wir riesige, alberne Bananenhüte auf den Köpfen. Oder etwas ähnlich Auffälliges, Sie wissen, was ich meine, verehrter Leser. Dabei war mir vollkommen schleierhaft warum, denn schließlich hatten wir nichts weiter getan, als uns zu unterhalten und nun einen Tanz miteinander zu verbringen. Ich machte mir nichts aus dem Starren und Murmeln, schließlich war ich das ja schon gewohnt. William schien es auch kalt zu lassen, denn er führte mich mit starrem Blick zur Tanzfläche. Ich warf Jane einen Blick zu und hielt hinter Williams Rücken einen Daumen nach oben. Jane lächelte nun breit mit Zähnen, Henry massierte seine Stirn, nach meiner Geste und wäre wahrscheinlich am liebsten im Erdboden versunken. Als sich Williams Beine in die Anfangsposition stellten, wurde mir schlagartig wieder meine Tanzunfähigkeit bewusst. Spiel die Rolle, dachte ich nur, sie erwarten eine Lady, dann gib ihnen eine Lady. Ich vertanzte schon die ersten Schritte, tat aber so, als wäre die vollkommene Absicht gewesen und kommentierte es einfach nicht. Es wurde holpriger und holpriger, doch ich reckte bloß mein Kinn empor und verhielt mich wie, die Königin persönlich.

„Das ist aber eine interessante Art zu tanzen",

schmunzelte William sanft. „Schön, dass Sie meinen ganz eigenen Stil bemerken“, gab ich mit einwandfreiem Dialekt zurück und brachte ihn doch tatsächlich damit zum Lachen. Ich hätte den Tanz wahrscheinlich so viel mehr genossen, wenn ich nicht ständig gestolpert wäre, wenn ich mir nicht der hundert Augenpaare bewusst gewesen wäre, die mich musterten, als würden sie eine detaillierte Rezension meines Benehmens verfassen wollen und hätte ich William nicht zu beeindrucken versucht. Doch all das war nun einmal eben Fakt und ich wünschte auch, dass ich Ihnen, verehrter Leser eine schönere, magischere und romantischere Beschreibung dieser Szene bieten könnte, dieser ersten, intimen Zärtlichkeit zwischen diesem distanzierten, sanften, ruhigen, zuvorkommenden jungen Mann und mir, die sich einer Rolle noch nie so sehr fügen wollte, wie in diesem Moment.

„Ich bedauere sehr, dass der Tanz schon so schnell vorbei sein muss“, flüsterte William, nachdem das Geigenspiel verklungen war, „Ich habe noch nie so einen abenteuerlich aufregenden Walzer getanzt.“ Ich schmunzelte.

„Dann müssen Sie ihn eben noch einmal mit mir tanzen. Schöne Erlebnisse sollte man auf jeden Fall wiederholen, sonst lebt man doch für immer mit dieser einen Erinnerung.“ Sein Lächeln hatte eine Sanftheit, eine Aufgeschlossenheit, die mich ganz warm ums Herz werden ließ, und irgendwo hatte ich das Gefühl so etwas schon einmal erlebt zu haben. *Erich.*

„Nun bedauere ich so lange mit meiner Aufforderung zum Tanz gewartet zu haben. Der Abend ist schon so weit fortgeschritten und ich fürchte doch sehr, dass dies der letzte Walzer gewesen ist.“ Mein enttäuschtes Herz rutschte mir in die Hose und ich nickte traurig. „Dieser schon. Aber dieses Leben hält noch so viele Abende für uns bereit." Unsere Augen ließen nicht voneinander ab, unsere Blicke verharrten ineinander. Zärtlich hielt William an meiner Hand fest, fuhr mit seinen Fingerkuppen über mein Handgelenk, bevor er sich widerwillig löste und traurig lächelte.

„Josephine", sprach er mehr zu sich als zu mir, „Sie sind wahrhaftig einzigartig." Meine Wangen brannten vor Röte, und ich hatte das Gefühl ihn ein wenig zu sehr anzustrahlen. Einen Moment später, ohne eine einzige Vorwarnung, hob er meine Hand an seine Lippen, verbeugte sich knapp vor mir und wandte sich zum Gehen ab. Ohne ein weiteres Wort verließ er den Saal und ließ mich dort stehen, nichtsahnend, unwissend, wie im Traum mich fragend, ob dies gerade wirklich geschehen war.

Kaum hatte er den Raum verlassen, da stürmte Judy zu mir herüber. „War das gerade William Bayswater?", ihre Stimme klang erhitzt, gerade zu hysterisch.   „Ja, ich meine schon", gab ich skeptisch zurück. „Warum bist du denn so aufgebracht?". Judy schüttelte den Kopf. „Nicht aufgebracht", lachte sie, „nur sehr verwundert. Er ist doch Audrey versprochen! Sie hat es gestern allen verkündet." Mein Herz und jegliches Kribbeln was damit verbunden war, fiel augenblicklich meilenweit in einen Abgrund. „Wirklich?", wollte ich von Judy wissen und auch eigentlich wieder nicht. Kennen Sie das verehrter Leser, wenn Sie eine Frage stellen, auf die es keine adäquate Antwortmöglichkeit gäbe, die Sie nicht verletzen könnte? Denn eigentlich wissen Sie die Antwort ja schon und die Frage ist nur noch, ob sie ausgesprochen werden soll, oder eben nicht. „Sein Vater gehört zum

Landadel! Er ist sterbensreich und außerdem schon seit langem Audrey versprochen. Sie platzt gerade innerlich vor Wut." Tatsächlich, als ich aufsah, spien Audreys Augen Feuer. Sie befand sich in einem schmerzlichen Stadium zwischen Hass, Wut, Trauer, Verzweiflung und Mordlust. Ich wusste jetzt schon, dass die nächsten Wochen für mich Dantes Inferno, und zwar auf jeder nur erdenklichen Stufe sein würden. Seufzend begab ich mich zurück zum Tisch.

Gott sei Dank war daraufhin erst einmal Wochenende. Auf der anderen Seite machte es das Warten darauf, was Audrey am Montag mit mir anstellen würde, bloß noch viel unerträglicher. Ich bekam kaum freie Gedanken, immerzu kreisten sie um die furchtbaren Qualen, die Audrey mich leiden lassen würde. Und dabei hatte ich ihr doch nie etwas getan, aufgefordert hatte William mich und der wusste doch wohl, dass er einer anderen versprochen war. Beim Dinner sahen mich alle nur grübelnd an, bis Georgie irgendwann das Schweigen brach.

„Was ist denn eigentlich mit dir los?!". Ja, was war eigentlich mit mir los? Niemand wusste das so wirklich, am allerwenigsten ich. In mir drin war ein heilloses Gefühlschaos. Das Schlimmste aber war, dass ich bei all den Sorgen um Audreys Rache immer nur Williams Hand auf meiner spürte, immer nur seine Augen sah, die so eindringlich auf mir ruhten, sein Parfum, oder Rasierwasser roch, und mir innerlich nichts sehnlicher wünschte, als dass ich noch einmal mit ihm tanzen könnte. Seit Erich hatte ich ein solches Gefühl nicht mehr in der Brust verspürt und mir wurde damit erst wieder klar, wie schön es sich anfühlte und welche Leere dadurch ausgelöst werden konnte. Und aufgrund dieser unüberwindbaren Gefühlsmischung, wurde ich nur immer genervter, ungeduldiger und irgendwie auch deprimierter. Antriebslos saß ich herum, starrte in den Garten hinaus, hielt ein Buch in den Händen, das ich überhaupt nicht in der Stimmung war zu lesen und versuchte doch dann allen Ernstes zu Sticken! Aber da entschied ich, jetzt war definitiv genug! Draußen schien die Sonne, trotzdem war es noch furchtbar kalt. Dennoch, es war doch das beste Wetter, um einen schönen Spaziergang im Park zu machen! Ich griff nach meinem Cape. „Ich gehe ein wenig raus", brüllte ich.

„Allein?", kam von Jane bloß empört zurück, woraufhin ich, patziger als gedacht, zurückschrie,

„Ja, allein!". Aber Sie werden es nicht glauben, verehrter Leser, da passierte ein Wunder. Es klopfte an der Tür, Georgie rannte hin, und rief: „Ein Soldat ist gekommen, um unser Haus einzunehmen!" Ich erschrak, erstarrte und konnte es wirklich nicht fassen, als ich Williams Stimme hörte. Verdammt! Ich zupfte an meinem Zopf, kniff mir in die Wangen, um sie rosiger erscheinen zu lassen und wickelte mir das grüne Tuch aus Kairo wieder um den Hals. Jane stürmte die Treppe herunter. „Herr im Himmel Georgie, ich habe doch gesagt kein Militärgerede mehr im Haus und würdest du bitte aufhören so zu-", als sie sah, wer da in der Tür stand, legte sich die Maske des Lächelns auf ihr Gesicht. „Oh, welch freudiger Besuch", lachte sie und zog sichtlich den Bauch ein, während sie die Falten aus ihrem Tagesrock strich.

„Guten Tag, Madam, mein Name ist William Bayswater." Jane nickte.

„Oh ja, ich weiß doch wer Sie sind, ich bitte Sie, treten Sie ein."

„Ich möchte nicht unhöflich erscheinen, aber ich bin ehrlicherweise aus dem Grund gekommen Ihre Tochter Josephine zu sehen. Ist sie daheim?".

„Nun ja, sie, ja, eigentlich schon, JOSEPHINE!", rief Jane und mir fielen beinahe die Ohren heraus bei dieser Lautstärke. Wie konnte er einfach so ungebeten erscheinen? Ohne, dass ich die Chance gehabt hätte mich vorher circa zehn Mal umzuziehen, mir Janes Lippenrot zu borgen, mich dann auf der Chaiselongue zu drapieren und mit einem entzückenden Buch in der Hand so zu tun, als hätte ich in genau dieser Pose, mit eingezogenem Bauch schon den ganzen Vormittag meinen Geist erquickt und nicht eine Sekunde daran gedacht vor diesem Buch einzuschlafen. Aber es half jetzt alles nichts. William Bayswater stand dort vor unserer Tür und meine roten Haare hingen in einem geflochtenem Zopf zerzaust an mir herab. Unglücklicherweise hatte ich nicht einmal mein schönes Tageskleid an, sondern lediglich eine weiße Bluse mit Puffärmeln und einen Rock von dem gleichen Ton, wie der staubige Sand in Kairo. Mit einem zarten Lächeln, das ich glücklicherweise vor dem Ball schon so lange geübt hatte, dass ich manchmal glaubte mir sei der Mund in diesem Lächeln zugefroren, trat ich hinaus und begrüßte ihn. Nun ja werter Leser, das heißt ich hätte ihn begrüßt, wenn sein Anblick nicht so adrett gewesen wäre, dass er mir doch gleich die Sprache verschlug. Und in dem kleinen Wandspiegel in unserer Eingangshalle sah ich nun, dass es gar nicht mehr nötig war mir in die Wangen zu kneifen, ich sah nämlich aus, wie eine Rübe. „Sir Bayswater", entfuhr es mir, als hätte ich nicht geschlagene fünf Minuten dort rumgestanden, um mir im Kopf zusammenzulegen, was ich wohl sagen könnte. „Wie angenehm, dass Sie mich besuchen. Ich wollte gerade los." Jane stand dort und trug ihr englisches Skulpturenlächeln. Manchmal würde sie dann natürlich ganz ungekünstelt „Ha, ha, nein, wie amüsant!", ausrufen.

„Miss Josephine, ich bitte Sie meinen unangekündigten Besuch zu verzeihen. Ich war in der Gegend und deshalb dachte ich vielleicht wären Sie über einen Spaziergang im Park erfreut? Bei dem herrlichen Wetter." Herrliches Wetter war gut. Lieber Leser glauben Sie mir, nur Engländer können acht Grad Celsius als herrliches Wetter bezeichnen. Ich nannte es: *und-morgen-erfriere-ich-Wetter*. Gerade war mir das allerdings ziemlich schnuppe, denn in mir drin hatte ich das Gefühl in der vierzig Grad Hitze Kairos zu sein.

„Welch ein erquickender Zufall", lachte ich und erntete ein *ich-schlage-mir-die-Hand-vor-die-Stirn* von Georgie. „Sehr gerne begleite ich Sie auf Ihrem Spaziergang. Also Sie mich auf meinem, oder wie auch immer." Jane lächelte noch immer. „Oh, aber ich bin gerade gänzlich eingespannt, was sollen nur die Leute denken, wenn du keine Anstandsdame hast", hatte Jane einzuwenden. Ich winkte ab.

„Ach, das ist doch nicht schlimm! Draußen ist es heller Tag und im Park sind doch so viele Menschen unterwegs." Doch gerade, als ich mich hinausschieben wollte, wandte William ein: „aber nein, Ihre Mutter hat völlig Recht. Es würde Ihrem Ruf schaden mit mir allein hinauszugehen." Das konnte doch nicht wahr sein! Ich legte mein *es-ist-mir unangenehm-es-laut-auszusprechen-aber-mach-es-bitte nicht-Kaputt-Jane!* Lächeln auf und war doch sehr zufrieden, als diese verstand und Georgie seine Jacke in die Arme warf.

„Ich glaube wir sollten auch einen Spaziergang machen, nicht George?"

ACHTZEHN

Da ist man sechzehn Jahre unter Männern, meiner eigenen Einschätzung nach nicht sonderlich auf den Mund gefallen und dennoch bekommt man kein Wort heraus, weil der wohl hübscheste Mann, den man je getroffen hat, so dicht neben einem spaziert, dass man sogar sein Eau de Parfum riechen kann. Wer bereitet einen auf solche Situationen vor? Mir gingen urplötzlich so viele Gedanken durch den Kopf, von denen ich verwundert war, dass sie überhaupt dort drinnen waren! Stank ich? Sah ich hübsch aus? Weiß er, dass ich furchtbar ungebildet bin? Hach je, werter Leser, ich hoffe Sie haben Mitleid mit Ihrer armen siebzehnjährigen Erzählerin, der noch so viel im Leben verborgen geblieben war.

„Unser Tanz gestern Abend hat mir sehr gefallen", begann William ganz unbedacht die Unterhaltung.

„Mir auch und wie!", stieß ich hervor und hielt mir dann die Hand vor den Mund, weil ich es so laut gesagt hatte, dass sich zwei ältere Damen empört zu uns umdrehten. Wie sollte ich es nur anstellen ihn am allerbesten zu seiner Verlobung mit Audrey auszuquetschen? Warum spazierte er mit mir durch den Kensington Garden, wenn seine Verlobte wahrscheinlich zu Hause unrealistische und grauenvolle Heldengeschichten über ihn schrieb. „Warum waren Sie dort? Kannten Sie jemanden?". Oh ja, das war eine klasse Annäherung an das Thema. „Oh ja, sogar sehr viele", lachte William, „was aber auch nicht gerade schwer ist, wenn man dem Adel in London angehört. Mein Vater macht mich ständig mit allen bekannt. Lady dies, Sir das, ich komme da gar nicht mehr wirklich mit."

„Auf meiner Schule der ehrenhaften Töchter sind auch sehr viele aus den höheren Kreisen", entgegnete ich, um mich dem Thema noch mehr anzunähern. „Beispielsweise Audrey…", und da stoppte ich beschämt, ich kannte doch tatsächlich gar nicht Honigkuchenpferds Nachnamen! Verflixt und zugenäht.

„Ja, die ist mir auch bekannt", äußerte William, als wisse er genau, worauf ich hinauswolle.

„Tatsächlich?", fragte ich naiv. Wie schwer konnte es eigentlich sein eine Sache geradeheraus anzusprechen? Um wie viele Ecken musste man so tun, als wäre man die Unschuld vom Lande, bis man endlich an sein Ziel kam?

„Ja, sie ist mir bekannt. Miss Austerton geht auf Ihre Schule? Kommen Sie beide gut zurecht?" Miss Austerton?! In Ordnung, sagte ich mir, Josephine ich weiß das ist ein furchtbar alberner Nachname, aber auf keinen Fall darfst du nun in Gelächter ausbrechen. Auf keinen Fall hier, neben ihm! Zieh einfach weiter den Bauch ein, atme das Lachen einfach weg. Aber Scheibenkleister, da sah ich Judys Gesicht vor mir, wie sie die Wangen aufblasen würde und da platzte es aus mir heraus. Ich lachte aus ganzem Halse, hielt mir die Arme vor den Bauch und lachte noch weiter. William schien sichtlich überrumpelt von meinem freudigen Ausbruch, er musterte mich mit einem solchen Schock in den Augen, als

147

hätte sich gerade das Loch Ness Monster aus dem Wasser gezeigt. „Bitte verzeihen Sie mir, ich weiß nicht, was in mich gefahren ist", lachte ich noch weiter und wischte mir jetzt sogar noch eine Träne aus dem Auge.

„Dem entnehme ich, dass Sie der Nachname von Miss Aus-", hier stoppte er, als hätte er Angst jemand könne mich nach einem weiteren Lachanfall doch gleich in die Psychiatrie einweisen, „dass der Nachname Sie belustigt. Ihre Zuneigung zueinander hält sich meiner Schätzung nach also eher begrenzt." Das Lachen hatte auf eine seltsame Art und Weise jede Anspannung in mir gelöst und nun hatte ich überhaupt keine Probleme mehr damit mich zu verhalten, wie ich mich immer verhielt. An dieser Stelle war lediglich die Frage, ob dieses Ich-Sein mir von Nutzen wäre, denn William wusste offenbar nicht mit diesem offenen Ausbruch ungekünstelten Verhaltens umzugehen. „Darf ich Ihnen etwas verraten?", fragte ich und sah mich erst um, ob auch wirklich keiner mich hört. Mit einem verschmitzten Lächeln wies ich ihn an sich etwas zu mir hervorzubeugen, sodass ich ihm leise etwas mitteilen konnte. Sein Geruch wurde so intensiv, dass mein kleines Herz anfing zu rasen. „Ich nenne sie insgeheim immer das Honigkuchenpferd. Aber das ist ein Geheimnis zwischen meiner Freundin Judy und mir." Er richtete sich wieder auf und sagte.

„Das ist aber nicht sehr nett." Gerade fing sein Kommentar an mir zu schmerzen, da brach auch er in ein schallendes Lachen aus und fing sich jedoch sofort wieder, indem er die Nase hochzog und seine Lippen zu einem schmalen Lächeln verzog. Ich hob meine Augenbrauen. „Sie und Miss Austerton sind sich also auch nicht sehr zugeneigt?", fragte ich nun geradeheraus. William fing an seine Hand Finger für Finger aus dem Handschuh zu befreien.

„Nun ja, ginge es nach meinem Vater dann müsste ich das wohl. Aber darf ich Ihnen nun auch ein Geheimnis anvertrauen?" Ich lächelte. „Natürlich, schließlich kennen Sie ja jetzt das Meine. So hätten wir dann beide etwas gegeneinander in der Hand. Es ist also Ihre Pflicht mir auch eines zu erzählen, das ist nur fair!" Er nickte zustimmend und lehnte sich nun zu mir herunter. „Ich mag es überhaupt nicht Held einer Geschichte zu sein." Ich prustete.

„Sie hat sie Ihnen gezeigt?", fragte ich und schämte mich fremd, „sie hat Ihnen die ägyptischen Zebras gezeigt?" Er kicherte in seinen weißen Handschuh und ich befand ihn dafür als furchtbar drollig. „Sie hat Sie mir auf einem Silbertablett mit der Morgenpost geschickt." Wir krümmten uns beide vor Lachen. „Es war eine blöde Aufgabe in unserem Unterricht", erklärte ich, als wir an einem Teich vorbeikamen, „unsere Lehrerin ist eine Frau mit einem bestimmten Wohlwollen gegenüber den männlichen Mitgliedern unserer Gesellschaft." Auf einmal blieb William stehen, betrachtete einen Moment das Plätschern der Wasserfontäne im Teich und fragte dann, mehr zu sich selbst sprechend als zu mir,

„Wie ist Ihr Held gewesen? Der Held aus Ihrer Geschichte, Miss Josephine?" Ich kreuzte die Arme vor meiner Brust. „Ich habe keine Geschrieben." Ich betrachtete ihn von der Seite. In der Sonne wirkten seine blonden Locken, wie pures Gold und seine kristallblauen Augen schon beinahe grau leuchtend. „Haben Sie denn keinen Helden?", wollte er wissen. Darüber musste ich einen kurzen Moment nachdenken. Es war nicht so gewesen, als hätte ich niemanden gehabt. Nein, Erichs Gesicht war mir sofort vor Augen erschienen. „Ich muss einen Mann nicht heldenhafter machen als er ist. Und Heldentum definiert auch jeder anders, Sir Bayswater. Warum sollte mein Held gegen Löwen und Tiger kämpfen? Viel heldenhafter wäre er für mich, wenn er gegen alltägliche Dinge kämpfen würde, und das nicht mit einem Säbel, sondern mit Intelligenz, Wohlwollen und Hingabe. Einen Löwen trifft man nicht jeden Tag in London. Ungerechtigkeit schon." Nun suchten mich seine Augen und durchforsteten mich nach etwas, von dem ich mir nicht ganz sicher war, was es war.

„Versprechen Sie mir eines, Miss Josephine? Machen Sie mich bitte niemals zu einem Helden in Ihrer Geschichte. Nicht, wenn ich es nicht verdient habe." Ich lachte und schüttelte seine Hand. „Einverstanden, Sir William. Ich werde Sie zu keinem Helden in meiner Geschichte machen."

neunzehn

Natürlich hielt der Spaziergang nicht für immer an und auch nachdem wir wieder vor der Haustür in der Cherry Road standen, wusste ich noch nicht so genau was er eigentlich zu bedeuten hatte. Denn so sehr ich mich auch in die Vorstellung verlieben wollte, wir zwei könnten ein Paar werden, war er doch Audrey versprochen und ehrlicherweise hatte ich nur wenig Lust es mir mit dieser noch mehr zu verspaßen. Natürlich hatte ich schon vorher gewusst welches Ausmaß ihre Boshaftigkeit annehmen konnte, doch seit sie die gesamte jungmännliche Bevölkerung Londons dazu aufgerufen hatte mich auf dem Ball zu meiden, wusste ich, dass dies erst der Anfang gewesen war. Ich war nicht gerne der größte Angsthase der ehrenhaften Töchter, aber ich würde auch lügen, behaupte ich, dass ihre Gemeinheiten mir egal gewesen wären. Und da standen wir nun, William und ich im verschnörkelten Türrahmen und wussten nicht so recht, wie wir uns voneinander verabschieden sollten.

„Nun", fing er an und erlöste mich endlich aus dieser ungewollten Stille, „darf ich die unausgesprochene Wahrheit äußern, indem ich sage, dass ich Sie gerne wiedersehen möchte?" Mein Herz blieb stehen und dann raste es so wild, dass ich glaubte ich müsse augenblicklich in Ohnmacht fallen. „Sie machen Scherze!", platzte es aus mir heraus und ich schlug mir die Hand vor den Mund, bevor ich den kläglichen Versuch startete mich aus meiner Situation mithilfe eines mal wieder unbedachten und nicht wohl ausgewählten verbalen Anfalls zu befreien.

„Nein, tatsächlich nicht. Ich glaube ich habe gar keinen Humor", entgegnete William trocken und brachte mich mal wieder zum Lachen. Ich knetete meine Hände hinter meinem Rücken und schluckte. „Warum denn?", wollte ich wissen, „ich meine weshalb wollen Sie mich wiedersehen?".

Nun fummelte auch William an einem weißen Handschuh, ließ seine Augen jedoch auf mich gerichtet.

„Ich genieße Ihre Gegenwart so sehr. Die Konversation, die Witze. Mit Ihnen habe ich das Gefühl das erste Mal in meinen zweiundzwanzig Lebensjahren frei zu sein. Vielleicht weiß ich auch gar nicht, was das bedeutet, denn können wir wissen, wie sich die Freiheit anfühlt, ohne zu wissen, was sie eigentlich ist? Sie sehen, Josephine, ich traue mich sogar vor ihnen meine Zweifel über die Welt zu äußern, denn ich weiß, sie haben auch welche. Und diese offene Fehlerhaftigkeit, die Sie mir so oft schildern, gibt mir das Gefühl auch fehlerhaft sein zu dürfen. Vor allem aber bringt sie mich dazu an den imperfekten Charakter der Menschen zu glauben, mag ihr Rang auch noch so hoch sein, und ihr Anwesen auch noch so imposant. Lassen Sie mich eine einfache Tatsache ganz offen aussprechen, liebe Josephine: ich mag Sie. Ich mag Sie sogar sehr." Oh Gott, was erwiderte man bloß auf eine solche Rede? Auf so lieb gesagte Worte, wenn jemand einem seine Seele offenbarte? Ich entschied mich zu lächeln und nicht einmal zu versuchen meine glühende

Wangenröte zu verstecken, denn das wollte ich gar nicht. William hatte mir sein Herz offenbart und nun war das meine Art ihm etwas zu entgegnen. Gerade, als ich dann auch meine Gefühle verbal kundtun wollte, flog die Tür auf.

„Ich dachte schon Josie ist eine Quaselstrippe, aber den Monolog muss ich mir merken! Damit bekommt man all die Mädels, vielen Dank, William", rief Georgie und richtete sich den kleinen blauen Anorak.

„Georgie!", zischte ich peinlich berührt. „Wie lange hast du schon gelauscht?". Georgie lachte.

„Mama und ich hängen schon seit gefühlt zwanzig Minuten da am Fenster." Ich hörte Jane schnell davonhuschen und musste kichern. „Wir wollen dich nicht stören in deiner Ich-mag-dich-Arie, aber ehrlicherweise habe ich einen Bärenhunger und der Braten steht schon dampfend auf dem Tisch, ihr werdet euch doch sowieso morgen wieder sehen, und da müsst ihr euch ja auch noch was zu sagen haben. Wie also ein weiser und sehr kleiner aber nicht minder genialer General zu sagen pflegte: verpulvert eure Worte nicht an einem Tage, macht sie doch zur... morgigen Klage." Ich verschränkte die Arme vor meiner Brust.

„Wann soll Napoleon denn das gesagt haben?", fragte ich neckisch, und erntete einen entsetzten Blick von Georgie. „Ich meinte mich!" Daraufhin brachen William und ich in Lachen aus.

„Ich glaube unser General hat Recht", äußerte William dann. „Ich würde Sie morgen gerne in unseren Garten einladen. Auf ein Picknick, würde Ihnen das gefallen?" Ich strahlte. „Und wie! Sehr gerne", stieß ich hervor und presste meine Hände auf meine Brust. William lächelte zaghaft und führte dann meine Hand an seine Lippen. Ich spürte das lustige Kitzeln seiner Barthaare auf meinem Handrücken und nickte ihm lächelnd zu. Als er um die Ecke gebogen war, stürmte ich ins Haus und rief: „JA!", während ich meinen Arm in die Höhe schießen ließ. „Juhu, das ist der reine Wahnsinn!" Doch dann verstummte ich abrupt und presste beide Hände an meine Stirn, just erwacht aus meinem Erfolgserlebnis und in die Wirklichkeit katapultiert aufgrund einer unausweichlichen und harten Wahrheit.

„Was ist denn nun schon wieder in dich gefahren?", fragte Georgie, mit Bratensoße an der Nase vom gierigen im-Essen-schnüffeln. „Ich habe ja gar nichts zum anziehen!", fuhr es aus mir heraus und versetzte mich in eine neue Stufe jugendlicher Panik.

ZWANZIG

„Ich mag Sie… Ich mag Sie seeeehr", äffte Georgie mit verstellter Stimme nach und sah seinen Braten an. „Lieber Braten, möchten Sie morgen mit mir ein Picknick auf meinem überdimensional großen Anwesen machen? Ja? Soll ich Sie mit meiner goldverzierten Kutsche abholen? Oh, einen Moment, das Ross muss vorher noch gestriegelt werden." Und dann nahm er sich das braune Küchentuch und legte es sich über die Oberlippe, die er zu einem Entenschnabel schürzte.

„Sehet, ich bin Sir William, ja, ich bin es, mit meinem männlichen Schnauzbart und den blauen Augen.", dann klimperte er dramatisch mit seinen Wimpern und bekam alsbald die Reaktion, die er verdiente. Jane riss ihm das Tuch vom Mund, knallte es auf den Tisch und sagte laut:

„Jetzt reicht es." Aber Georgie krümmte sich nur vor Lachen und zog es vor mich weiter zu ärgern.

„Du bist heute richtig blöd!", spie ich ihm entgegen.

„Sir William hat dich so sehr eingenommen, dass es wohl keinen Platz mehr für andere männliche Wesen gibt, wie schade", alberte Georgie herum.

„Nur nicht für kleine alberne männliche Wesen", entgegnete ich eingeschnappt. „Was hat es denn eigentlich mit all dem Benehmen auf sich?", wollte nun auch Henry wissen.

„Josephine hatte heute einen aufregenden Spaziergang. Und morgen wurde Sie zu einem entzückenden Picknick eingeladen auf dem Anwesen von Sir William Bayswater." Henry verzog skeptisch die Augenbrauen. „Wohl eher auf das Anwesen von Lord Bayswater… dem Jungen selbst gehört noch gar nichts." Jane sah ihn entgeistert an.

„Aber Henry, ich dachte du freust dich über das Interesse des jungen Mannes an deiner Tochter." Henry hob die linke Augenbraue noch viel höher. „Siehst du nicht meine grenzenlose Begeisterung?", fragte er pikant.

„Aber das verstehe ich nun beim besten Willen nicht. Er ist doch eine hervorragende Partie", gab Jane zu bedenken.

„Hat er um ihre Hand angehalten?" fragte Henry gekünstelt verwundert. „Nein", sagte ich schnell und er nickte.

„Hat er die Hoffnung erweckt er würde in naher Zukunft die Absicht haben, um ihre Hand anzuhalten?" Ich zog die Stirn kraus. Wie sollte man denn so etwas ankündigen? Gab es da irgendwelche Zeichen? Wenn ja, hatte ich sie nicht verstanden. Diese Geste meiner Mimik deutete er völlig richtig und antwortete erneut mit einem Nicken.

„Tja dann gibt es wohl für mich noch keinen Grund zur Begeisterung". Jane legte empört ihr Besteck auf Seite.

„Also wirklich Henry, ich bin geschockt von deinem Verhalten!"

„Ach wirklich, Jane? Dann entschuldige ich mich doch einmal aufrichtig, dass ich meine Tochter nicht für den nächstbesten Sir oder Lord verschachere, wenn er noch keine Anstalten gemacht hat mit ernsthaften Absichten anzufragen." Georgie prustete auf einmal und wir riefen beinahe zeitgleich: „Ernste Absichten?!"

Abends lag ich in meinem Bett und starrte an die Decke, meinen grünen Schal in den Händen und Erichs Kette um meinen Hals. Mein lieber Erich. Von Tag zu Tag wurde er nur noch zu einer leisen Erinnerung, genauso wie mein Leben in Ägypten. Manchmal schloss ich bewusst meine Augen und zwang mich die Dinge nochmal erleben zu lassen. Nochmal die Hitze auf meiner Haut zu spüren, noch einmal das Gefühl des rieselnden Sandes in meinen Händen zu haben, noch einmal die braune, ledrige Haut meines Opas vor Augen zu sehen. Das war nicht nur eine Geschichte, es war *meine* Geschichte. Mein Leben, mein Ursprung. Und doch fühlte es sich nach einer Ewigkeit an, die ich im rasanten, verregneten England verbracht hatte und mein Leben in Ägypten dahingegen wie eine kurze Episode in der langen Vergangenheit. Was mochte mein Großvater dort oben über den Wolken wohl über all das denken? Würde er seine Josie noch wiedererkennen? Ich stand auf und stellte mich vor den großen Spiegel im dunklen Holzrahmen aus Mahagoni. Seit langem hatte ich mich nicht mehr genauer betrachtet, doch jetzt fiel mir auf, wie sehr ich mich verändert hatte. Meine Kleider hatten zu spannen begonnen. Meine Brüste waren auf einmal so viel praller und runder geworden, ich bekam mich kaum noch geschnürt, und auch meine Hüfte schien expandiert zu sein. Kurz gesagt: Ich hatte kräftig zugelegt hier in England und aus dem dürren, elfenhaften Mädchen war eine Frau geworden mit Rundungen und einer gesunden Wangenfarbe. Meine kupfernen Locken hingen mir noch immer bis zu meiner Taille und waren noch immer genauso widerspenstig, wie eh und je. Ob ich aussah, wie meine Mutter? Hatte auch sie diese Augenfarbe gehabt? Ich lächelte mein Spiegelbild traurig an. Ob auch William mein Äußeres gefiel? Audrey war viel damenhafter, ihr Haar glänzte, wie flüssiges Gold und sie hatte eine feine Nase mit vollen Lippen. Sie passte viel besser zu seinem noblen Auftreten als eine Namenlose ohne Stand aber dafür mit dem ein oder anderen Pölsterchen. Auf einmal fand ich alles ganz furchtbar viel. Meine pralleren Brüste, Williams undeutliche Zuneigung und meine vermutliche Rolle in dem Ganzen, die sich mir noch nicht so richtig erschließen wollte. Ich wandte mich von meinem Spiegelbild ab und machte, was ich so oft schon getan hatte, wenn dieses furchtbare Gefühl zu viel zu sein wieder auf meinen Brustkorb drückte. Ich nahm mir Herrn Droogs Buch, legte mich aufs Bett und sah mir das Bild des Waldes in Deutschland an. Mit einem vertrauten Lächeln schloss ich die Augen und versuchte mir vorzustellen ich stünde wirklich dort im Wald und würde den hier beschrieben Geruch der Kiefern und Nadelbäume riechen. Für mich, die so etwas noch nie gerochen hatte, duftete er, wie das Holz in Janes Zimmer und dann auf einmal ein bisschen nach Erdbeerpastete. Ups, anscheinend hatte da jemand fürchterlichen Hunger auf ein Pastetchen…

„Noch ein wenig die Luft einziehen!", presste Jane hervor, während sie versuchte mein Korsett noch enger zu schnüren und sich mit ihrem ganzen Gewicht, die Schnüre in der Hand, nach hinten lehnte. Zwei Mal rupfte sie noch daran und ich sog auf einmal einen letzten Schwall freier Luft ein, bevor sich das pressende Druckgefühl auf meinen Brustkorb legte. „Puh", machte Jane und stützte sich auf ihre Knie,

„Josie, wir müssen dir neue Kleider besorgen." Auf einmal sammelte sich all das Wasser in meinen Augen, was sich die letzten Stunden schon angesammelt hatte, als wir alle Kleider durchgingen und nichts mehr wirklich passte.

„Ich bin zu dick geworden", schluchzte ich und lehnte mich gegen den Biedermeierschrank, mein Gesicht in meinen Händen vergraben. „Ich bin so furchtbar hässlich und abstoßend", weinte ich, „ich werde niemals eine feine Dame, Jane, ich kann niemals anmutig werden." Und da spürte ich auch schon ihre sanften Hände, die mich bei den Schultern packten und herumdrehten.

„Ach, mein liebes Mädchen", sagte sie, „Sieh doch nur an wie schön du bist! Neue Kleider zu holen ist doch keine Schmach, nichts dergleichen, es bedeutet nur, dass du dich verändert hast und das ist auch gut so. Stell dir nun mal vor; wir würden uns nie verändern. Genauso wie aus Gedanken, Verhalten und Wünschen, entwachsen wir in unserem Leben auch unseren Kleidern. Und dann wird es Zeit für etwas Neues. Du bist nun auf dem Weg eine wunderschöne, einzigartige Frau zu werden, und dem dürfen wir nicht im Wege stehen. Fürchte dich nicht vor der Veränderung, gehe ihr mit willkommenen Schritten entgegen. Nichts spricht mehr für ein lebendiges Leben als die Veränderungen, die in ihm stattfinden." Sie sah mich so liebevoll mit ihren braunen Maronenaugen an, dass ich in diesem Moment einfach nur Gott dafür dankte eine Mutter, wie Jane zu haben. Gestärkt trocknete ich meine Tränen und fuhr mit meinen Händen durch meine Locken. „Ich gebe dir eines von meinen Kleidern, ein wunderschönes rosafarbenes mit weißer Spitzenbordüre. Ich lege es nun ab und gebe es an dich weiter. Auch für mich finden diese Veränderungen statt, erst heute Morgen entdeckte ich doch glatt eine Falte, dort an meinem Auge". Ich lachte und drückte sie fest, auch wenn ihre angebliche Falte bloß eine Narbe war, die sie schon besaß, seit ich sie kannte.

Einunozwanzig

„Meinem Vater gehört das Anwesen, aber natürlich bin ich sein Erbe. Wäre ich nicht geboren, dann wäre alles an meine Mutter übergegangen, aber so", William drehte sich einmal um, betrachtete die Außenfassade des in der Sonne strahlenden, weißen Anwesens und lächelte verträumt, „wird all dies irgendwann einmal meins sein. Und natürlich das meiner Ehefrau". Er schob diesen zweiten Satz beinahe beiläufig hinterher.

„Aber sie wird nicht so furchtbar viel davon haben, nicht wahr? Sollte dann bereits ein Sohn geboren sein, so wie in Ihrem Falle", wandte ich ein wenig schnippisch ein. Ich wusste nicht sehr viel über das System der Nachfolge und Erbschaft hier, aber es erschien mir doch in hohem Maße ungerecht, dass man als Frau nichts abbekam und auch automatisch von einem erwartet wurde nicht einmal den Anspruch zu stellen. William schmunzelte. „So würde ich das nicht direkt ausdrücken. Meine Mutter agiert im Hintergrund und hat wahrscheinlich mehr ein Auge auf das Anwesen als mein Vater es hat. Und solange sie und mein Vater leben, ist es auch ihr Anwesen. Eben nur nicht mehr, sobald mein Vater...", hier machte er eine kurze erstickte Pause, „stirbt." Nun richtete auch ich meinen Blick auf das Anwesen.

Majestätisch stand es dort, beinahe so groß wie der Buckingham Palace und meiner Meinung nach sogar noch prunkvoller. Ich konnte mir in keinem Leben vorstellen ein solches Haus bewirtschaften zu müssen und mich um so viele Dinge zu kümmern. Alle schienen William dafür zu beneiden der Erbe dieses Prachtstückes zu sein. Ich hingegen hatte Mitleid mit ihm. Die Art und Weise wie er den Blick auf das Haus gerichtet hatte, halb seiner Verantwortung bewusst, halb willig sich dem allen zu entziehen… ich war mir sicher, dass auch er sein Los nicht als pures Glück betrachtete. Der Garten wirkte auf mich wie ein Labyrinth aus Gängen, Ranken, Hecken und Blumen. Hinter jeder Hecke wartete eine neue Überraschung. Manchmal war es ein kleiner Springbrunnen aus weißem Marmor, dann waren es zwei Bänke mit einer großen Vase in der Mitte. Da wir noch Frühling hatten und das Wetter irgendwie machte, was es wollte, blühten noch die wenigsten Blumen. Es war ein angenehmer Tag, nicht richtig warm, aber die ersten Sonnenstrahlen schienen auf unsere Köpfe und legten sich wie eine Decke auf unsere Schulter. „Hier ist es", William ging ein paar Schritte vor und wir ließen uns auf einer roten Decke nieder.

„Wie wunderbar!", rief ich aus und meinte es auch wirklich so. Über uns rankte ein grüner Torbogen und die ersten Knospen brachten bereits Farbe in das eintönige Grün. Ich versuchte mich möglichst elegant in diesem Kleid auf die Decke zu setzen. Wie sich der verehrte Leser denken kann, endete dieser Versuch in einem minder galanten Plumps auf meinem Hintern und ich quittierte dieses Malheur mit einem netten Lächeln.

„Möchten Sie einen Scone? Unsere Köchin hat sie

eben erst zubereitet. Hier fühlen Sie, er ist noch warm." William legte mir einen dampfenden Scone in die Hand und ich erfreute mich bereits an dem köstlichen Duft.

„Die sind wirklich sehr lecker, William", sagte ich, und zwar erst nachdem ich heruntergeschluckt hatte. „Ich fühle mich sehr geehrt, dass ich heute an diesen schönen Ort zu Ihnen eingeladen wurde." William lächelte und schüttete sich ein Glas Limonade ein.

„Ich fühle mich durch Ihre Anwesenheit geehrt, Josephine. Halten Sie mich für einen Narren, aber ich habe unserem Treffen jede Minute herbeigesehnt, seit ich mich gestern von Ihnen verabschiedet habe." Ich nickte und trank einen Schluck von der Limonade. „Ich teile Ihr Gefühl", stimmte ich ihm zu, „nur muss ich gestehen war ich doch sehnlichst verwundert. Und auch besorgt. Nicht um mein Ansehen, aber um das Ihre." William erschrak sichtlich und weitete die Augen.

„Warum sollten Sie über mein Ansehen besorgt sein?"

„Sie sind ein versprochener Mann. Wenn man uns zusammen sieht, wüsste es binnen kürzester Zeit wohl ganz London", erklärte ich mit trauriger Stimme. Eine düstere Melancholie legte sich auf Williams Gesicht und er wandte seine Augen von mir ab. „Mein Vater möchte, dass ich um Miss Austertons Hand anhalte. Sie wäre die wohl beste Partie für mich." Ein Stich der Eifersucht zuckte durch mein Herz. Und doch, er hatte ja Recht. Audrey wäre mit Abstand die bessere Wahl, als ich gewesen, denn wenn ich mich hier einmal umsah, realisierte ich, dass sich meine Unwissenheit nicht leugnen ließ. Ich hatte keine Ahnung von den

Gepflogenheiten, von den Sitten und Gebräuchen und noch am allerwenigsten Ahnung hatte ich von der moralischen Vorstellung dieser Leute. Audrey war in diese Welt hineingewachsen, mich hatte man lediglich durch Zufall hineingeschmuggelt. „Und was wollen Sie?", hörte ich mich fragen.

„Wie bitte?", William erwachte wie aus einem Schock.

„Was wollen Sie?", wiederholte ich meine Frage, „möchten Sie Honigkuchen- ich meinte Audrey heiraten?" William schüttelte unmerklich den Kopf.

„Ich bin mir meiner Verantwortung und meiner Verpflichtung bewusst. Aber mein Herz", er drehte sich zu mir um und sah mir in die Augen, „mein Herz ist nicht mit diesem Abkommen einverstanden." Ich wusste nicht, was ich darauf erwidern sollte, doch das Einzige, was ich erwidern wollte, war, dass er es nicht tun sollte. Und auch in diesem Moment, der so innig und vertraut zu sein schien, ermahnte ich mich wieder und wieder, dass ich mich nicht in William Bayswater verlieben durfte. Aber was konnte ich nur dafür? Was konnte ich dagegen tun? Verehrter Leser, wir haben unser Herz nicht in der Hand. Haben Sie, lieber Leser, schon einmal versucht sich mit der Vernunft gegen eine Entscheidung zu stellen, die Ihr Herz getroffen hat? Und kennen Sie dieses Gefühl der tiefen Traurigkeit, nämlich jeden Tag durch die kleinsten Sachen erinnert zu werden, dass die, von der Gesellschaft eingebläuten, Moralvorstellungen es geschafft haben Sie vollends von einer Herzensentscheidung abzubringen? Ich versichere Ihnen, vielleicht nicht aus meiner siebzehn Jahre alten Sicht, aber aus der heutigen, die durch so viele Erlebnisse und letztlich durch das Leben selbst geprägt wurde, dass Sie sich niemals wohlfühlen werden mit einer Entscheidung, die Sie gegen den Willen Ihres Herzens fällen werden. In dem Moment, in dem sie sich mehrfach ermahnen müssen, sich bloß nicht in jemanden zu verlieben, tja, in jenem Moment ist es leider schon zu spät.

„Entschuldigen Sie, Sir Bayswater, aber Mylady sucht Sie". Neben den oben beschriebenen Momenten gibt es auch noch Situationen anderer Art. Sie sehen sie nicht kommen und rechnen auch nicht damit und wenn sie dann ablaufen, treffen sie Sie wie ein Donnerschlag oder Peitschenhieb. Als ich den Kopf hob, um zu sehen wessen Stimme ich da hinter mir vernommen hatte, durchzuckte es meinen ganzen Körper. Die dunklen Haare des jungen Mannes, der so vornehm in Livree vor uns stand, waren sorgfältig mit Pomade versehen, doch die eisig blauen Augen sandten noch immer so viele Blitze ab, wie damals, als ich ihm das erste Mal begegnet war. Und doch brauchte ich wirklich einen Moment, um zu realisieren, wie es sein kann, dass der Theaterkartenverkäufer aus dem West End nun in Dienerlivree im Haus von Lord und Lady Bayswater angestellt war. William stand sofort auf. „Entschuldigen Sie mich für einen Moment Josephine, ich bin in wenigen Minuten wieder in all meiner Aufmerksamkeit bei Ihnen." Er eilte davon. Ich sah ihn noch immer an, und da verzog er die Lippen wieder zu einem schiefen Lächeln und nickte mir zu.

„Miss Josephine…", sagte er noch, bevor er sich mit einer knappen Verbeugung wieder Richtung Haus begab. Während ich so im Garten saß, wurde William, wie angekündigt, zu seiner Mutter zitiert. Und als ich nach zwanzig oder fünfundzwanzig Minuten noch immer im Garten saß, stand ich auf und wollte ein wenig hin und her laufen, um nicht drapiert dazusitzen, wie ein Sahnetörtchen, das in der Theke zerläuft. Wahrscheinlich hätte ich mir das, was nun folgen sollte erspart, wäre ich einfach dort sitzen geblieben, worum William mich ja auch gebeten hatte. Aber Josephine wäre nun einmal nicht Josephine, wenn Sie nicht wieder irgendetwas getan hätte, was so eigentlich nicht erwünscht, oder gar, sittlich gewesen wäre. Ich ging also den Blumen gesäumten Weg hinauf und da hörte ich auf einmal aus dem Fenster neben mir laute Stimmen, die sich anscheinend in einer erhitzten Diskussion befanden. Eigentlich wollte ich gar nicht hinhören, das wäre mir doch niemals eingefallen, aber nun ja, die Lautstärke der Stimmen ließen einem keine Wahl, ob man die Konversation mithören wollte oder nicht.

„Was für ein Narr bist du, dass du hier herumstolzierst mit einer Frau, die nicht deine Versprochene ist, ohne Anstandsdame, ohne mich zu informieren? Ich schäme mich für die Torheit meines Sohnes." Mein Herz setzte für einen furchtbaren Moment einfach aus. Spätestens da hätte ich mich natürlich auf Französisch empfehlen können, aber warum auch immer blieb ich stehen und hörte mir das Geschreie noch länger an.

„Ich bitte Sie Mama, der ganze Garten ist voller Dienstboten und Hausmädchen, wir waren keine einzige Sekunde unbeaufsichtigt! Ich habe ihr den Garten gezeigt, nicht mein Gemach." Die Frauenstimme rang nach Luft.

„Wie kannst du so unfassbar unverschämt mit mir reden, was fällt dir ein? In dem Haus deines Vaters verbitte ich mir so einen Ton und einen derartigen Ungehorsam." Es folgte eine kurze Stille. „Ich möchte diese… junge Frau nie wieder auf diesem Grundstück sehen. Sie ist nichts für dich, hast du gehört, mein Sohn?" Verletzter Stolz tropfte von meinem Körper in Form aufgebrachter Schweißperlen. Noch nie hatte ich mich derartig schmutzig gefühlt, noch nie so verletzt und gekränkt. Im Nachhinein weiß ich nicht, was schmerzhafter für mich war. Die Worte dieser herablassenden Frau, oder die stumme Hingabe ihres Sohnes, der auf diese unwürdige Tirade nichts weiter erwiderte. Ich schluckte diesen schmerzhaften Kloß herunter, der so hart und kratzig meine Kehle hinunterglitt. Als sich meine Starre endlich gelöst hatte, ging ich schnellen Schrittes zurück zur Picknickdecke und griff nach meinem Retikül. Ich wollte verschwunden sein, bevor ich noch einmal gezwungen war in Williams Gesicht zu schauen, doch auch dieses Glück war mir nicht vergönnt. Denn als ich mich umdrehte und gerade davonlaufen wollte, stolperte ich ihm doch geradewegs in die Arme. „Aber Josephine, Sie wollen schon aufbrechen?" Seine glasigen Augen sahen mich flehend an noch nicht zu gehen, aber ich bekam mein aufgebrachtes Herz nicht mehr unter Kontrolle. „Ja, das möchte ich", meine Stimme klang erstickt, als unterdrückte ich ein Schluchzen.

„Bitte, bleiben Sie doch. Wir haben ja noch nicht einmal Tee getrunken." Ich brach den Blickkontakt ab und senkte meine Lider, damit er nicht sehen konnte, wie kurz davor ich war, einfach in Tränen auszubrechen.

„Ich glaube nicht, dass ich hier erwünscht bin", erklärte ich traurig. William schüttelte den Kopf.

„Wenn Sie sich hier nicht wohlfühlen, gehen wir doch einfach in den Kensington Garden, dort stört uns niemand." Aber ich winkte ab.

„Ich meinte in Ihrem Leben, William." Und bevor er darauf irgendetwas erwidern konnte, hob ich die Hand. „Ich gehöre hier nicht hin. Sie müssen eine Lady an Ihrer Seite haben, die genau das alles repräsentiert in das Sie hineingeboren sind. Ich kann das nicht und ich werde auch niemals eine solche Lady sein. Auch wenn ich mich noch so sehr bemühe, auch wenn ich so tun würde, als wäre das die Rolle, die ich spielen müsste. Jeder wird doch sofort erkennen, dass ich nur ein einfaches Mädchen bin, nicht nobel, nicht elegant oder weltgewandt. Einfach nur ein Mädchen, das versucht das Beste aus dem zu machen, in das sie hineingeboren wurde. Audrey ist die Art von Frau, die neben Ihnen existieren kann. Sie beide werden ein wundervolles Paar abgeben, ein Paar, das der Inbegriff englischer Klasse ist. Ich kann nichts weiter, als staubige Gegenstände von Sand zu befreien." Irgendwie merkte ich erst nachdem der letzte Satz über meine Lippen gegangen war, dass ich bereits angefangen hatte zu weinen. Schnell wischte ich mir die Tränen von der Wange. William sah mich an, als wüsste er sich einfach nicht zu helfen. Zwischen zwei Stühlen stehend, die beide so wichtige Parteien in seinem Leben waren. Erst heute verstehe ich, dass es auch für ihn damals nicht leicht gewesen war. Ich hatte von ihm erwartet sich gegen seine Mutter zur Wehr zu setzen für ein Mädchen, dass er gerade drei Tage kannte, dass er sich gegen Konventionen und Erwartungen stellte, die ihn sein Leben lang begleitet hatten. Ich war enttäuscht gewesen, dass er mich nicht verteidigt hatte, sich nicht im Streit für mich eingesetzt hatte. Und gleichzeitig war ich so blind gewesen nicht zu verstehen, dass sein Besuch am Vortag, seine Einladung an diesem Tag und seine

Bitte, dass ich weiterhin bleiben würde, schon seine große Rebellion gewesen waren. Aber zu dem damaligen Zeitpunkt war sein Handeln für mich nicht sehr verständlich und ich in meiner Würde, die doch auf so dünnem Eis lag, noch so gebrechlich und verletzlich war zutiefst erschüttert. Und was ich ihm gesagt hatte, stimmte ja auch, ich war all das eben nicht, was seine Mutter von mir gewollt hätte.

„Und wenn ich mit Ihnen mitkomme? Wenn ich all das hier nicht mache, und nicht Lord Bayswater auf Bayswater House wäre?". Ich lächelte traurig. „Aber William, was wären Sie denn dann?" Darauf schien er keine adäquate Antwort zu haben. Er rang um Worte und wollte mit allen Kräften, dass ich blieb. Aber ich hätte es keine Sekunde länger in diesem Haus ausgehalten, in dem alles wirkte, wie ein großer Vorwurf aus Marmor. Ich nahm einen tiefen Atemzug und sah auf seine Hände, die er so fest zu Fäusten geballt hatte, dass seine Fingerknöchel weiß hervorstachen.

„Ich möchte Sie nicht gehen lassen", sagte er todtraurig.

„Sie können mich schlecht gefangen nehmen. Ich fürchte Ihre Mutter würde meine geringe Klassenausstrahlung spüren, selbst wenn ich auf einem Dachboden eingesperrt wäre, und mich in die Freiheit jagen." William zuckte mit den Augenbrauen. „Sie dürfen nicht zu hart zu Mama sein, ich glaube sie meint es nur gut." Wie sie die vorhin geäußerten Worte gut meinen konnte, wollte mir wirklich einfach nicht in den Sinn kommen. Aber ich wollte William nicht verletzen, indem ich ihn darauf aufmerksam machte.

„Wenn Sie partout nicht bleiben möchten, dann bestehe ich darauf Sie wenigstens nach Hause zu fahren." Ich schüttelte wild den Kopf. „Nein, vielen Dank. Ich möchte gehen, ich genieße lange Spaziergänge sehr und möchte auf keinen Fall für die kleine Strecke Ihren Kutscher bemühen."

„Dann werde ich mit Ihnen gehen. Allein werde ich Sie nicht gehen lassen, ich bestehe darauf. Ich möchte Sie nicht bevormunden oder kontrollieren, aber Sie könnten ausgeraubt werden, oder Schlimmeres. Ich möchte sicherstellen, dass Sie wenigstens gut nach Hause kommen, wenn ich Sie schon bei diesem Besuch vergrault habe." Ich seufzte tief und nickte ihm dann widerstrebend zu. Auch verzichtete ich darauf klarzustellen, dass ja gar nicht er mich vergrault hatte, sondern seine Mutter. Ich ließ an ihm den Groll aus, den ich gegenüber einer Frau empfand, deren Gesicht mir nicht einmal bekannt gewesen war und ich fühlte mich miserabel dafür, denn William wirkte so hilflos. Also ließ ich ihn mit mir zurück nach Hause gehen, auch wenn das gegen absolut jede Konvention war. „Ich habe wirklich noch keine adäquate Art und Weise gefunden mich bei Ihnen zu entschuldigen", gab er zu und war ganz seltsam distanziert, als befürchte er ich würde gleich wie ein Pferd mit den Hinterbeinen ausholen und ihm einen Tritt verpassen.

„Ich verstehe das einfach nicht", gab ich zu und das entsprach auch der Wahrheit. Ich verstand es nicht, die ganzen Regeln, Umgangsformen, das alles, was richtig oder falsch sein sollte verwirrte mich. „Wen sollte es schon interessieren, dass Sie mich nach Hause bringen? Dass wir im Garten zusammen ein paar Scones essen, warum sollte eine Frau dabei sein, um mich zu überwachen?" William sog die Luft ein und stieß sie antriebslos wieder aus.

„Es geht natürlich um Ihre Tugend, Josephine und

das ist auch eine sehr wichtige Sache. Wenn Sie nicht tugendhaft bleiben, könnte es für eine Frau schwer werden eine gute Partie zu machen."

„Oh zum Himmel!", rief ich auf einmal aus. Ich weiß nicht weshalb, aber mir platzte auf einmal die Hutschnur. Gute Partie hier, gute Partie dort, mein ganzes Leben drehte sich nur noch um irgendwelche Partien! Wie sollte ein Mann mich lieben, wenn ich nicht einmal selbst wusste, wer ich war? „Gleichzeitig", gab ich William zu bedenken, „scheint die Gesellschaft um uns herum, inklusive unserer Mütter und den Hausboten keine wahrhaft hohe Meinung von Männern zu haben, befürchteten Sie, dass Männer augenblicklich über eine Frau herfallen, wenn gerade mal niemand zusieht. Was ist denn eigentlich, wenn eine Frau über einen Mann herfällt und dieser sich gar nicht wehren kann?" Nun legte sich ein kleines Schmunzeln um seinen Mund.

„Dann wird sie, denke ich, in das Irrenhaus eingewiesen. Eine Frau, die sich einem Mann an den Hals schmeißt, kann ja nur übergeschnappt sein."

„Oder einfach nicht so schüchtern, wie ihr männlicher Gesprächspartner gegenüber", entgegnete ich. Auf einmal blieb William stehen. Wir waren irgendwo auf halbem Weg durch den Kensington Garden, um uns herum nur Bäume und Vogelgezwitscher. Verwundert sah ich ihn an.

„Und wenn es genauso ist?", fragte William, „wenn Ihr Gesprächspartner im Gegensatz zu Ihnen nicht halb so eloquent und offen ist, wenn er schon seit dem Abend, an dem er Sie getroffen hat, versucht zu sagen, wie fasziniert er von Ihnen ist. Würden Sie ihm zuvorkommen?" Sein Blick war so flehend und weich, als kostete es ihn eine Menge

Überwindung mir diesen Einblick in seine Gefühle zu offenbaren. Darauf hatte ich nichts wirklich zu antworten, denn ich wusste nicht, was er von mir hören wollte, was für ihn das Verhältnis unserer Bekanntschaft eigentlich war.

„Ich finde es zeugt von wenig Vertrauen seinem Gegenüber, wenn man nicht offen mit seinen Gefühlen sein kann." William schien sichtlich betreten zu sein und nickte.

„Dem muss ich widersprechen. Denn ich finde ganz im Gegenteil, dass es viel mehr von dem fehlenden Vertrauen zu sich selbst zeugt und mit dem Gegenüber überhaupt nichts zu tun hat." Ich machte einen Schritt auf ihn zu.

„Also vertrauen Sie mir?", fragte ich geradeheraus. William nickte. „Ja, das tue ich. Ich weiß nicht warum und weshalb, aber ich vertraue Ihnen. Kommen Sie, ich werde es Ihnen beweisen." Er deutete mit dem Kopf in die Richtung, aus der wir gerade erst gekommen waren, als würde er zurück zum Anwesen gehen wollen.

„Aber- ",

„Meine Mutter ist heute zur Nachmittags Soirée eingeladen, mein Vater ist im House of Lords. Wir werden ungestört sein. Kommen Sie." Und trotz, dass ich mir geschworen hatte, nie wieder dieses Anwesen betreten zu wollen, folgte ich ihm, unsicher, ob ich nicht doch lieber umkehren sollte.

DREIUNDZWANZIG

„Wir gehen durch die Dienstbotentür", sagte William und führte uns durch einen engen Gang. „Da können Sie dann ganz sicher sein, dass uns niemand sieht." Knarzend öffnete sich eine Holztür und gab den Blick in einen Raum frei, der verlassen zu sein schien. „Um diese Uhrzeit bereiten die Dienstboten für gewöhnlich alles für das Dinner vor. Deshalb ist niemand im Dienstbotenzimmer. Aber wir müssen uns beeilen, denn in einer halben Stunde haben sie Mittagspause und nehmen dann ihren Tee hier ein." In der Mitte des Raumes stand ein großer Tisch mit vielen Stühlen, an der Wand hing eine riesige Tafel aus Messing, an die mehrere winzige Glöckchen angebracht waren. Unter den Glöckchen hingen Schilder mit einer goldenen Gravur, die anzeigte, aus welchem Raum im Haus das Läuten kam. So wussten die Dienstboten immer, wer sie gerade brauchte. Das alles wusste ich, weil Georgie es mir einmal erzählt hatte und wer hätte gedacht, dass ich mir solche Details merken könnte. Es war schon irgendwie lustig, dass etwas, was für William so uninteressanter Alltag war, für mich so aufregend zu sein schien. Aber wir hatten nicht mal bei uns zu Hause Dienstboten außer unserer Köchin und dem Chauffeur. Gerade wollten William und ich den Weg nach oben bestreiten, da kam uns jemand entgegen, der mir sehr bekannt vorkam.

„Entschuldigen Sie, Sir", sagte der blauäugige junge Herr, von dem es mir noch immer schleierhaft war, wie man es vom Ticketverkäufer zum Dienstboten in einem großen Anwesen schaffte. „Nicht weiter schlimm James, Miss Wennington und ich wollten nur kein Aufsehen erregen. Wir sind sofort wieder verschwunden." James. Der Name klang mir im Ohr und als sein spöttischer Blick mich traf erwiderte ich mit zusammengekniffenen Augen seine Skepsis.

„Natürlich Sir, ich wollte Sie und Miss Wennington nicht aufhalten. Entschuldigen Sie mich, ich wollte gerade das Silber zum Polieren nach oben holen." Die Art und Weise wie er meinen Namen aussprach gefiel mir überhaupt nicht. Als hätte er mich nicht in diesem Haus erwartet und noch viel weniger als Gast des Erben. Er ging an uns vorbei, jedoch nicht ohne mir zuzuzwinkern, als er sich sicher war, dass William nicht hinsah.

„Hier ist es. Etwas kühl, aber das stört mich nicht. Die Böden und Wände sind aus Stein, im Sommer ist es hier wunderbar angenehm, im Winter liebe ich es den Ofen im Nebenzimmer zu heizen." Ich sparte mir die Bemerkungen, dass er den Ofen sicherlich nicht selbst beheizte, sondern drei Bedienstete dafür hatte. Denn als er die Türen aufschwang, eröffnete sich mir eine Schönheit, ein so imposantes Bild, wie ich es noch nie zuvor gesehen hatte. Tausende von Büchern reihten sich in Deckenhohen Regalen aneinander und erstreckten sich durch den ganzen Raum. Wie in Trance trat ich in den Raum hinein und hört die Absätze meiner Schuhe auf dem glänzenden Steinboden klackern.

„Außer mir kommt niemand hier hinein", sagte William ehrfürchtig. „Meine Mutter und mein Vater haben nichts übrig für bedrucktes Papier und sonst gibt es außer mir ja niemanden."

„Das ist unglaublich", hauchte ich und sah mich mit riesigen Augen um. Ich traute mich nicht so recht meine Hände über die Buchrücken streifen zu lassen, auch wenn sie eine fast erpressende Anziehungskraft auf mich ausübten. „Das hier ist meine ganz eigene, kleine Welt", erklärte William und zeigte mir damit das Vertrauen, was er in mich hatte. „Sie lesen hier?", fragte ich und war eigentlich gar nicht so recht bei der Sache.

„Unter Anderem. Vor allem aber mache ich hier etwas anderes, etwas, von dem niemand weiß und was außerdem niemand erfahren darf." Nun hatte er mich aber neugierig gemacht, also wandte ich mich ihm zu und sah, dass er zu einem Mahagonischreibtisch am anderen Ende des Raumes gegangen war.

„Warum haben Sie mich hierhergebracht?", fragte ich ihn direkt und ging zu ihm. Er nahm einen Stapel Papier in die Hand. Schwarze Tinte auf weißem Pergament. Ich sah von dem Stapel wieder in seine Augen.

„Weil Sie ein Teil dieser Welt in mir sein sollen. Bisher war ich immer allein in alldem. In diesem… Geheimnis." Ich lachte auf einmal. „Welches Geheimnis? Haben Sie etwa eine Leiche hinter ein Bücherregal gemauert?" William sah mich todernst an.

„Ich möchte Schriftsteller werden. Poet." Damit hätte ich nicht gerechnet. Das war Williams Geheimnis? Er sah peinlich berührt auf den Stapel Pergament in seiner Hand.

„Aber was ist denn da Verwerfliches dran?", fragte ich lächelnd. William nickte bedrückt. „Alles. Einfach alles, Josephine. Der Erbe eines Lords wird kein Poet, und niemand darf von meiner Leidenschaft wissen, niemand. Aber ich kann die Worte in meinem Kopf nicht unterdrücken, und diesen Drang meine Gefühle auf Papier zu bringen. Und als ich Sie traf, da merkte ich, wie gut Sie in mein Geheimnis passten, in diesen Raum, diese Welt. In Ihrem Verständnis ist kein Platz für starre Konventionen für unnatürliche Sitten und langweilige Bräuche. Sie sind ein menschgewordenes Gedicht, das die Worte der Lebendigkeit in Handlungen und Emotionen ausdrückt. Sie bringen mich zum Lachen, zum Schwärmen. Ich möchte Ihnen meine Geheimnisse mitteilen, und meine Gefühle für Sie in diesem Raum aufbewahren, in dem sie nur uns beiden gehören. Sie wissen jetzt etwas über mich, was keiner wissen darf. Erzählten Sie es meinen Eltern, schickten diese mich ins Exil, was sich Militär nennt. Mein Vater würde versuchen mich zur Raison zu bringen und mir die Verweichlichung auszutreiben. Aber ich weiß, dass Sie mich verstehen. Und jetzt haben Sie und ich unsere ganz eigene, kleine Welt. Nicht nur in einem meiner Gedichte auf Papier, sondern in der Realität dieser Unterhaltung." Sprachlos, ich glaube das trifft meine Reaktion darauf, was dieser junge, wunderschöne Mann mir gerade offenbart hatte, am allerbesten. Ich entschied mich so zu reagieren, wie es der Situation angemessen war. Alle Worte waren gesagt, die Besonderheit unserer Beziehung verbal ausgedrückt. Meine Reaktion war eine Handlung. Ich ging zu ihm hin, ich lächelte und dann legte ich meine Hand an seine Wange und legte meinen Kopf auf seinen Brustkorb.

VIERUNDZWANZIG

Natürlich musste auch der schönste aller Momente enden, und so brachte mich William an dem Tag nach Hause. Wir kamen beide noch einmal damit durch ohne Anstandsdame gewesen zu sein. Tatsächlich musste ich mir aber eingestehen, dass mich die Meinung fremder Leute kein Stück interessierte. Tief in meinem Inneren war mir bewusst, dass die Einzige, vor der ich mich fürchtete, Audrey war. Und so ging das Wochenende dahin und es wurde Montagmorgen. Diese zwei Worte vermögen es wirklich einige Menschen in die Flucht zu schlagen. Mich schlugen sie nicht in die Flucht, sie erweckten meinen persönlichen Willen mich nicht einen Zentimeter aus diesem Bett zu bewegen. Zerknirscht lag ich dort und kaute auf dem Zipfel meiner Bettdecke herum. Noch fünf Minuten dann würde Jane mir einfach die Bettdecke wegreißen und mich in die kalte Luft werfen, und das wusste ich, weil dieser typische Montagmorgen auch noch ziemlich symbolträchtig für alle Montage stand, in denen ich versucht hatte, die Masern, oder wenigstens die Schwindsucht vorzutäuschen, damit ich mich nicht aus dem wohlig warmen Bett quälen musste. Aber Entscheidungen waren noch immer besser, wenn man sie ganz allein traf, also entschied ich mich es diesen Montag nicht so weit kommen zu lassen und mich eigenhändig in die kalte Luft zu werfen. Doch bei jedem Handschlag, den ich tätigte, als ich mir die Haare machte, als ich meine Bluse zuknöpfte, als ich meine schwarzen Schnürstiefel anzog, konnte ich nur an die abscheulichen Arten und Weisen denken, auf die Audrey mich quälen würde. Von Minute zu Minute merkte ich, wie in mir die Panik aufstieg und ich bald nur noch in einer vor Angst zitternden Hülle aus bleicher Haut steckte. Mit bleiernen Füßen stieg ich die Treppe hinunter und ließ mich an den Frühstückstisch tragen. Georgie und Jane redeten über… ich kann es nicht einmal mehr rekonstruieren, weil sich mein gesamtes Gedankengut nur Audreys vermeintlichen Rache widmete. Als sich schließlich eine Stunde später der gespenstisch wirkende, gotische Bau der Schule vor mir auftürmte, kam mir ein absurder Einfall, den ich nicht bedacht hatte. Was, wenn Audrey noch gar nichts von den letzten beiden Tagen wusste? Wenn niemand uns gesehen hatte und es ihr dementsprechend auch niemand mitgeteilt hatte? Ich machte mich vollkommen verrückt über ungelegte Eier. Aber es nützte ja alles nichts, schließlich hatte sie gesehen, wie er am Freitag mit mir getanzt hatte. Mit rasselnden Eisenfesseln um die Fußknöchel trottete ich zu meiner eigenen Hinrichtung. Die Tür des Klassenzimmers kam näher, ich hörte Stimmen von drinnen. Schweiß stand auf meiner Stirn, mein Herz hatte erst gerast und nun machte es nach allen paar Schlägen einen schmerzhaften Aussetzer. Bis zu diesem Zeitpunkt hatte ich noch nie erfahren, was wahrhaft körperliche Angst bedeutete. Wenn man zitterte, schwitzte, sich der Magen verkrampfte und man dieses bedrückende Gefühl verspürte, als würde jemand einem die Kehle zuschnüren. Zaghaft öffnete ich die Tür. Audrey saß dort und unterhielt sich mit einer ihrer Verehrerinnen. Als die Tür aufging, musterte sie mich von unten bis oben und lachte abfällig. „Haben die Wenningtons kein Geld mehr für saisongerechte Kleidung?! Wir haben März und noch immer stechen mir diese Winterfarben in den Augen. Manche Familien wissen anscheinend wirklich nicht, was sich gehört." Dann wandte sie sich wieder der schwarzhaarigen Schönheit neben sich zu. Wie erstarrt sah ich sie an. Das war es? Das sollte es gewesen sein? Fassungslos ging ich zu meinem Platz und setzte mich hin. Sie wusste es nicht, keiner hatte es ihr verraten! Langsam beruhigte sich die panische Anspannung in meinen Muskeln. Ich rang mir sogar ein erleichtertes Lächeln ab und wiegte mich gerade in Sicherheit, da hörte ich, wie Winnifred Fastner mir zurief:

„Josephine, ist es wahr, dass du mit William Bayswater verlobt bist?" Verdammter Kuhmist! Der gesamte Klassenraum war gerade in eine Stille gehüllt, wie man sie wahrscheinlich das letzte Mal erlebt hatte, als die Königin beerdigt wurde. Quatsch, und sogar da hatte mit hoher Wahrscheinlichkeit wenigstens eines der Pferde gewiehert, das die Sargkutsche gezogen hatte. Die Stille, die in diesen Sekunden in der Luft lag, war unerträglich. Audrey hatte sich nicht zu mir herumgedreht, es sah so aus, als wäre sie einfach so in ihrer Bewegung eingefroren. Mein Puls beschleunigte sich, und tatsächlich fing sogar meine Unterlippe an zu beben! Peinlich berührt versuchte ich sie mit meiner Hand abzudecken, damit niemand merkte, dass ich kurz vorm Heulen war. Was dann geschah, beruhte nicht auf rationalem Überlegen oder Abwägen, und auch ganz sicherlich nicht auf einer Handlung Seiten Audreys, sondern schlicht und weg auf einem Kurzschluss in meinem Angstinstinkt. Ich griff nach meiner Tasche, schwang sie mir über die Schulter und rannte aus dem Raum, weg vor Audreys möglicher Reaktion, weg von den ehrenhaften Töchtern und weg vor meiner eigenen Verantwortung.

Irgendwie war alles furchtbar unwirklich. Wie sich meine Beine durch den Schulflur bewegten, wie ich durch die Aula nach draußen flog und wie ich irgendwo einen halben Kilometer weit von der Schule in der Nähe der Tower Bridge zum Stehen kam. Keuchend und schluchzend lehnte ich mich über das blaue Geländer und sog den muffigen Geruch der Themse unter mir ein. Ich hatte solche Angst davor was nun mit mir geschehen würde, denn nach dieser Flucht würde mir doch niemand mehr glauben, dass an der ganzen Sache nichts dran war. Dass ich mich heimlich und ohne Anstandsdame mit Sir William Bayswater getroffen hatte und Audrey um ihren Verlobten gebracht hatte. Eigentlich war es noch so viel mehr als das. Dieses Geheimnis, dieses Verbot unserer Zuneigung machte mich total wirr im Kopf, es drückte auf meinen Magen und bereitete mir Krämpfe. Alles war so sehr von Konventionen, von Normen geprägt, und mein ganzes Leben wirkte bloß noch wie ein Protokoll, das ich ablaufen sollte. Unwissend sollte ich eine Rolle einnehmen, von der ich mich überfordert fühlte und mich eigentlich nur noch irgendwo verstecken wollte. Unkontrolliert liefen mir die Tränen über die Wange und ich schlang meine Arme um meine Taille, weil es mich trotz der strahlenden Sonne so sehr fröstelte. Aber hier konnte ich nicht stehen bleiben, ich befand mich noch immer viel zu nah an der Schule. Wenn mich jemand sah und dies meiner Lehrerin meldete, würde sie es Henry mitteilen und mich von der Schule verweisen. Innerlich sah ich bereits Henrys entsetzten Blick und sein Drängen einer guten Ausbildung für seine Tochter. Ich würde ihn enttäuschen, ich würde Jane enttäuschen und vor allem würde ich mir selbst jegliche Chancen auf eine gesicherte Zukunft in diesem Land nehmen. Wie von der Tarantel gestochen lief ich den ganzen Weg zur Tower Bridge und überquerte das Themseufer, während ich die verwirrten Blicke der Leute bezüglich meines verwahrlosten Aussehens ignorierte. Meine Haare hatten sich aufgelöst und mein Gesicht war noch immer komplett benässt von meinen Tränen, die Augen quollen gerötet hervor. Ich musste einen ganz furchtbaren Eindruck gemacht haben, wie ich mit fast leerem Blick herumlief und dabei nicht einmal wirklich wusste wohin. Die Straßen von London waren überfüllt, überall fuhren Kutschen oder Automobile, Menschen drängten sich an anderen Vorbei und die ganze Stadt war in einen dunklen Smog gehüllt, der wie schwere Nebelschwaden über den Dächern der Häuser hing. Wenn die Sonne sich hinter einer Wolke versteckte, fror man bitterlich und wenn dann sogar noch ein kalter Zug kam, hatte man das Gefühl tausende von Nadeln bohrten sich in die schutzlose Haut. Das war die Kontroversität dieser Stadt. Mal erstrahlte ihre Fassade im goldenen Sonnenlicht und dann war sie zur gleichen Zeit so brutal und kalt. Ich war nun schon einige Zeit gelaufen, da erstreckte sich vor mir ein riesiges, weißes Gebäude mit einer großen, runden Kuppel und griechisch aussehenden Säulen vor dem Eingang. Ich staunte über diesen Prachtbau und fragte mich, warum ich ihn noch nie zuvor gesehen hatte und weshalb ich eigentlich gar nicht wusste, was sich hier befand. Voller

Faszination wischte ich mir übers Gesicht und steckte mein Haar wieder mit der Klammer zu einem losen Knoten. Auf einer Messingtafel neben einer der Säulen stand mit goldenen Lettern *St. Paul's Cathedral* eingraviert. Eine Kathedrale! Aber leider war sie verschlossen, also ging ich die Stufen wieder hinunter und machte mich wieder auf den Weg durch die verwinkelten Straßen. Über eine halbe Stunde wanderte ich durch die Gassen und sah mich staunend hier und da um. Das aller erste Mal, seit ich in London wohnte, hatte ich das Gefühl von dieser Stadt fasziniert zu sein. Dort sah man todschicke Männer in Anzügen und schon zehn Meter weiter begegnete man in einer Seitengasse einem Markt von Händlern, die laut schreiend ihre Waren anboten. Wie mit einem Schlag sah ich mich wieder in Ägypten vor dem Stand, mein Großvater neben mir und das grüne Tuch um meinen Kopf gewickelt. Es war dort wärmer und farbenfroher, aber das Gefühl war so ähnlich, es war wirklich unglaublich, aber ich fühlte mich auf einmal wohl und dazugehörig. Plötzlich wurde ich harsch von der Seite angerempelt und fiel hin.

„Entschuldigen Sie bitte M'am, aber ich habe se nich gesehn'." Kam es von einer hellen Stimme. Eine Frau stand vor mir mit einem flehenden Gesichtsausdruck und verfilztem Haar. Sie hielt mir auf einmal eine Rose entgegen und lächelte mir lieb zu. Als ich aufstand, bemerkte ich entsetzt, dass mein ganzer Rock nach Matsch roch und auch von oben bis unten damit bedeckt war. Wie sollte ich das Jane bloß erklären?! Verzweifelt stieß ich einen Fluch aus und erinnerte mich erst dann wieder daran, dass die hilflose Frau noch immer vor mir stand und mich um Verzeihung bitten wollte. Doch als ich ihr mein Wohlwollen aussprechen wollte, war sie bereits verschwunden. Und meine Tasche mit ihr! „Das kann doch nicht… das ist doch wohl…“, ich stampfte vor Wut über meine eigene Dummheit und Gutgläubigkeit mit dem Fuß auf und fragte mich, was ich jetzt tun sollte. In der Tasche waren noch ein paar Groschen gewesen, mit denen ich eine Droschke hätte bezahlen können, die mich wieder nach Hause bringen würde. Nun war ich ausgeraubt, voller Matsch und verheult. Schlimmer konnte es wirklich nicht mehr werden. Dennoch konnte ich wohl absolut nichts anderes machen als weiter zu laufen, denn irgendwie musste ich ja wieder nach Hause kommen. Langsam ebbte meine anfängliche Faszination ab und verwandelte sich in das, was meinen Zustand gerade dominierte. Kalten, getrockneten und stinkenden Matsch. Erschrocken stellte ich beim Blick auf meine winzige Armbanduhr (die mir Gott sei Dank noch nicht geklaut wurde, aber naja, der Tag war ja noch lang) fest, dass schon wieder eine Stunde vergangen war und ich noch immer hilflos durch irgendwelche Straßen wanderte, die von Meter zu Meter zwielichtiger wurden. Auf einmal wirkte diese Szene verdächtig vertraut. Die Gebäude kamen mir so bekannt vor und irgendwoher wusste ich, wo ich war! Jane war diese Straße mit mir gelaufen, und auch wenn es schon viele Monate her gewesen war, wusste ich, dass ich irgendwo im West End sein musste. Ich schöpfte neue Hoffnung und nahm mir fest vor den nächstbesten, seriös aussehenden Menschen nach dem Weg zu fragen. Doch das musste ich gar nicht, denn im nächsten Moment hörte ich wie jemand nach mir rief.

„Miss Josphine!“

Erschrocken drehte ich mich herum. James lehnte wieder lässig gegen die Hauswand, eine Zigarette im Mund und sah mich halb verwundert, halb arrogant dreinblickend an. Mit erhobenen Augenbrauen stützte er sich von der Wand an und kam geradewegs auf mich zumarschiert.

„Sie hätte ich hier nun wirklich nicht erwartet", gab er zu, warf die Zigarette auf den Boden und trat sie mit der Spitze seines braunen Schnürstiefels aus. „Noch dazu in einem solchen... Zustand", er lachte und betrachtete mich von oben bis unten. Peinlich berührt senkte ich meinen Blick.

„Sie hätte ich aber hier auch nicht erwartet", entgegnete ich. „Heute die Livree gewechselt?" Seine Antwort war ein spöttisches Lächeln und ein Kratzen am Hinterkopf.

„Sollten Sie nicht im Dienst sein?", fragte ich, um irgendwie herauszufinden, warum er eigentlich hier war.

„Ich bin an diesem Tag lediglich eingesprungen", gab er zu. „Eingesprungen? Kann man das denn so einfach als Bediensteter in einem großen Haus?" Jetzt runzelte er die Stirn und lachte dann laut. „Sie sind ja goldig. Ein ganz besonderes Exemplar."

„Sehr lustig", schmollte ich und wünschte mir einfach nur, jemand würde mich in eine warme Decke hüllen und mit einem Tee vor den Kamin verfrachten.

„Wie haben Sie es denn jetzt angestellt?", wollte ich dennoch hartnäckig wissen, denn ich war furchtbar neugierig. Er zwinkerte mir zu und sagte: „wir haben alle unsere kleinen Geheimnisse. Die machen uns doch mysteriös", während er sich eine neue Zigarette ansteckte. Damit hatte er wirklich recht, denn auf mich wirkte er überaus mysteriös. Er war kein bisschen vergleichbar mit William, der mit seiner stolzen Attitüde und in den sauberen Uniformen erschien, so gepflegte Manieren hatte und sich niemals nachsagen ließe er wäre unangebracht aufgetreten. Der Mann hingegen der vor mir stand, wirkte geradezu nachlässig in seiner Manier, rotzig und durchzogen mit purem Desinteresse hinsichtlich der Meinung, die ich mir über ihn bildete. Während ich vor ihm stand, fühlte ich mich, als machte er sich über meine Unwissenheit geradezu lustig und als würde jegliche Schlagfertigkeit fluchtartig aus mir schwinden.

„Sie sehn' aber heute sehr wenig aus, wie die Lady, die gestern noch im Garten mit Spitzenhandschuhen saß", bemerkte er, als hätte ich es schon fast vergessen zur Hälfte im Schlamm zu stecken.

„Ich wurde überfallen", sagte ich weinerlich, „man hat mir meine Tasche gestohlen und mich in den Schlamm geschubst. Nun fehlt mir auch noch jeder Groschen, um die Droschke nach Hause zu bezahlen. Wenn ich nur wüsste, was ich tun soll." Da floss es auf einmal aus mir heraus und ich bedeckte mein Gesicht in meinen Händen.

„Heulen wird kaum was bringen." Entsetzt sah ich auf und widmete ihm einen erbosten Blick. Warum bemitleidete er mich nicht? William hätte mich niemals so weinen lassen, ohne dass er mir anbot mich mit seiner Kutsche zu begleiten.

„Jetzt schauen Sie mich nicht so erschrocken an, das ist die Tatsache! Heulen wird Sie nicht nach Hause bringen. Hätten Sie noch ihr Seidenkleidchen von gestern an und würden sich die behandschuhte Hand vor den empörten, weinerlichen Mund halten, würde sicherlich einer dieser Anzugaffen zu Ihnen rasen und anbieten Sie höchstpersönlich in seinem Automobil auf einem Samtsitz nach Hause zu fahren. Aber in der Aufmachung wird Sie absolut niemand von einer obdachlosen ausm West End unterscheiden können. Also sparen Sie sich das Geflenne."

„Es wundert mich nicht, dass Sie keine Karten verkauft bekommen, für Freundlichkeit würde ich Sie auch nicht bezahlen." Er kam einen Schritt näher und blies mir den Qualm seiner Zigarette beinahe ins Gesicht.

„Viele Menschen verwechseln Freundlichkeit mit Heuchlerei." Ein kalter Schauer lief mir über den Rücken und mir stellten sich alle Nackenhaare auf. War das nicht genau das gewesen, was ich zu William gesagt hatte, als wir uns das erste Mal miteinander unterhielten?

„Wissen Sie, was wirkliche Freundlichkeit ist?", fragte er mich und trat auch die nächste Zigarette mit der Spitze seines Stiefels aus. Und als ich keine Gegenfrage stellte, deutete mir mit dem Kopf an ihm zu folgen. Zögernd sah ich mich um. „Na kommen Sie schon, ich werde Sie schon nicht ermorden." Und als ich ansetzte ihm zu folgen schob er hinterher: „Obwohl… Sie kommen bestimmt aus einem stinkreichen Haushalt, die könnten mir eine Menge Lösegeld zahlen." Abrupt blieb ich stehen und plante schon meine Flucht, da rollte er mit den Augen und schnalzte mit der Zunge. „Sie nehmen aber alles ziemlich ernst, nicht wahr?" Über diese Aussage wunderte ich mich, denn eigentlich war das keinesfalls so. Ich war immer so schlagfertig, immer mit einem Witz auf der Zunge, ich ließ mir doch niemals die Butter vom Brot nehmen. Aber dieser Kerl hielt mich wohl für einen Backfisch! Für einen unwissenden Grünschnabel ohne echte Lebenserfahrung, was mich zutiefst störte. Ich war doch nicht mit einem silbernen Löffel geboren wurden, meine ganze Kindheit hatte ich im Dreck gebuddelt und in Zelten geschlafen. Warum war ich auf einmal so verängstigt und scheu? Also lief ich im hinterher. Wir gingen einmal um das Gebäude herum, vor dessen Eingang er immer lehnte und von dem ein großes rotes Schild mit der Aufschrift: *Varieté Theater* hing. Was war bitte ein Varieté Theater? Er führte mich zu einer Tür aus bereits verblichenem Holz, die er mit einem silbernen Schlüssel öffnete und für mich weit aufhielt. „Gehen Sie rein", sagte er mit drängendem Blick. Mir kam eine Wolke abgestandener Luft entgegen, die mich zum Husten brachte. Überall roch es nach Zigarettenqualm, alle rauchten hier wie ein Schlot.

„Gehen Sie die Treppe rauf, dann schließe ich den Raum für Sie auf." Direkt vor mir erstreckte sich eine knarzende Treppe mit hohen Holzstufen. Ich hob meine schweren Röcke, die aufgrund der Nässe eine Tonne zu wiegen schienen und stampfte hoch, während meine Schnürstiefel vom Wasser schleimige Geräusche machten. Oben angekommen standen wir vor einer Tür, aus deren Inneren eine seltsam klingelnde Musik dröhnte. Die Klänge verzauberten meine Ohren und gaben einen Rhythmus vor, wie ich ihn noch nie gehört hatte. Es klang irgendwie rhythmisch, verrucht, als könnte man sich tänzerisch auf jeden einzelnen Ton akzentuiert bewegen. Lebendig und farbenfroh. Er ging vor mich und schloss die Tür auf. In dem Moment wurde die Musik für mich zur Realität, indem sie aus dem verschlossenen Raum in die Freiheit trat. „So, bitte sehr." Ich schritt durch die Tür und schlagartig erwachte etwas in mir, von dem ich niemals gewusst hatte, dass es existiert. Aber doch, ich hatte es vorher schon einmal gespürt. Vor dem Museum in Ägypten, und im Atelier des Schneiders hier in London. Die Schönheit umfing mich, sie griff mit ihren weichen Händen nach mir und hüllte mich in die altbekannte Faszination. Ein mir so bekanntes Gefühl, das mich dazu brachte, mich heimisch zu fühlen. Der Raum war gefüllt mit Tüll, der in vielen verschiedenen Farben glitzerte und mit Schuhen, deren goldene Absätze und Schnallen wie Sterne in finsterer Nacht schillerten. „Sind zwar Theaterkostüme, aber suchen Sie sich etwas Brauchbares raus, hier findet man häufig schrille Sachen im ganzen Plunder." Ich war irgendwie unfähig mich im Raum zu bewegen. Diese Mischung aus den Kostümen und der Musik, dieser Eintritt in diese fremde vertraute Welt setzte mich außer Gefecht. „Ich schätze… Taille siebzig, Brust um die achtzig?" redete er mehr zu sich selbst und wühlte in den Kleidungsstücken herum. Was bedeutete eigentlich siebzig und achtzig? Meinte er etwa damit…

„Sie Schuft! Ich habe keinen siebziger Taillenumfang, ich bin eine grazile dreiundsechzig." Er lachte.

„Das bedeutet Ihnen also etwas, so was wie eine Maßeinheit? Interessant". Eine Zigarette zwischen den Lippen schmiss er mir einen Rock aus blauer Baumwolle entgegen, eine weiße Bluse und eine dazu passende Weste. Zwar war kein Unterrock, geschweige denn ein Mieder dabei, aber gerade war ich einfach nur froh überhaupt trockene Kleidung zu haben. „Da hinten ist ein Paravent, ziehen Sie sich da um." Er zeigte auf einen Fächerartigen Vorhang, der den einen Teil des Raumes abtrennte, wie eine Umkleide. Ich stieg dahinter und begann mich umständlich zu entkleiden, um dann nach und nach ins trockene zu schlüpfen. Anscheinend hatte

er mit seiner Einschätzung recht gehabt, denn die Kleidungsstücke saßen wie angegossen. Meine Lockenpracht war mal
wieder aus der Klammer gefallen, also wirbelte ich sie noch
einmal zu einem Knoten und versuchte mich noch einmal am
Hochstecken. Es hielt ganz passabel.

„Was ist das hier?", fragte ich, als ich wieder vor den
Paravent trat. Mit amüsierten und sogar etwas lasziven Blick
musterte er mich und drückte die Zigarette in einem Aschenbecher aus, der zufällig auf der Fensterbank stand.

„Haben Sie noch nie etwas von einer Kostümstube
gehört?" Zerknirscht über meine eigene Unwissenheit schüttelte ich den Kopf. „Varieté?", fragte er ein wenig genervter.
Ich brauchte gar nicht reagieren, er seufzte von allein und
lotste mich zur Tür. Wir gingen wieder die Treppe herunter,
nahmen eine kleine Abbiegung und landeten in einem Raum
voller roter Sessel, deren Samtüberzug schon leicht mitge-
nommen aussah. Und vorne im Raum, ich wagte es gar nicht
auszusprechen, so ungeheuerlich war, was dort geschah!
Vorne im Raum, auf einer Art Erhöhung stand doch tatsächlich eine Frau, die sich beinahe vollständig nackt zum Takt
der Musik räkelte und tanzte. Nur ein paar schmuckhaft ver-
zierte Schalen bedeckten ihre Brüste und eine Art Lendenschutz mit tüllartigem Rock ihre weibliche Scham. Wie unter
Schock betrachtete ich ihren Tanz, der von so viel Sinnlichkeit geprägt war, dass meine Wangen vor Röte brannten. An
ihrem Fußknöchel trug sie ein goldenes Band, das bei jeder
Bewegung rasselte, ihr langes schwarzes Haar wehte bei der
Drehung durch die Luft. Als die letzten Töne anschlugen, endete ihr sonderbarer Tanz in einem ästhetischen Höhepunkt
und ihre Augen spien vor Weiblichkeit, als sie ihre dunklen

Pupillen in einer Mischung aus Sehnsucht und Verzauberung in den Zuschauerraum gleiten ließ. „Aber…", flüsterte ich, „Sie war ja… beinahe vollständig entkleidet." Neben mir lächelte James, der sich an meiner Naivität zu erfreuen schien und nickte.

„Ein Wunder, dass sie uns heute nicht all ihre Reize gezeigt hat." Empört fiel mir die Mundklappe auf.

„Sie meinen Sie haben sie… nackt gesehen?" Er nickte. „Oh ja, und ich glaube das halbe Londoner West End auch. Wobei, ich muss mich korrigieren. Nur ihre Brüste, alles andere hält sie immer gerade noch verborgen." Ich lachte vor Erstaunen. „Und niemand findet das… empörend?" Er sah mich schräg von der Seite an, als würde er mich fragen, ob ich das ernst meinte.

„Nein, Josephine, ich gehe eher davon aus, dass es den meisten doch gefällt." Und als ich mir kichernd die Hand vor den Mund hielt, um mir noch einmal die Schönheit anzusehen, die gerade mit einem Mann in ein Gespräch versunken zu sein schien, der ihr Anweisungen zu einzelnen Bewegungen gab und sie an Körperstellen berührte, die ich gar nicht auszusprechen wagte, lehnte sich James zu mir herüber und flüsterte: „Willkommen im Varieté, dem Ort, wo deine Fantasie nicht länger ein Traum bleibt."

„Ich verstehe das nicht", gestand ich, als wir wieder vor dem Theater standen und frische Luft einatmeten, „es wird doch immer gesagt, wie gesellschaftlich verwerflich eine entkleidete Frau ist. Aber diese scheint sich in ihrer Haut dabei recht wohlzufühlen." Er stieß einen Schwall Rauch aus und zuckte mit den Schultern. „Es ist eben eine Form der Kunst. Außerdem wissen alle, dass die da drin sowieso die gesellschaftlich Ausgestoßenen sind. Es stört sie also nicht weiter, wer sich welche Meinung über sie bildet. Andernfalls weiß natürlich keiner draußen, wer sie wirklich sind." Ich wollte ihn gerade fragen, was er damit meinte, da öffnete sich die Eingangstür und eine sehr nobel gekleidete Frau trat heraus. Ihr dunkles Haar war hochgesteckt, sie trug ein Ausgehkleid aus blauer Spitze, das bis zum Hals zugeknöpft war. Erst auf den zweiten Blick realisierte ich, dass dort die orientalische Schönheit vor mir stand, die ein paar Minuten zuvor noch so sinnlich getanzt hatte.

„Na, hat euch der Tanz gefallen?", fragte sie und blinzelte mir zu.

„Er war einfach unfassbar… unfassbar wundervoll", fiel mir bloß als Erwiderung darauf ein. Das brachte sie zum Lachen. Das oder verwundertes Dreinblicken mit den weit geöffneten Augen. „Darf ich Sie etwas fragen?" Sie forderte mich mit einer ungeduldigen Mimik auf meine Frage zu stellen. „Sind Sie verheiratet?" Erst stutzte sie einen Moment, dann aber lachte sie hallend und hob eine Augenbraue. „Nein, verheiratet bin ich nicht. Aber glücklich", setzte sie mit gerecktem Kinn fort, „ich verrate dir ein Geheimnis", und dann stellte sie sich neben mich und flüsterte mir etwas ins Ohr. Ich kann mir denken, dass Sie, verehrter Leser, brennend wissen wollen welches Geheimnis es war, das sie mir ins Ohr hauchte. Aber Sie haben sie doch gehört: es ist geheim! Nun, Sie haben Glück, dass ich merkbar schlecht darin bin Geheimnisse für mich zu bewahren, also werde ich es Ihnen am Ende dieser Geschichte, anvertrauen. Eines bloß schon einmal vorab: ihr Geheimnis brachte mich zu einem späteren Entschluss, von dem ich mir noch nicht ganz sicher bin, ob ich ihn bereue, oder nicht. Nachdem sie sich also von meinem Ohr gelöst hatte, zwinkerte sie mir zu und verabschiedete sich von uns. In ihrem blauen Spitzenkleid und dem koketten Gang hätte ich niemals darauf schließen können, dass sie nicht eine wunderbar und einwandfrei respektable Frau gewesen wäre, jedenfalls nicht nach dem, was die Standards hier vorgaben. Vielleicht existierte ihr Geheimnis, ihre Sinnlichkeit ja bloß hinter dieser Tür.

„Wie kann das sein?", fragte ich ihn, der neben mir stand und von dem allen sehr wenig berührt zu sein schien. „Es verstößt doch gegen jegliche Konvention, gegen alles, was uns Tag für Tag vorgeredet wird." Er sog lang die Luft ein. „Das mag daherkommen, dass jedem von uns etwas anderes vorgeredet wird. Dir werden deine Törtchen auf einem Silbertablett serviert und ich hole meine Zigaretten aufm

Schwarzmarkt. Diese ganzen Konventionen, oder wie du sie nennst, sind nichts als Lügen. Sieh doch nur, vor zehn Minuten hat sie einen Tanz hingelegt, nachdem ihr am liebsten alle Männer zwischen die Beine gesprungen wären, und nun geht sie wieder als Hauslehrerin nach Kensington. Geheimnisse sind nicht geheim, weil sie verboten sind, sondern weil sie uns ermöglichen mehrere Personen auf einmal sein zu können. In Frack und Fliege beim Dinner zu sitzen ist eben auch eine Rolle, die gespielt wird." In meinem Kopf explodierten die Eindrücke und irgendwie merkte ich, wie ich langsam aber immer mehr Kopfschmerzen bekam.

„Ich glaube ich würde jetzt gerne nach Hause gehen."

Er nickte, „Dann, gute Heimreise", und wollte sich abwenden, aber unwillentlich hielt ich ihn zurück.

„Warte! Ich weiß doch gar nicht wirklich, wie es nach Hause geht. Ich… du… kannst du mich nicht nach Hause bringen?" Er presste die Lippen aufeinander und rang sichtlich mit sich. Aber dann sah er in mein verzweifeltes Gesicht und stöhnte laut auf. „Mein Gott, Mädel, ich habe auch noch anderes heute zu tun! Wenn es sein muss, aber dann wars das." Ich atmete erleichtert aus, auch wenn mich seine ignorante Art verstörte. Um die Gunst eines Mannes zu betteln fühlte sich furchtbar an, wenn man so ausgeliefert war.

„Wo geht es denn hin?", viel zu schnellen Schrittes führte er uns an und ich hatte Probleme hinterher zu kommen.

„In die Cherry Road nach Kensington", erklärte ich und bemerkte, wie sich seine Lippen ironisch verzogen.

„Natürlich, wohin auch sonst. Aber ich liefere dich ein paar Straßen weiter ab, ich habe echt keine Luft darauf von Schwarzkappen wegen vermeintlicher Vergewaltigung verhaftet und nach Whitechapel gebracht zu werden." Ich runzelte die Stirn.

„Warum sollten sie denn das tun?! Du bringt mich doch nur nach Hause, das hat William, ich meine Sir Bayswater auch vor ein paar Tagen gemacht und niemand hat solch grauenvolle Absichten vermutet." Er schlug sich die Hand vor die Stirn, legte eine undurchdringliche Miene auf und blieb abrupt stehen. „Sag mal, aus welcher Welt kommst du eigentlich? Ich glaube ich habe noch nie einen derart fremdartig naiven Menschen erlebt." Warum hatte ich es nicht gemerkt, dass er mich in der Zwischenzeit angefangen hatte zu Duzen? Die Tatsache, dass mich alle für ein unerfahrenes Lämmchen hielten, weckte Wut in mir.

„Warum sagst du das ständig! Ich habe doch nichts unhöfliches getan?", spie ich aus und verstand seine Reaktion wirklich nicht.

„Okay", entgegnete er, „haben dir deine Gouvernanten denn nicht früh genug beigebracht, dass man Straßenhunden nicht traut? So einer bin ich nicht mehr, sobald mir jemand ein wenig schmierige Pomade in die Haare knallt und mir ne weiße Uniform drüberzieht. Die ist nämlich resistent für jegliche schmutzigen Gedanken, die können sich nur in den Köpfen der minderen Leute entwickeln." Jetzt verstand sogar ich seine Ironie und auch, was er damit eigentlich ausdrücken wollte. „Das ist ja vollkommener Schwachsinn", stellte ich fest und brachte ihn wieder zum Lachen. „Und nein, ich hatte keine Gouvernanten. Ich hatte überhaupt niemanden, der mir das hier alles beigebracht hat." Anscheinend hatte ich jetzt auf einmal sein Interesse geweckt, denn er sah mich mit erwartender Miene an.

„Ich...", ich haderte, ob ich ihm von meinem Geheimnis erzählen sollte, „bin nicht von hier", tastete ich mich langsam vor. „Ach, was du nicht sagst", er schnäuzte sich die Nase. Ich ging näher an ihn heran, damit ich nicht so laut reden musste und flüsterte ihm ins Ohr. „Ich bin in Ägypten geboren." Einen Moment lang wirkte es so, als wollte er in Lachen ausbrechen, dann wieder schüttelte er den Kopf und riss beide Augenbrauen hoch.

„Klar, du verscheißerst mich doch." Jetzt war es mir definitiv zu viel. „Man glaubt mir nicht, dass ich eine feine Lady bin, weil ich anders wirke, aber auch nicht, dass ich von woanders herkomme, weil... warum? Weil ich nicht aussehe, wie eine ägyptische Schönheit? Weil ich keinen orientalischen Akzent habe?" Er sah mir einen Moment ohne jede Regung in die Augen.

„Siehst du, was Vorurteile machen?" Seine Antwort brachte mich zum Stutzen und gleichzeitig dachte ich darüber nach. Ja, ich merkte jetzt, was Vorurteile machten.

„Dann kannst du dich offensichtlich selbst nicht davon ausnehmen welche gegenüber anderen Menschen zu haben", äußerte ich triumphierend. Geschlagen lächelte er, auch wenn es offensichtlich war, wie ungern er sich so etwas eingestand.

„Woher kennst du dich so gut in den Straßen aus?" Windig wie eine Maus führte er uns durch die Gassen und brachte uns schließlich nach Westminster, wo das House of Parliament in der Sonne golden strahlte und Big Ben bereits Mittag schlug. „Ich bin ein Junge aus dem West End. Die Straßen von London waren mein zu Hause, ich kenne sie wie meine Westentasche." wir waren gerade in Richtung Parlament unterwegs, da hört ich wie jemand lauthals meinen Namen schrie. Erschrocken fuhr ich herum und starrte in das entsetzte Gesicht meines Adoptivvaters.

„Josephine! Was machst du hier?", fragte er und musterte dann erst den, in seinen Augen zwielichtigen, jungen Mann an meiner Seite. „Henry, ich hatte mich verlaufen und dieser junge Herr war so nett gewesen mir den Weg zu zeigen. Ohne ihn hätte ich wohl nicht wieder aus dem West End herausgefunden." Henry wusste nicht, ob er mich ausschimpfen, mich umarmen oder in einer Schockstarre verharren sollte.

„Thomas O'Riley", stellte sich jener junge Mann vor von dem ich bis eben geglaubt habe er heiße James. Er strecke Henry die Hand entgegen, doch dieser schüttelte sie nicht und entgegnete lediglich kühl: „ich danke Ihnen, dass Sie meine Tochter nach Hause bringen wollten. Ich hoffe wir schulden Ihnen nicht allzu viel für die Umstände, Mister O'Riley." Die Heftigkeit, mit der er deutlich machte, dass er diesen jungen Mann nicht noch einmal sehen wollte, schockierte mich aufs Heftigste. Im gleichen Moment erschrak ich vor der Tatsache, dass ich bisher einem Mann gefolgt war, dessen Namen ich nicht einmal kannte. Thomas war Henrys Ton natürlich nicht entgangen, denn er schnaubte, und nickte knapp. „Nein, Sir, Sie schulden mir natürlich nichts", und gab Henry den Rest indem er hinzufügte: „Schließlich ist es ein Akt reiner Ritterlichkeit einer Jungfrau in Nöten zu helfen." Henry griff mich am Arm und rührte keine Miene.

„Dann müssen Sie ja einen furchtbar vollen

Terminplan haben, wenn Sie sich auf Jungfrauen in Nöten spezialisiert haben." Thomas vergrub seine Hände in seinen Hosentaschen, hob spöttisch eine Augenbraue und erwiderte. „Sie können sich ja wahrscheinlich denken, wie viele es davon gibt außerhalb von Kensington. Sicherlich sehen Sie sich die Armenviertel ja oft an, wenn Sie zur nächsten Soirée spazieren, nicht wahr?" Mein Herz blieb vor Empörung stehen und ich bemerkte, wie Henry rot anlief, rein gar nichts erwiderte und mich zur Seite schob. „Wir gehen", entschloss er knapp und zog mich mit sich. Hastig drehte ich mich noch einmal um, bis mein Blick sich mit Thomas' kreuzte und Henry mich zum Wagen unseres Chauffeurs gebracht hatte.

SECHSUNDZWANZIG

„Ich möchte kein einziges Wort über die Sache verlieren", wies Henry meine Erklärungsversuche ab und starrte stur aus dem Fenster. „Aber ich-", probierte ich es noch einmal, aber Henry hob einhaltgebietend die Hand

„Nein, Josephine! Ich möchte kein Wort darüber verlieren, bis wir zu Hause sind und Jane darüber in Kenntnis setzen, was heute vorgefallen ist." Mein Magen verkrampfte sich und in meinen Augen sammelten sich die Tränen der Ungerechtigkeit. Beim besten Willen verstand ich nicht, weshalb ich so angegangen wurde, so verurteilt und bestraft, ich hatte doch nichts getan, jedenfalls nichts Unrechtes. Der Weg bis zur Cherry Road verging wie in Zeitlupe. Als wir dann endlich ausstiegen, und die Tür hineinkamen, erklang Janes helle Stimme bereits durch den ganzen Flur.

„Hallo, Familie! Ich habe gerade den Pie aus dem Ofen-", als sie Henrys entsetztes Gesicht und meine schuldbewusste Miene sah, verstummte sie. „Was ist denn los?" Ihr Lächeln erstarb und ihre Augen wanderten von Henry zu mir, suchend nach der Erklärung. Als sie an mir heruntersah und meinen Aufzug betrachtete, wusste ich, gleich brennt die Bude.

„Rennt durch die Straßen Londons, durchs West End, mit einem Kerl aus der Gosse, den sie gar nicht kennt! Den Saum ein Meter tief im Schlamm, die Röcke durchnässt, als wäre sie auf einem Spaziergang durch den Park. So etwas dulde ich nicht, nicht in diesem Haus und nicht unter meiner Obhut." Henry explodierte vor Wut, er schrie, brüllte und wütete. Jane und ich saßen hilflos daneben. Ich schluchzte und Jane, die Henry in seiner Aufruhr Einhalt gebieten wollte legte die Stirn in Falten. „Aber Henry, hast du Josephine gefragt, weshalb das passiert ist?" Henry drehte sich um, einen hochroten Kopf, riss sich dramatisch die Krawatte vom Kragen und sagte ganz trocken:

„Nein, ich habe sie noch nicht nach dem Grund ihres Fauxpas gefragt, Jane." Ich schluchzte und schluchzte, ach lieber Leser, ich fühlte mich dermaßen ungerecht behandelt, dass ich gar nicht mehr aufhörte mich in meinem Selbstmitleid zu suhlen. „Warum warst du denn eigentlich dort, wo sind deine Schulsachen? Was ist mit deinem Rock passiert?", stellte mir Jane den ganzen wütende-Eltern-Fragenkatalog und betrachtete dabei angeekelt den mittlerweile krustig getrockneten Schlammsaum meines Rockes. Ich stotterte irgendein unverständliches Zeug vor mich hin, damit ich um Himmels Willen nicht vor Henry sagen musste, weshalb ich eigentlich nicht in der Schule war. Ich wollte niemandem davon erzählen, ich habe ja auch gar nicht gewusst, ob sie es verstanden hätten.

„Ich… wir… es war nur ein kleiner Ausflug, ich wollte nur die Saint Pauls Kathedrale sehen." Wir wussten alle drei, dass das gelogen war, aber ich rechnete es den beiden hoch an, dass sie keine Fragen mehr stellten.

„Du wirst diese… Kanalratte von Kerl nie wieder sehen", entschloss Henry und bewirkte, dass sich mir die Kehle zuschnürte. „Er hat doch überhaupt nichts getan, er hat mir geholfen! Warum beleidigst du ihn so, gibst ihm solche Namen? Das ist nicht fair", verteidigte ich Thomas, denn ich sah in Henrys Verhalten wirklich etwas Ungerechtes und vor allem Unbegründetes. Ich hatte ihn doch darum gebeten mir nach Hause zu helfen, er hatte es nur widerwillig gemacht. Und für seine Hilfe sollte er nun betitelt werden, als hätte er etwas Unrechtes getan. Das harte Urteil, das Henry über seine Existenz fällte, beruhte auf keiner logischen Begebenheit und ich fragte mich innerlich in dem Moment wer Henry eigentlich das Recht gegeben hatte sich derart über Menschen zu äußern.

„Um Himmels Willen, Kind du bist derart naiv! Was meinst du was geschehen wäre, wenn er vor unserer Tür gestanden hätte? Niemals wäre er ohne Geld in seiner Tasche wieder gegangen. Oder Schlimmeres!" Sein Blick glitt bei seinem letzten Satz hilfesuchend an mir hoch und wieder runter. „Ganz sicher hätte er das nicht verlangt!", schrie ich, „ich habe ihn darum gebeten mich nach Hause zu bringen, das war meine Idee. Nicht die Seine." Jane weitete auf einmal die braunen Rehaugen und hielt sich die Hand vor den Mund während Henrys Augen ungläubig flackerten. Er wollte es anscheinend nicht wahrhaben, dass ich etwas Derartiges tun würde. Wenn ich jetzt erkläre, was sich in Henrys Gedanken abspielte, werter Leser, dann dürfen Sie bitte nicht vergessen, dass ich es als Erwachsene tue, als Frau, die das Leben bereits seine Lektionen gelehrt hat. Heute verstehe ich, wie mein Vater damals gedacht hat, wie seine gesellschaftlichen Ängste ihn gezeichnet hatten, an jenem Tag, der so schicksalhaft in mein Leben einschneiden sollte. Henry hat in dem Moment gedacht, ich hätte Thomas verführt, ihn dazu gebracht mit mir zu gehen. Mich an ihn herangeschmissen. Und auch Jane schien diesem Glauben verfallen zu sein, jedenfalls sah sie mich mit einem Blick an, der aussprach, was sie sich nicht wagte, auszusprechen. Nämlich, dass, hätte uns jemand gesehen, mein Ansehen auf alle Zeit ruiniert gewesen wäre. Sie konnten die Wahrheit ja nicht ahnen und ich machte keinerlei Anstalten ihnen zu erzählen was wirklich hinter all dem steckte. Bis heute kann ich es nicht erklären, aber es war mir lieber sie im Glauben zu lassen ich hätte mich liebeskrank an einen Mann geschmissen, als ihnen das Ausmaß meiner Unfähigkeit in Bezug auf die ehrenhaften Töchter klarzumachen und dazu noch von meiner Feigheit in Bezug auf Audrey zu erzählen. Sollten sie mich doch für eine jugendliche Närrin halten, aber dass sie mich für dumm halten könnten, erschien mir unerträglich.

Da wir in diesem Gespräch alle drei nicht auf einen Nenner kamen, verbrachte ich todtraurig den Rest des Tages auf meinem Zimmer und blätterte in den alten Büchern von Herrn Droog. Noch nie hatte ich sie alle derart vermisst, wie in diesem Moment. Ein inniges, sehnsüchtiges Vermissen, das mir mein Herz krampfte und ich alles gegeben hätte noch ein einziges Mal die Stimme meines Großvaters zu hören. Es kam mir vor, wie ein ganz anderes Leben, dass wir alle beim Abendessen gesessen, geraucht, gelacht und Lieder gesungen haben. Dass mich die Männer, klein wie ich war, in die Luft geworfen und „Josie, Josie" gerufen hatten. Doch jetzt sah mir eine junge Frau entgegen, die weinte, die das Gefühl hatte niemals in diese Gesellschaft zu passen, so sehr sie sich auch bemühte. Für immer eine Außenseiterin. Ich löste den dicken Knoten meiner Haare und merkte, wie sie mir über die Brüste fielen. Nie hatte ich mich mehr danach gesehnt jemanden von meinem Schmerz zu erzählen. Mein Blick fiel auf das weiße Blatt Pergament und den schwarzen Federkiel, den ich manchmal benutzte, um die Schulaufgaben zu machen. Als ich danach griff, wusste ich gar nicht mehr, was ich eigentlich damit wollte, und deshalb schrieb ich, das erste Mal seit sie mich verlassen hatten drei separate Briefe. Der erste war an Erich.

Liebster Erich,

So lange ist es nun her, dass wir beide uns gesehen haben. So lange und doch so kurz. Letztlich war die Spanne, in der wir uns kannten, so viel kürzer, als die in der wir nun voneinander getrennt sind. Ich denke jeden Tag an dich und wünschte, ich würde dich wiedersehen. Dein Gesicht erscheint mir in meinen Träumen, und manchmal wandere ich durch die Straßen von London, und erwarte dich in der Menge zu finden. Ist es verrückt, dass ich noch heute den Duft deines Rasierwassers riechen kann? Oder noch immer körperlich das Kribbeln spüre, das deine Hände auf meiner Haut verursacht haben? Ach, Erich. Ich weiß du hattest mir versprochen mich abholen zu kommen, dass wir uns wiedersehen und doch kam alles so anders. Aber auch wenn du sauer auf mich bist, wenn du umsonst nach Ägypten zurückgekehrt bist, nur um meine Abwesenheit festzustellen, sollst du wissen, dass ich stets nur an dich gedacht habe. Deine Kette um meinen Hals bringt dich mir so nahe, und meine

Sehnsucht dich wiederzusehen ist so groß, dass ich sie kaum ertrage. Ich stelle mir den Ort vor, von dem du mir erzählt hast. Wien. Manchmal träume ich mich dorthin und stelle mir vor, wie wir beide uns begegnen. Du als Arzt, und ich als junge Frau, so verändert und doch im Herzen noch die Alte. Ich gebe die Hoffnung nicht auf, dass wir uns wiedersehen und uns in die Arme laufen, dieselben Gefühle spürend, die wir in uns getragen haben, als du gehen musstest. Vielleicht sehen wir uns in Wien wieder. Und dann essen wir Kuchen und lachen über Zeiten, die einmal gewesen sind.

Für immer die deine,

Josephine

Nachdem ich den Brief unterschrieben hatte, liefen mir die Tränen über die Wangen. Ich hatte Erich nichts von William erzählt. Und ich hatte heute noch nicht an William gedacht, dabei bedeutete er mir doch so viel. Aber Erich war die eine Welt und William die andere. Welten, die nichts miteinander zu tun hatten, sich in ihren Gefühlen nicht gegenüber, sondern nebeneinander standen. Sie waren keine Rivalen, das wäre auch gar nicht möglich gewesen. Ich pustete die Tinte trocken und legte den Brief auf die Seite. Den zweiten Brief schrieb ich an Herrn Droog.

Verehrter Herr Droog,

Sicherlich ist es ihnen von dort oben nicht entgangen, in welcher Situation ich mich befinde, und sicherlich lächeln Sie und denken, ach Josephine, wie gerne würde ich helfen. Aber ich fürchte ich habe Sie enttäuscht. Sie haben große Stücke auf mich gehalten, haben, an meine Bildung geglaubt, sich darum gekümmert, dass mir der Rest der Welt außerhalb Gizehs nicht verborgen blieb. Und manchmal sehe ich auf den Seiten Ihrer Bücher bloß Ihr Lächeln. Ich versage, Herr Droog, ich versage auf jeder Basis, die man sich nur vorstellen kann. Ich bin nicht intelligent, kann nicht lernen, manchmal glaube ich es gibt nichts auf dieser Welt für das Josephine Wennington geschaffen ist. Sie würden mich jetzt in den Arm nehmen und mir aus Ihren Büchern vorlesen, die Sie mir hinterlassen haben. Ihre Bücher, Ihr Heiligtum, Herr Droog, warum haben Sie sie mir hinterlassen? Was wollten Sie mir damit nur sagen, ach ich fühle mich so furchtbar hilflos. Manchmal habe ich es bereits vergessen, dass wir uns nie wieder sehen werden, dass Sie mir nicht mehr erklären können, was Sie sich dabei gedacht haben. Und dann erinnere ich mich an den Ort, an dem ich Sie wiedersehen werde. Ich sehe die grünen Nadelbäume vor mir, rieche deren Duft, oder jedenfalls das, von dem ich glaube, dass es so riecht. Ich weiß, dass, sobald meine Füße den Waldboden betreten haben, Ihre Seele dort auf mich wartet und dass wir uns wiedersehen.

Für immer dort verbunden, Ihre,

Josephine

Der letzte Brief war adressiert an meinen Großvater. Und jener war der Schwerste von allen dreien.

Großpapa, schrieb ich mit zitternder Hand und perlenden Tränen,

Diese Worte werden dich nie wieder finden und doch erscheint es mir als die einzige Art mit dir zu reden. Deine

Josie ist verloren. Jetzt, vielleicht für immer, und ich glaube ich habe dich furchtbar enttäuscht. Vielleicht siehst du mich von dort oben und würdest mich gerne in die richtige Richtung leiten, denn alles, von dem ich glaube es jemals richtig gemacht zu haben, kommt von dir. Ich weiß nicht, wer ich bin. Heute bin ich Engländerin, gestern noch war ich Ägypterin, aber wenn man es ganz ehrlich betrachtet, dann war ich nichts so richtig wirklich. War niemals das Eine oder das Andere und habe mir, vielleicht auch aufgrund meines Alters, nie so wirklich Gedanken darüber gemacht, wer oder was ich bin. Doch jetzt erwarten so viele Menschen von mir etwas anderes zu sein, und möglicherweise trifft mich diese Erwartung gerade deshalb so sehr, weil ich mich hilflos fühle herauszufinden, wo mein Platz in dem allen eigentlich ist. Hätte ich eine Mutter gehabt, hätte Papa vielleicht gesagt: „Ich kenne diese Unentschlossenheit von deiner Mutter", oder Mama hätte gesagt: „Diesen sturen Kopf hast du von deinem Vater." Aber ich muss mit all diesem Ich-Sein allein klarkommen, habe nichts, dem ich meinen Charakter und mein Wesen zuschreiben kann. Ich kann nirgendwo wirklich haften und verweilen, meine Wurzeln existieren nicht. Heute, Großvater, bin ich wütend. Wütend auf die Unwissenheit, auf meine ganz eigene Unwissenheit. Bin ich ein verlorenes Kind? Ich weiß, du hättest mir keine Antwort geben können, aber mit dir sind sechzehn Jahre meines Lebens in der Wüste begraben wurden, wie der kostbare Ohrring, der erst so viele Jahre später wieder an die Oberfläche gekommen ist. Was aber wenn niemand nach mir graben wird und meine Existenz unter dem Sand verborgen bleibt? Soll ich um Hilfe rufen? Und wenn ja, wer wird kommen, um mich ans Tageslicht zu holen? Vergebens werde ich auf Antworten warten, die niemals eintreffen werden. Du warst meine einzige Wurzel und nun, stehe ich in einem fremden Topf, den niemand wirklich verpflanzen möchte. Ich weiß, dass du über mich wachst und allein dieses Wissen spendet mir Trost.

Deine, an dich denkende Enkeltochter,

Josie.

SIEBENUNDZWANZIG

In dieser Nacht träumte ich sehr seltsam. Haben Sie schon einmal versucht sich aktiv an Einzelheiten eines Traumes zu erinnern? Meistens ist es so, dass sich das grobe Thema des Traumes benennen lässt. Verrat, Verfolgung, Liebe, Erotik. Albtraum, guter Traum. Aber wenn man nach den Einzelheiten eines Traumes gefragt wird, fällt es einem schwer sich daran zu erinnern, welche Farbe das Kleidungsstück hatte, das man trug, oder wie das Gesicht des Angreifers aussah. Seltsam, nicht wahr? Aber so ist es. An diesen einen Traum, den ich in der Nacht hatte, kann ich mich aber bis heute erinnern. Ich träumte von einer Bühne, dem warmen Licht der Scheinwerfer auf meiner Haut und um mich herum wirbelten ein Dutzend Lagen fliederfarbener Tüll. Er flog um mich herum, wie ein Meer aus Stoff, in dessen Wellen ich versank. Ich versuchte mich zu retten, fand jedoch nicht den Weg hinaus. Und dann machte ich etwas, das mich rettete, ich befreite mich aus dem Rock und auf einmal wurde ich in dieselben orientalischen Klänge gehüllt, wie die Schönheit aus dem West End. Meine Brüste nur noch bedeckt von zwei goldenen Schalen, die rundherum mit Edelsteinen verziert waren, Reife an meinen Oberarmen, ein federleichter Lendenschutz um meine Hüfte. Ich spürte dieses ewige Gefühl der

Freiheit und der Sinnlichkeit, hatte ein Körpergefühl, wie noch nie zuvor. Lebendig, ohne Sorgen, nur ich und die Bewegung meiner Weiblichkeit.

Als ich aufwachte, konnte ich mich nicht mehr an den Traum erinnern. Erst als mich Jane in das Korsett schnürte, tanzten die Bilder der letzten Nacht vor meinen Augen und verwandelten sich in eine unerreichbare Sehnsucht. Ich weiß nicht, welche Bedeutung dieser Traum hatte, was er mir aus meinem Innersten mitteilen wollte, aber das Gesehene konnte nicht ungesehen, das Gedachte nicht ungedacht werden. Ich glaubte nicht auf der Bühne stehen zu wollen, aber ich glaubte mich in das Gefühl verliebt zu haben, das der Traum mir vorgespielt hatte. Eins mit meinem Körper zu sein, eins mit meiner Freiheit, und letztlich auch eins mit mir. Seit diesem Tag war das Verhältnis zu Jane und Henry minimal anders geworden. Dieses Anderssein spiegelte sich nicht in konkreten Verhaltensweisen oder Mustern wider, es war eher eine abstrakte Präsenz, die sich aus der Tatsache der Existenz meiner Geheimnisse ergab. Und davon hatte ich mittlerweile nicht wenig. Gut, lieber Leser, Sie mögen jetzt vielleicht denken, dass viele Leute ganz andere Leichen im Keller verbergen mochten, aber diese Geheimnisse in meinem Inneren verleiteten mich zu Gedanken und nicht selten münden Gedanken in Taten. Den Tag danach wusste ich, es würde mir nichts bringen durch die Gegend zu wandern, denn das würde herauskommen und ich wäre meinen Eltern noch mehr Erklärungen schuldig, als ich es sowieso schon war. Also musste ich mich meiner Angst stellen und zurück in die Schule gehen, trotz dem flauen Gefühl im Magen und trotz aller Übelkeit, von der ich dachte, sie würde mich übermannen. Also erschien ich am nächsten Tag in der Schule der ehrenhaften Töchter und probierte eine schlagartig neue Taktik. Ich würde so tun, als wäre nie etwas geschehen, als wäre ich vollkommen lässig und entspannt und als wäre mir Audreys Gemeinheit völlig egal, schließlich könnte ich innerlich leiden, so viel ich wollte, solange sie mir das nicht ansahen. Und so kam es, dass ich in den Klassenraum ging, meine Tasche umgehängt und die verdutzten Blicke der anderen auf mir spürend einfach schnurstracks zu meinem Platz neben Judy wanderte. „Guten Morgen", sagte ich und musste mich wirklich anstrengen, dass meine Stimme nicht versagte. Judy blickte dermaßen verdutzt drein, ich glaube sie verstand die Welt nicht mehr.

„Geht es dir gut?", fragte sie mit gerunzelter Stirn.

„Ja bestens, vielen Dank", erwiderte ich mit einem gekünstelten Lächeln und legte betont meine Schultafel und die Kreide daneben auf das Pult. Judy räusperte sich.

„Felicity hat erzählt du sollst gestern ziemlich... krank gewirkt haben. Einfach raus gerannt, als wäre dir schlecht." Ich schluckte bei dem Gedanken, dass die anderen über mich geredet haben, und sich wohl möglich noch über meine Angst in der Gruppe lustig gemacht haben könnten.

„Ja, ich hatte wohl etwas Falsches gegessen. Das kam mir in einem Schwall wieder hoch, ganz schön ekelige Geschichte. Aber jetzt geht es mir wieder tiptop." Ich bemühte mich einer ruhigen Atmung und setzte ein gekonntes Lächeln auf, was unnötig gewesen wäre anhand der Tatsache, dass mir Judy sowieso geglaubt hätte und sich redlich zufrieden mit meiner Ausrede gab. Und dann trat Audrey ein, und es dauerte keinen Moment, da hatte sie mich in ihre Augen gefasst und ganz genau gewusst, was sie mit mir tun würde. Sie marschierte auf mich zu und ich versuchte einfach ruhig weiter dazusitzen, denn hätte es etwas gebracht, wenn ich ihr meine Angst offenbart hätte? Eher nicht. Eine Minute stand sie einfach, in all ihrer aufgebäumten Präsenz vor mir, als wüsste sie ziemlich genau um ihre Wirkung. Mein kaum merkliches Registrieren ihres Erscheinens machte sie wütend und auf einmal griff sie nach der Kreide und machte damit einen riesigen Ratsch auf meiner Tafel, auf der zuvor noch die Aufgaben gestanden haben. Entsetzt sah ich auf und bemerkte da erst das heftig geschwollene, rechte Auge, das in blauen und lila Schattierungen ihre Gesichtshälfte prägte.

„Was schaust du denn so, du Suppenhuhn?", spuckte sie aus. Ich wusste nicht wirklich, was sie von mir wollte, und heute glaube ich, dass Honigkuchenpferd selbst es auch nicht genau wusste. Sie wollte einfach nur ihren Hass und ihre Frustration an jemandem auslassen. Das jedenfalls dachte ich, bevor herauskommen sollte, was wirklich der Grund gewesen war. Aber dazu später mehr. Jetzt stand Audrey erst einmal vor mir und wollte in ihrer grundlosen Boshaftigkeit beachtet werden. „Nicht sehr eloquent, findest du nicht?", fragte sie gehässig und las dann in einer quiekenden, sehr lauten Stimme meine Antwort auf die Frage was die wichtigsten Tugenden einer Ehefrau seien vor der ganzen Klasse vor. „Dem Ehemann vorlesen?", lachte sie, „nicht zum Helden machen." Audrey stockte und pfefferte meine Tafel wieder auf meinen Tisch. „Dann ist Sir William Bayswater wohl nicht um dich als Ehefrau zu beneiden." Es ärgerte sie enorm, dass ich mich einem Wortgefecht entzog und mit strengen Blick nach vorne ihre ausspuckenden

Worte einfach über mich ergehen ließ.

„Weiß der eigentlich, was er sich da angelächelt hat?". Judy sah sie böse von der Seite an. „Lass es gut sein, Audrey!" Doch Honigkuchenpferd hatte gerade erst zu wiehern angefangen. „Nun hört mal, das ist eine ernste Angelegenheit. Schließlich sind die Enkelkinder von Lord und Lady Bayswater illegitime Bastarde." Einen gemeineren Kommentar hätte sie sich gar nicht ausdenken können, denn sie hatte mit ihren Giftzähnen genau in die Wunde meines verletzten Herzens gestochen. „Und ich glaube es wird ihn auch brennend interessieren, dass seine Frau eine Hure ist!" Auf einmal stöhnte die ganze Klasse auf und ich blickte sie fassungslos an. „Ganz richtig, eine Hure, die sich mit dreckigen Klamotten im West End herumtreibt", betont langsam lehnte sie sich zu mir herunter und spie dann aus: „wo sie vielleicht auch einfach hingehört." Ich war gelähmt, kein einziges Wort kam über meine Lippen. Mein Herz raste vor Aufgebrachtheit so schnell in meinem Brustkorb, dass ich dachte, das heftige Pochen zerfetze mir meine Bluse und drang von innen nach außen, wo es sein dramatisches Ende aufgespießt auf Audreys Messer finden würde. Sie musste den anderen nichts erklären, sie wollte nur, dass ich verstand. Verstand, dass ich ein Nichts war, verstand, dass dieser Platz niemals hätte von mir belegt werden sollen. Nachdem sie ihre Pfeile in meine Brust verschossen hatte und endlich die Reaktion erhalten hatte, auf die sie es, seit sie vor mich getreten war abgesehen hatte, ging sie mit zufriedenem Lächeln auf ihren Platz, nachdem sie mir zuflüsterte: „In London gibt es keine Geheimnisse." Das war ihre Aussage, die ich einfach nicht verstand. Woher wusste sie das alles nur? Wie konnte sie von meinem Zusammentreffen mit Thomas erfahren haben? Peinlich berührt wandte ich den Kopf ab und kämpfte gegen meine Tränen an, doch da ging auf einmal die Türe auf und derjenige der Eintrat verschlug uns allen die Sprache. Vor dem Pult stand ein junger Herr, höchstens an die dreißig, der mit strenger und bestimmter Geste seine Mappe auf das Pult legte und dann seinen Blick zu uns allen in die Klasse richtete, als kannte er uns bereits sein ganzes Leben lang.

„Das weibliche Geschlecht", begann er ruhig und betont, „bedarf einer ganz besonderen Bildung. Denn es unterscheidet sich vom männlichen und zielt in seiner Ausbildung auf grundlegend andere Ziele ab." Er hätte sagen können, was immer er wollte, er hätte auch sofort alle Mädchen auffordern können wie Affen auf dem Tisch zu tanzen, ich glaube es wäre niemandem aufgefallen. Er war ein so herausragend schöner Mann, dass ich ihn Ihnen, werter Leser, nicht einmal beschreiben werde. Rufen Sie sich den für sie schönsten Menschen in den Kopf und betrachten Sie vor Ihrem inneren Auge einmal seine Erscheinung ein paar Minuten lang. Regt sich etwas bei Ihnen? Schlägt Ihr Herz, fangen Sie an zu schwitzen bei dem Gedanken, dass Sie wohl noch einmal diesem eindrucksvollen Menschen gegenüberstehen könnten und ihm in die Augen sehen? Dann wissen Sie jetzt warum ausnahmslos alle Mädchen hin und hergerissen waren von diesem neuen Lehrer, der sich allerdings im Gegenzug recht wenig für die weiblichen Wesen interessierte, die mit verträumten Augen gerade vor ihm saßen und sich in eine Welt träumten, in der sie einen Ring am Finger trugen, den er ihnen zuvor angesteckt hatte, gepaart mit dem Versprechen der ewigen Liebe. Judy neben mir schien wie ertrunken in einem Meer der Zuneigung zu sein, aber nichts und ich intensiviere meine Aussage durch das Wort GAR nichts konnte das Ausmaß an plötzlicher Vernarrtheit übertrumpfen, in dem sich Audreys Geist gerade befand. Ich glaube ich hatte sie noch nie zuvor wahrhaftig lächeln sehen, bis zu diesem Augenblick. Sie blickte drein, als würde sie den Lehrer jeden Moment anspringen und ihm ihre ewigen Dienste als Hausfrau versprechen. „Ich bin jetzt für Ihre Vorbereitung auf die Rolle der Ehefrau und Mutter verantwortlich und glauben Sie mir… diese nehme ich ernst." Ich wusste nicht weshalb, aber mir machte er Angst. In seinen Augen befand sich eine Entschlossenheit, die keinen positiven Ausgang finden sollte. Neben Selbstsicherheit und dem vollen Bewusstsein um seine Wirkung befand sich eine gewisse Abneigung in seinen Ausdruck, wenn er uns betrachtete, als wäre er wütend, und wüsste, dass er eigentlich zu höheren bestimmt sei, als Frauen zu unterrichten, bei denen doch sowieso Hopfen und Malz verloren sei. Ich wusste es nicht mit Sicherheit, aber ich ahnte es, das alles lief auf nichts Gutes heraus.

ACHTUNDZWANZIG

Die nächsten Tage lernten wir nichts von Sinn, aber am schlimmsten war der Huldigungsunterricht, der nur daraus bestand, Floskeln zu lernen, die wir dann unseren Ehemännern entgegnen könnten, wenn sie erbost waren über Gott und die Welt oder aber natürlich über uns und das war doch sehr wahrscheinlich, sagte jedenfalls Mister Lentworth, und laut ihm selbst, hatte er die Weisheit der Welt durch die Praxis des Lebens und das dazutun von wissenschaftlichem Fundament erlernt. Mich konnte er kein bisschen leiden, aber das beruhte auf Gegenseitigkeit, sein absoluter Liebling war Audrey. Sie glänzte in allen seinen Fächern, hatte immer die richtigen Huldigungen und die perfekten Erwiderungen parat. Manchmal musste ich sogar zugeben, dass ich sie doch für diese Schwachsinnigkeit bewunderte.

„Und was sagen wir, wenn der Ehemann von seinen Pflichten erst spät zurückkehrt, Sie sich aber bereits zum Schlafen ins Gemach begeben haben?" Natürlich schoss Audreys Hand hoch, doch diesmal antwortete Felicity.

„Vielleicht so etwas wie: mein Geliebter, ich bin furchtbar müde, aber die Köchin hat dir etwas beiseitegestellt und würde es dir erwärmen, damit es mundet?" Ich schlug meine Hand vors Gesicht. „Und das ist der Grund, weshalb

Sie Ihren Eltern wahrscheinlich noch als alte Jungfer auf der Tasche liegen werden, Miss Steinford, ohne Ehemann. Dieses Vorgehen ist beschämend! Denken Sie alle bitte daran, Ihr Gatte ist ausgelaugt, unsagbar angestrengt von den harten Arbeiten im Parlament oder in den Büros. Und Sie? Haben den Luxus ein häusliches Leben zu führen, das einzig und allein einen Anspruch an Sie stellt: für das Wohlergehen Ihres Gattens zu sorgen." Audreys Arm war noch immer so gerade gestreckt erhoben, als könnte Sie es nicht erwarten, endlich loszuwerden, wie sie ermüdet vorgehen würde, wenn ihr Gatte noch ein Hüngerchen verspürte.

„Audrey, erlösen Sie uns." Audrey strahlte über beide Wangen und legte brav die Hände in ihren Schoß.

„Die Frage würde sich erst gar nicht stellen, denn ich würde mich selbstverständlich gar nicht erst auf mein Gemach bewegen, wenn mein Gemahl noch nicht heimgekehrt wäre. Ich kenne doch die Bedürfnisse meines ernstzunehmend arbeitenden Gatten und kann bei Gott nicht erwarten, dass er Verständnis zeigt für meine unbegründete Ermüdung. Ich würde im Salon auf ihn warten und keinen Bissen anrühren, bis mein Lieber endlich mit mir dinieren könnte." Widerwillig verzog ich mein Gesicht. Neben der mir schleierhaften Frage, welche dieser Männer ernstzunehmend arbeiteten, kam mir die Vorstellung in den Sinn, wie ich beinahe schlaftrunken im Abendkleid von der Chaiselongue kippte und auf jemanden wartete, der sich wahrscheinlich bei einem weiteren Whisky einer Partie Schach unterzog. Von Stunde zu Stunde wurde es auf der Schule der ehrenhaften Töchter unerträglicher und jedes Mal, wenn ich versuchte die Vorstellung der hier erlernten Inhalte auf mein Leben zu übertragen fiel ich eine tiefe Melancholie, die von einer Tristesse umgeben war, nämlich dass ich als Mensch gar nicht existierte und auch gar nicht existieren sollte. Jetzt denken Sie vielleicht, lieber Leser, das würde doch immerhin mein Problem der fehlenden Zugehörigkeit lösen, wenn ich gar nicht erst eine Persönlichkeit hätte ausarbeiten müssen, mir gar keine Gedanken darum hätte machen müssen, wer ich eigentlich war, weil das in Anwesenheit meines Gatten ja so oder so irrelevant sei. Aber stellen Sie sich bitte ein Leben vor, in dem Sie sich von allem trennen, das sie ausmacht. Kennen Sie Momente und Situationen im Leben in denen nur diese Gesinnung darauf, was Sie glücklich macht, Ihnen Halt gibt? Welcher Halt wäre Ihre stütze, hätten Sie niemals für sich herausfinden dürfen was Ihnen gefällt. Das Sinken in die Aushilfslosigkeit in eine Situation ohne etwas oder jemanden, der einen hinaufzieht ist das wohl schlimmste, was einem Menschen widerfahren kann. Und nun wurden wir darauf erzogen keine Menschen sein zu dürfen. Denn was ist der Mensch ohne seine Autonomie? Ohne seine Eigenheiten, ohne seine Freiheit zur Entscheidung. Durch Entscheidungen definieren wir, wer wir sind, denn wenn es mehre Möglichkeiten gibt, die man wählen kann, tritt die Neigung unseres Charakters dadurch hervor, zu welcher Entscheidung wir tendieren und wie wir handeln. Nur unsere gedankliche Unabhängigkeit macht uns zu Individuen. Doch Individuen sollten nicht aus dieser Ausbildung hervorkommen, wir waren gesteuerte Wesen in den Klauen derer, die sich für die Stärkeren hielten. Dies war eine Welt der Männer. Männer waren ein William, oder ein Thomas, oder ein Mister Lentworth. Wir waren Frauen, die zweiten in der Reihe, immer zehn Schritte zurück. Die einzige Wahl, die wir hatten, war jene: auszubrechen und Ausgestoßene zu werden, oder uns unseres Uterus bewusst zu werden und als Mittler gesehen zu werden, deren Funktion nicht sie als Mensch sind, sondern ihr Schoß aus denen hoffentlich neue Männer geboren werden sollten. Wir waren Gefangene im Käfig unserer Denkmuster, durften uns keine Fehltritte erlauben. Kam ein Mädchen auf die Welt, sah man in ihr die Ehefrau und die Mutter, die sie einmal werden würde. Bei einem Mann hingegen fragte man sich, was er wohl werden würde. Schriftsteller, Minister, vielleicht Erbe eines großen Anwesens? Was Audrey äußerte, wie sie sich verhielt, war das Praxisbeispiel unserer Ausbildung, denn wenn man glaubte durch Verzicht und Aufopferung Anerkennung zu erhalten dann würde man sich auch dementsprechend verhalten.

Am Freitag, dem endlich letzten Tag dieser Woche, spitzte sich die Lage zu einem unausweichlichen Ereignis zu. Mister Lentworth hatte gerade seine Arie über die niedrige Funktion der Frau für die Gesellschaft beendet, da sprang Audrey auf, mit geweiteten, vernarrten Augen und hielt ihm etwas entgegen. „Mister Lentworth, ich habe Ihnen einen Kuchen gebacken." Alle verstummten und niemand wusste, was er sagen sollte, so überrumpelt waren alle. Am liebsten hätte ich Audrey, die schon die ganze Woche besonders aufwendige Frisuren trug und an der mir jetzt erst das Rouge auf ihren roten Wangen auffiel, an ihrem Kleid zurückgezogen, dass sie sich hinsetzte und wenigstens versuchte die Situation ein bisschen weniger unerträglich zu machen. Mister Lentworth beäugte ihren Kuchen, griff aber nicht dankend danach sondern reckte die Nase. „Und was haben Sie sich dabei gedacht, Miss Austerton?" Audrey war wie zu Eis erstarrt, ihre Augenlider fingen nervös an zu flackern und ich merkte doch tatsächlich, wie ihre Unterlippe bebte. „Nun… ich…", stammelte sie, noch immer den dampfenden Kuchen nach vorne gereckt, „ich habe nie gesehen, dass Sie ein Lunchpaket dabeihatten, und da dachte ich… dachte ich einfach, dass Sie wahrscheinlich noch keine Mrs Lentworth haben und deshalb ohne essen sind." Niemand machte nach dieser Erklärung auch nur ein Geräusch, alle saßen angespannt da und versuchten die Augen von jener Szene abzuwenden, die in ihrer Unangenehmheit unerträglich erschien. „Stellen Sie bitte den Kuchen hier vorne auf meinem Schreibtisch ab", sagte Mister Lentworth in die Stille hinein. Mit langgezogenen Bewegungen, schritt Audrey siegessicher nach vorne und stellte den Kuchen auf seinem Pult ab, nicht einmal einen Meter von ihm entfernt. Sie dachte er würde sie dafür loben, dachte, mit dieser Geste der häuslichen Verpflegung seine Zuneigung zu bekommen. Aber der laute Knall, den der Rohrstock auf Audreys Rücken erzeugte und der, für immer in meinen Ohren hallende, Schrei aus Audreys Kehle bewiesen das Gegenteil.

„Ich hoffe Sie alle verstehen, dass ein solch unverzeihliches Verhalten gemaßregelt werden muss. Von Ihnen bin ich am allermeisten enttäuscht, Miss Austerton. Ich dachte Sie wüssten, wie sich eine Frau zu verhalten habe. Ein so dreistes Verführen einer Lehrkraft ist unverzeihlich." Alle Mädchen hatten die Augen abgewandt, fixierten die Platte Ihres Pultes, oder den schon Feuchtigkeitsfleck an der maroden Wand. Ich merkte, wie Judy neben mir zitterte. Er holte noch einmal aus und ehrlicherweise merkte ich erst, als mich seine Hand im Gesicht traf, dass ich nicht mehr auf meinem Platz saß, sondern mich schwer an Mister Lentworths Arm hängte, der gerade erneut eine Frau schlagen wollte, die sich voller Zuneigung an einen Mann gewandt hatte.

„Was fällt Ihnen ein!", schrie er wie eine wilde Bestie. Meine Gesichtshälfte brannte wie Feuer, und ich fühlte einen spitzen Schmerz durch meinen Kopf zucken. „Hören Sie auf!", rief ich und schlug ihm den Stock aus der Hand, mit der er mich nur mir eine Sekunde später noch in der anderen Gesichtshälfte treffen sollte. Ich spürte alle geschockten Augenpaare auf uns ruhen. Audrey hatte sich am Pult festgeklammert, aus ihrem angsterfüllten Blick sprach nun pure Verblüffung. „Das ist Ihr einziges Werkzeug", spie ich aus, und hielt mir die schmerzende Wange, „ihre Kraft gegen uns und die Macht, die Sie daraus erhalten! Sie schlagen uns und wissen, dass wir uns nicht wehren können. Audrey hat nur getan, was Sie uns jeden Tag in diesem Unterricht predigen, Sie hat doch nur versucht das zu sein, was Sie von ihr erwarten. Was gibt Ihnen das Recht Sie zu maßregeln? Entscheiden Sie, welchem Mann Sie zugeneigt sein darf? Urteilen Sie jetzt auch noch über das Gefühl der Zuneigung und bei wem es erlaubt ist und bei wem nicht? Sie sind nicht Gott, Sie haben kein Recht darüber zu entscheiden, wen man liebt, Mister Lentworth." Ich erwartete bereits einen erneuten Hieb, musste aber verwundert feststellen, dass sich Mister Lentworths Miene auflockerte und sich eine frustrierte Traurigkeit in seinen Augen wiederfand. Ich wusste, dass er in diesem Moment nicht mehr mich sah, nicht mehr Audrey, die noch immer bibbernd auf dem Pult lag und sich nicht wagte eine Bewegung zu tätigen, nicht mehr vor unserer

Klasse stand. Mister Lentworth schien weit weg zu sein, ganz woanders als in diesen Gemäuern. Er verließ daraufhin das Klassenzimmer und kam den ganzen Tag nicht mehr zurück. Es sollte Wochen dauern, bis ich den Grund für seine Abwesenheit herausfand.

neununzwanzig

„Halt still!" Jede kleinste Nervenzelle in meinem Gesicht brannte wie Feuer, das sich über meine Haut erstreckte, als Jane mit einem feuchten Lappen versuchte die Wunde, die Mister Lentworth hinterlassen hatte, zu reinigen. Doch bei jeder Berührung des nassen Lappens, zuckte ich zusammen und verzog schmerzhaft den Mund.

„Er hatte kein Recht dazu! Er hatte kein Recht dich zu schlagen, am liebsten würde ich dorthin gehen und ihm mit seinem Rohrstock vermöbeln, bis er sich nicht mehr auf seinen eingebildeten Hintern setzen könnte." Leider ließ Jane ihre wütende Frustration an dem aus, was sich gerade in ihrer unmittelbaren Nähe befand und das war nun einmal mein Gesicht. „Nicht so fest, bitte", jammerte ich und zuckte erneut so stark zusammen, dass sie mit der Zunge schnalzte und sich zurücklehnte.

„Und du, dummes Ding, in welche Schwierigkeiten bringst du dich nur? Warum hältst du dich nicht aus so etwas raus?", wollte sie wissen. Ich sah sie verwundertem Ausdruck an.

„Warum hältst du dich nicht aus der Sache mit den Frauenrechten raus?" Wütend schoss Jane von ihrem Stuhl auf und stemmte die Hände in die Hüfte. „Das ist doch etwas völlig anderes, das ist schließlich etwas, was auch mich betrifft." Ich nickte zaghaft, und blickte ihr stark in die Augen. „Wenn einem Menschen vor meinen Augen Unrecht widerfährt, dann betrifft das *auch* mich. Denn nur weil ich nicht die Frau bin, die gerade gemaßregelt wird, bedeutet das nicht, dass ich nicht die Nächste sein könnte." Janes Gesichtszüge wurden weich und sie sank in ihrer Haltung zusammen. „Wie Recht du damit hast, meine Josephine. Und wie sehr ich im Unrecht bin, dich für deine Stärke zu schelten." Sie kam auf mich zu und schloss mich in ihre Arme. „Ich mache mir doch bloß solche Sorgen um dich." Ihre Augen waren verdächtig mit Wasser gefüllt und sie zog die Nase hoch. „Das weiß ich doch", gab ich lächelnd zurück, „aber eine Ohrfeige hat noch niemals jemanden umgebracht. Und ein schwacher Hieb mit einem Stock auch nicht." Und ich musste es wissen, ich hatte in meinem Leben schon viele Raufereien unter Männern erlebt und schon viele Ohrfeigen gesehen. Georgie legte sein Buch auf die Seite und kniff die Augen zusammen, um mich besser unter die Lupe nehmen zu können. „Ich gebe es nicht gerne zu", sagte er, „aber du bist eine ehrenhaftere Soldatin als alle meine Freunde zusammengenommen. Da würde sich niemand freiwillig Schelte abholen, schon gar nicht, wenn er nicht einmal selbst die Prügel bekommen sollte. Vergiss den Hausunterricht, Mama, ich lerne von Josie wie man ein echter Kerl wird." Jane weitete erschrocken die Augen.

„George, sag nie wieder Kerl! Du ungehobelter Grünschnabel." Da lachten wir alle drei und mein Gesicht tat direkt etwas weniger weh. Innerhalb weniger Minuten sollte es zweimal an der Tür klingeln. Das erste Mal war es ein junger Kurier, der bei Jane dreist sagte: „Ich darf nur dem Herrn des Hauses dieses Couvert überreichen. Sie mögen verzeihen Miss, aber entweder ich gebe es in die Hände von Sir Wennington oder aber gar nicht heraus." Just bevor Jane in einer wütenden Szene über diese Frechheit aus der Haut fahren wollte, bog Henry um die Ecke und sah den jungen Kurier aus seinem Monokel heraus an, reckte das Kinn, hob wartend eine Augenbraue und streckte eine Hand aus.

„Ja, Sir, entschuldigen Sie, Sir, aber ich hatte strikte Anweisung das Couvert nur an den Hausherren und Vater von Josephine Wennington zu überreichen."

„Nun denn, bedarf es meines Erachtens keiner weiteren Erklärung, ich jedoch warte noch immer Sekunden meiner kostbaren Zeit darauf, dass Sie es doch bei Gott endlich übergeben." Hastig landete das Couvert in Henrys Händen und er verstaute es in der Innentasche seines Jacketts. Kopfschüttelnd trat er ein, nachdem er skeptisch das aus Jane, Georgie und mir bestehende Empfangskomitee beäugte und sich wahrscheinlich wieder einmal fragte, was es denn damit auf sich hatte. „Ach bei Onkel Bob, kann ich nicht einen einzigen Tag aus dem Parlament kommen und friedlich mit meiner kleinen idealen Familie den Nachmittagstee zu mir nehmen?" Als er mich ins Auge gefasst hatte, erstarrte sein Gesicht. „Was ist passiert?", fragte er in einem Ton, der keine Zweifel darüber zuließ, das, was auch immer passiert war von Henry vermöbelt werden sollte. Oder mindestens durch die gesittete, britische Manier zur Rechenschaft gezogen. Eines von beidem, wobei in Henrys Fall, das zweite sehr viel wahrscheinlicher war.

„Komm doch erst einmal herein, Liebster", lächelte

Jane, und zwar breit und mit Zähnen! Gerade als wir dann alle ins Wohnzimmer gehen wollten, klingelte es noch einmal. Schneller als Napoleon über die Alpen geritten war, flitzte Georgie zur Tür. „Josie!", rief er, und fügte, als er mir auf dem Flur entgegen kam mit verzogenen Lippen hinzu: „Eine Klatschtantenlady will was von dir." Mit gerunzelter Stirn trat ich an die Tür und wäre bald aus allen Socken gefallen, als ich sah, wer dort stand. Mit tränenbenässten Wangen, das eine Auge noch immer ganz blau und grün, die Haut blass, wie Schnee, sah mich Audrey vor der Tür stehend an und wusste wohl nicht so recht, weshalb sie noch einmal hier war. „Audrey", bemerkte ich, noch immer viel zu verblüfft über die Tatsache, dass sie dort in unserem Vorgarten stand. Aber so verändert, wie sie war, hätte ich nicht meine Hand dafür ins Feuer gelegt, dass dieses unfrisierte, geschockte und doch vor allem eines: ziemlich verlorene Mädchen jenes war, vor dem ich die letzten Tage noch die Angst meines Lebens gehabt hatte. Nach zwei Minuten der Stille, senkte sie den Kopf und sagte: „Meine Mutter weiß nicht, dass ich hier bin", als würde mir das die Ehre ihres Besuches noch einmal sehr viel mehr verdeutlichen.

„Habe ich mir schon gedacht", antwortete ich, da ich mir wirklich kaum vorstellen konnte, dass ihre Mutter den Besuch gebilligt hätte.

„Was du heute getan hast", sagte sie, ohne mir dabei in die Augen zu sehen. Ich nahm einen tiefen Atemzug und spürte noch immer das flammende Gefühl auf meinen Wangen. „Ich würde ja gerne glauben du hättest das Gleiche für mich getan, aber-",

„Das denke ich nicht", viel Audrey mir peinlich

berührt ins Wort. Sie schockierte mich mit dieser Bestärkung meiner These nicht, es war mir klar gewesen, dass diese Tat nicht auf Gegenseitigkeit beruht hätte. „Du schuldest mir nichts, Audrey. Ehrlich, ich werde nichts im Gegenzug verlangen." Audrey schüttelte traurig den Kopf.

„Ich weiß, dass du das nicht tun würdest. Ich weiß nur nicht… weshalb du es getan hast. Ich hätte mir selbst nicht geholfen." Ich stieg eine Treppenstufe hinunter, um ihr näher ins Gesicht zu sehen und die Distanz zwischen uns beiden zu verringern. Irgendwie musste ich lächeln. „Nein, das hättest du nicht. Dir selbst geholfen, meine ich…". Das traf sie und ich merkte, dass dieses Thema ein wunder Punkt in ihrem Herzen war. Audrey Austerton stand vor mir und offenbarte mir ihren wunden Punkt, wohl wissend, dass ich genauso in ihn hineinstechen konnte, wie sie es bei mir getan hatte und doch mindestens genauso wohl wissend, dass ich diesen Pfeil niemals abschießen würde. „Aber wenn wir uns nicht selbst helfen können, sind wir auf die Menschen angewiesen, die um uns herum sind. Du hast dich über meine Andersartigkeit immer lustig gemacht, mir einen Strick daraus gedreht nicht hierher zu gehören. Aber gerade meine Andersartigkeit hat es nicht zugelassen mit anzusehen, wie du aufgrund von Zuneigung Schmerzen erleiden musst. Letztlich haben wir doch nur uns, nicht wahr? Uns ehrenhafte Töchter." Auch wenn sie es zu verhindern versuchte, ihre Mundmuskeln ganz angespannt waren und ihr Blick ins Leere ging, löste sich aus ihrem Augenwinkel eine Träne und tropfte auf ihr roséfarbenes Satinkleid. Nickend holte sie ihre Hand hinter ihrem Rücken hervor und hielt mir eine rote Rose hin. „Du hast meine Ehre gerettet, in dem du die wohl

Ehrenhafteste von uns allen warst. Ich... danke dir, Josephine." Ich griff nach der Rose und lächelte sie an.

„Ich weiß, wir werden niemals Freundinnen werden... aber ich möchte, dass du von meiner Unwissenheit in Bezug auf deine Verlobung mit William Bayswater weißt, als ich mit ihm getanzt habe. Ich hatte keine Ahnung." Audreys Gesicht erstarrte und sie griff sich an ihr Auge. „Ich mache mir nichts aus Sir William Bayswater. Habe ich nie. Meine Mutter hielt die Verbindung für angebracht und war... nicht begeistert von meinem Versagen, als man das mit euch beiden hörte. Ich bin nicht unfroh darüber, ich... wünsche euch beiden alles Gute." Dann drehte sich Audrey Austerton um und verließ unseren Vorgarten. Erst da merkte ich den blumigen Duft, der aus der Krone der Rose emporstieg und mich daran erinnerte, dass wir endlich wieder Frühling hatten. Schwer seufzend drehte ich mich um und schloss die Eingangstür hinter mir. Henry und Jane saßen im Wohnzimmer und sahen mich mit fassungslosen Gesichtern an. „Josephine..." Der Brief in seiner Hand war geöffnet und meine Verdammnis stand dort in schwarzen Lettern auf weißem Pergament.

„Du bist von der Schule der ehrenhaften Töchter suspendiert."

DREIßIG

Mit leerem Blick fasste ich die Buchrücken ins Auge, die
sich in den endlos langen Regalen vor mir erstreckten. Wie
sehr wünschte ich mir, dass mein Leben in einem dieser Bücher spielen würde und ich mir ganz sicher sein könnte, am
Ende mein Glück zu finden. „Josephine?" Ich fuhr herum,
zwinkerte und sah William an, der mit einem Stapel Bücher
auf der Hand vor mir stand. „Entschuldige, was hast du gesagt?", fragte ich, denn ich hatte ihn wirklich nicht gehört.
„Ist alles in Ordnung bei dir?" Ich lachte. In Ordnung? Nein, wohl eher nicht. Es ging noch nicht einmal um
den Rausschmiss aus den ehrenhaften Töchtern, oder um
Henrys Enttäuschung diesbezüglich, es war genau das Gegenteil. Dass es mir fast nichts bedeutete, dass ich eher erleichtert war, endlich kein Teil dieser abstrusen Vereinigung
mehr sein zu müssen. Aber mit der Erleichterung kam vor
allem die Frage, was nun aus mir werden sollte. Ich brauchte
für beides den Abschluss: um eine angesehene, kultivierte
Frau für die Ehe zu werden (zusätzlich zu meinem Stand)
und um eventuell als Gouvernante arbeiten zu können, falls
das mit der Ehe nichts wurde. Mehr Möglichkeiten gab es
hier nicht für eine junge Frau und nun hing der Ausgang meiner Geschichte davon ab, ob mich ein Mann trotz meiner

schlechten Kultiviertheit nahm. Denn mit einer Aussage hatte Audrey recht gehabt: in London gab es keine Geheimnisse, und von einer der besten Mädchenschulen Londons verwiesen zu werden, schwarz auf weiß, zudem Sittenwidrigkeit und Aufmüpfigkeit zugeschrieben zu bekommen, würde eine Aufnahme an einer der anderen Schulen noch unwahrscheinlicher machen als Regen in der Wüste. Mister Lentworth wusste, dass er mit diesem Handeln ein grausameres Schicksal für uns eingeleitet hatte als eine Tracht Prügel mit dem Rohrstock. Und nun? Ich wusste, dass dies meine Möglichkeit war Sir William für mich einzunehmen und mich ihm als gute Wahl zu präsentieren, aber mir fehlte einfach die Energie und das Wissen dazu. Wie konnte ich nur etwas anderes sein als Josephine?

„Ja, ich denke im Grunde schon", antwortete ich und schämte mich für meine Unaufrichtigkeit, während er doch so tief verbunden mit mir war. Williams Eltern waren wieder einmal zu einem Ball, oder war es eine Soirée, eingeladen, weshalb er nach mir schicken ließ und wir ganz ungestört in seiner Bibliothek sitzen, Tee trinken und Gebäck essen konnten. Diese Art seiner Zuneigung wärmte mich und auf eine bestimmte Art und Weise fühlte ich mich durch ihn weniger allein. Voller Passion erzählte er mir von den schönsten Werken der Literatur, von einem Schriftsteller namens Theodor Fontane, dessen Romanheldinnen immer Frauen waren, die etwas getan hatten, das die Gesellschaft für verwerflich gehalten hatte oder sich in die falschen Männer verliebten. Am meisten interessierte ich mich für die Heldin Effi Briest, aus dem gleichnamigen Roman. Ich hatte es geschafft ein paar Seiten zu lesen, während William an einem neuen Sonett schrieb, und ich fühlte mich ihr auf unverständliche Weise innigst verbunden. William versprach mir, dass seine Bibliothek jederzeit für mich offenstand und ich mir ausleihen konnte, was immer ich wollte. Ich mochte es ihm dabei zuzusehen, wie er hinter dem Schreibtisch saß, nur in Hemd und Weste gekleidet, den Füllfederhalter in der Hand. Das hatte etwas so ungewöhnlich Vertrautes, als gehöre die Welt nur uns allein und als würde uns niemand in unserem Inneren Palast stören. Solche Treffen arrangierten wir über den folgenden Monat fast dreimal die Woche, immer wenn seine Eltern aus dem Haus waren, seine Mutter schwer beschäftigt war, natürlich mit Angelegenheiten des Hauses. Verblüfft musste ich feststellen, dass William Recht behielt: Niemand kam in seine Bibliothek, der Raum wurde ohne uns beide in ihm, nie besucht. Also wurde der Raum mit den vielen Büchern, die immerzu Geschichten flüsterten zu unserem Refugium, in dem wir lesen, schreiben, uns Dinge anvertrauen und herumalbern konnten. Was mich anging, so ließ mich Jane, die tatsächlich in Williams und mein Geheimnis eingeweiht war, immer dann aus dem Haus, wenn Henry nicht zugegen war. Denn auch wenn Sir Bayswater ihm doch sehr viel mehr zusagte als Thomas, der junge Mann aus dem West End, würde er unser Treiben ohne Aufsichtsdame natürlich nicht billigen. Wenn er doch nur wüsste, wie harmlos unser Beisammensein war. Ich half William die gesamte Bibliothek umzustellen, sortierte Bücher, verschob mit ihm die Regale und verblüffte ihn dabei, wie stark ein derart schmächtiges Mädchen sein konnte. Einmal fiel ein Buch dabei heraus und landete zufällig auf einer aufgeschlagenen Seite, auf der das Bild von irischen Sagengestalten abgedruckt war.

William lachte, als er das sah. „Das ist ein Zeichen, Josephine, schau: ein Buch öffnet sich auf Seiten über Feen. Du musst ein Feechen sein." Der Klang dieses Spitznamens gefiel mir komischerweise und er prägte ihn sich so gut ein, dass mich William unter uns beiden immer Feechen zu nennen begann. Es passte zu der Beziehung zwischen uns, die sich anfühlte, wie aus einer Sagenwelt, schließlich existierte sie nur innerhalb dieser Räume verbunden mit unseren Geschichten. Vielleicht mochte ich die Tage gerade deshalb so gerne, weil sie mir Hoffnung schenkten und mir zeigten, dass es auch Glück und Ausgelassenheit gab. William wurde zu einem sicheren Hafen, von dem ich wusste, dass er dort war, wenn ich ihn brauchte. „Du trägst ein wunderbares Ensemble heute. So… anders", merkte er an, als ich den Stapel Bücher entgegennahm und ihn in das Regal sortierte. Ich trug einen frühlinghaften Rock aus gelbem Crêpe, eine weiße Bluse mit Spitzenkragen und eine Weste aus braunen Leinen, die meine Taille betonte und mir Form verlieh.

„Vielen Dank", entgegnete ich ehrlich, „der Schnurrbart sitzt heute auch ganz vorzüglich." William lachte und fuhr sich durch die blonden Locken. Irgendwie war er heute anders. Nervöser, hibbeliger, stammelte mehr und lief immerzu herum, wie ein gescheuchtes Reh.

„Kannst du heute nicht schreiben?", fragte ich und klopfte mir den Staub an meinem Rock ab. Er blieb stehen, nicht weit von mir entfernt und seufzte tief.

„Ich… weiß nicht, ich glaube da gibt es ein ganz entschiedenes Problem." Ich runzelte die Stirn und stemmte die Hände in die Hüften. „So?", fragte ich und sah ihn auffordernd an, „ach, ich weiß: bestimmt eine Schreibblockade.

Keine Sorge, morgen dichtest du wieder perfekte Jamben, wie Shakespeare und findest Inspiration in der Schönheit des Gartens. Sieh mal, wie die Blumen beginnen zu blühen." Das mit den Jamben hatte er mir beigebracht und ich war sehr stolz darauf nun alle Jamben, also Versmaße in Gedichten erkennen zu können. Aber William schüttelte wild den Kopf.

„Nein, ich bin nicht ohne Inspiration, ganz gewiss nicht", erklärte er, faltete die Hände, nur um sie dann wieder in die Seite zu stemmen, als wüsste er nicht wohin mit sich. „Ganz im Gegenteil: ich könnte Stunden um Stunden dichten und schreiben und doch merke ich am Ende des Tages, dass jeder einzelne Satz von dir handelt, jede Metapher eine Umschreibung deiner Schönheit, jeder Reim eine Verdeutlichung deiner Vollkommenheit ist. Ich glaube ich bin... ein furchtbarer Liebesnarr." Als er meine Sprachlosigkeit bemerkte, fuhr er hastig fort: „Ich habe mich noch nicht deutlich ausgedrückt, weil mich die Bedeutsamkeit dieser Wörter in eine mir unbekannte Nervosität verleitet. Ich bin, von Hals über Kopf, über beide Ohren, die in dieser Hinsicht noch so grün sind, und bis in meine Fingerspitzen verliebt, in jede Einzelheit, die dieses Wir ausmacht. Und vor allem, und das ist wohl das Wichtigste dabei: in dich, Feechen." Noch immer glühten meine Wangen und ich stand dort, so vollends gebannt von diesem Geständnis, gerührt bis tief in mein Herz und doch hilflos, wie ich reagieren sollte.

„Und diese Tatsache verleitet mich dazu mir etwas einzugestehen, nämlich, dass du die einzige Frau bist, die ich mein ganzes Leben mit mir in diesem Raum haben möchte. Und ich dich bitte mich von dieser Qual zu erlösen und diese Frau zu werden." Jetzt liefen mir die Tränen und ich lachte.

„Aber doch nur, weil ich so gut die Bücherregale sortiere, gib es zu.“ Williams Augen waren wässrig und es schien, als sei endlich die Nervosität von ihm abgefallen. „Ich muss gestehen, das kann wirklich niemand so gut, wie du.“ Mit langsamen Schritten kam er auf mich zu, verwob seine Finger in meinen und sah mich flehend an.

„Wir würden zusammen lesen, reden, einander nie etwas vorspielen, würden zusammen lernen, lachen und uns lieben. Ich kann dir das alles beibringen, dir Geschichten erzählen, du wärst ein gleichberechtigter Teil dieses Anwesens, kein einziger Schritt hinter mir, sondern auf Augenhöhe. Oh Feechen, ich bitte dich, heirate mich. Ich werde mit keiner Frau jemals glücklich, solange ich dich in meiner Nähe weiß. Ich weiß, ich habe dich gebeten mich niemals zu einem Helden in deiner Geschichte zu machen, wenn ich es nicht verdiene. Aber ich bin auch viel lieber dein Ehemann als ein Held.“ Ich zwinkerte.

„Das eine schließt das andere nicht aus“, gab ich lächelnd zu bedenken.

„Also sagst du ja?“. In seinen Augen sah ich die tiefe Hoffnung, sah ich die Angst vor Ablehnung, die Vernarrtheit eines Liebenden. Und in meinen spiegelte sich der Ausweg in ein Leben, das mir durchaus gefallen könnte, von dem ich wüsste, dass es sicher, ruhig und beständig war.

„Ja“, antwortete ich und drückte ihn an mich. Vor Freude hob mich William an der Taille hoch und wirbelte mich einmal durch den Raum, dass sich mein Haarknoten löste und die ganze feurige Lockenpracht losgelassen wurde. Als er mich wieder absetzte, sah er mir mit der Ernsthaftigkeit in die Augen, die ihn so ausmachte und flüsterte.

„Genau so, liebe ich dich. Josephine, mein Feechen."
Und dann spürte ich seine Lippen auf den meinen und das
Gefühl meines rasenden Herzens, das auf einmal wusste, es
müsste nie wieder allein sein.

EINUNDDREIßIG

„Er hat was getan?!", langsam und dramatisch plumpste das aufgegabelte Fleischstück von Henrys Gabel auf den Teller. „Er hat um meine Hand angehalten", wiederholte ich und merkte dabei, dass meine Stimme einen ruhigen, gar neutralen Klang angenommen hat. Henry verfiel in eine Schockstarre und auch Jane wusste nicht, wie sie mit der Situation umgehen sollte. Ich merkte, dass sie mit sich rang, denn ihre Mundwinkel wechselten kontinuierlich zwischen sich hochziehen wollen und von der Schwerkraft heruntergezogen werden. „Aber…", stammelte sie jetzt, „Josephine kann sich nicht verloben. Sie ist noch nicht in die Gesellschaft eingeführt. Sie ist noch keine achtzehn." Und auf einmal platzte die Freude aus Henrys Inneren hinaus.

„William Bayswater hat meiner Tochter einen Antrag gemacht, oh welch Freude, welch Glück!", er sprang auf und drückte mich, sodass mir die Luft aus der Lunge gepresst wurde. Nun betrat auch Georgie den Raum und riss geschockt die Augen auf. „Papa hat einen Gefühlsausbruch, holt den Arzt!" Und damit hatte Georgie sogar recht, denn Henry wischte sich doch tatsächlich eine Träne von der Wange! Damit war er wohl gerührter von der ganzen Sache als ich selbst. „Was ist der Grund für diesen Ausbrecher an

Menschlichkeit?", wollte Georgie wissen und schmiss sich ein Stück Fleisch auf den Teller.

„William Bayswater hat nur um meine Hand angehalten." Georgie legte den Kopf schief.

„Der Schnurrbartmann?!", fragte er und deutete mit einem Finger auf seine Oberlippe.

„Du bist blöd!", beleidigt stützte ich meinen Kopf auf meinen Händen ab. „Josephine, du kannst noch gar nicht heiraten, denn wie ich schon sagte, weder bist du achtzehn Jahre alt, noch bist du formgerecht in die Gesellschaft eingeführt", und weil Henry sich vor lauter Wonne nicht mehr ein bekam, wies Jane ihn wirsch zurecht. „Henry Wennington! Hör sofort auf dich zu freuen, als hättest du auf dem Wochenmarkt einen besonders hohen Preis für ein Nutzvieh erhalten!" Zurechtgewiesen räusperte sich Henry und fand dann zurück zur Haltung. „Ich kann wirklich nicht verstehen, warum du dich nicht freust, Jane. Deine Tochter hat gerade einen Antrag von dem begehrenswertesten Junggesellen Londons erhalten. Gemäß dem Fakt, dass sie ihn auch nur ein Fitzelchen leiden kann, hat er alles, was ihr Herz jemals begehren sollte. Ein Anwesen, Reichtümer, Einfluss, er bietet Sicherheit! Also lass mir bitte meine Freude daran meine Tochter in guten Händen zu wissen." Ich weiß lieber Leser, Sie heben gerade Ihre Hand ans Herz und sind gerührt von Henrys Wohlwollen mir gegenüber, aber verzeihen Sie mir, dass ich Ihnen leider mitteilen muss, wie tief gekränkt ich von der Aussage war, die Folgen sollte.

„Nach ihrer kleinen Eskapade in der Schule der ehrenhaften Töchter können wir froh sein, dass jemand Josephines Leben für sie organisiert, und sie in Wohlstand wissen. Direkt um die Ecke." Ich schluckte, erwiderte aber nichts darauf. Damals befand ich es als zutreffend, was Henry sagte. Ich hatte alles vermasselt, was man nur vermasseln konnte, und das war DIE Chance. Jane hörte auf zu essen und bedachte Henry mit wässrigen Augen. Aber wir alle schwiegen, jeder am Tisch wusste, dass es für mich besser war in den Händen von William Bayswater zu sein. Ich sollte glücklich sein, volltrunken mit Liebe. Nachdem wir uns darauf einigten meinen Geburtstag in zwei Monaten abzuwarten und dann meine Einführung in die Gesellschaft zusammen mit der Verlobung gebührend zu feiern, gingen alle irgendwelchen Tätigkeiten nach. Henry fand sich in seinem Zimmer auf seinem Ledersessel ein und las weitere Zeitungsartikel, Georgie musste seine Schulaufgaben zu Ende erledigen, was er nur widerwillig und mit folgendem, trotzigen Kommentar erledigte: „Ich brauche gar nicht intelligent zu werden, Generäle müssen nur hübsch, groß und beliebt sein."

„Warum bist du dann ein so großer Fan von Napoleon Bonaparte, wenn du das denkst? Der war nichts dergleichen." Georgie gab sich geschlagen und stürzte sich auf seine Aufgaben. Und Jane, sie saß in ihrem Schlafzimmer, hatte die Tür hinter sich geschlossen und hielt wieder einmal die Puppe ihrer Tochter in der Hand, während sie versuchte ihre Trauer im Geruch des Stoffes zu ersticken. Wie oft hatte ich sie dort stehen sehen, wie oft liefen ihre stummen Tränen über den Stoff und nässten ihn ein. Janes Trauer über ihr Kind würde niemals verblassen, den Schmerz des Verlustes hatte Jane immer in sich getragen. Wenn eine Mutter ihr Kind verliert, verliert sie auch ein Teil von sich, und ein

Stück ihres Herzens wird fehlen, auf immer und ewig. Die Zeit heilt nicht jede Wunde, manche Wunden verkrusten und vernarben, manche sind einfach da. Und diese war eine solche Wunde. Leise verließ ich den Flur und stellte mich an das Fenster meines Zimmers. Es war Mai, kalte Tage wechselten sich mit wärmeren ab, Regen mit Sonne. Alles fing an zu blühen, der Frühling brachte immer ein Stück Leben mit sich. Ich erlaubte mir einen kleinen Moment einfach in meinen Gefühlen und meinen Gedanken zu schwelgen. Von meinem Fenster aus konnte ich beinahe bis zu Williams Anwesen sehen. Meinem Anwesen… Warum mein Herz auf einmal stolperte, sich ein Kloß in meinem Hals bildete und ich mich fühlte, als schnürte mein Korsett mir jegliche Luft ab, konnte ich mir nicht erklären. Dieses Leben würde für mich nicht bedeuten etwas aufzugeben, das hatte William mir gesagt. Ich dürfte immer noch lernen, dürfte immer noch etwas aus mir machen. Nur eben nicht mehr als Josephine Wennington, sondern fortan als Josephine Bayswater. Als ich so in Gedanken versunken dastand und beobachtete, wie sich die Blätter des Baumes in der Dämmerung mit dem Wind hin und her wogen, klopfte jemand sachte an meine Tür. Jane trat ein und zog lächelnd die Tür hinter sich zu, dann setzte sie sich auf meinen Schreibtischstuhl.

„Er ist ja wirklich ansehnlich dieser Sir William", sagte sie, ich weiß nicht, wahrscheinlich mehr zu sich selbst als zu mir. Ich nickte. „Er ist stattlich", ergänzte ich, „seine Statur, seine Manieren",

„Sein Schnurrbart", unterbrach mich Jane und brachte uns beide zum Lachen. Auf einmal wurde ihr Gesichtsausdruck ganz ernst.

„Möchtest du ihn wirklich heiraten, Josy?".

„Aber natürlich", kam es mir wie aus der Pistole geschossen heraus. „Er bietet mir jegliche Sicherheit. Er möchte mich weiterbilden und mir Dinge beibringen. Ich denke es könnte eine wahrhaft herzliche Verbindung sein." Jane sah mich eindringlich an. „Möchtest du ihn heiraten, weil du ihn liebst?". Ich nickte, dachte schon, dass ich ihn liebte. „Ich… möchte dir nur eines sagen, Liebes." Jane hielt eine Minute inne, sie wägte ihre Worte besonnen ab. Seufzend ließ ich mich aufs Bett fallen, um mit ihr auf Augenhöhe zu sein. „Ich unterstelle William nicht, dass er dich mit falschen Vorstellungen in sein Haus zieht. Ich bezweifele auch nicht, dass er alles nur Erdenkliche tun würde, um dich glücklich zu machen. Aber in dem Moment, in dem du Lady Bayswater wirst, wirst du auch zur Herrin des Anwesens, und das noch vor seiner Mutter. Das bedeutet, dass du dafür leben wirst seinen Haushalt zu führen. Und dass du Mutter werden wirst. In einem Alltag wie diesem wird wenig Zeit bleiben für deine persönliche Anliegen, für deine eigene Bildung sowieso. Denn egal wie fortschrittlich William in seiner Auffassung über eine Ehe ist, er bleibt ein Mann hohen Ranges, und als Ehefrau eines Mannes wie William Bayswater steht dein Leben an zweiter Stelle und du selbst in der Öffentlichkeit. Ich möchte, dass dir das völlig bewusst ist. Egal welche Entscheidung du triffst, ich möchte, dass du glücklich bist… und ein besseres, ein freieres Leben führst als es mir vergönnt war, obwohl ich deinen Vater in tiefster Innigkeit liebe. Frau sein gibt es nur in diesen beiden Facetten. Als Mutter, Ehefrau und Hüterin des Haushaltes, oder als freie Frau in Missgunst der Gesellschaft." Der Kloß in meinem Hals nahm Kanonenkugelausmaße an.

„Ich möchte nicht in Missgunst der Gesellschaft stehen", weinte ich, „ich möchte nicht allein und ausgegrenzt sein." Jane nahm meine Hände und legte sie in die ihren. „In diesem Hause wirst du immer willkommen sein, egal wie alt du bist, egal wozu du dich entscheidest. Ich weiß ich bin nicht deine richtige Mutter..." Durch meine wässrigen Augen sah Jane verschwommen aus.

„Ich hatte nie eine richtige Mutter", murmelte ich, „aber ich kann mir nur schwer vorstellen, dass es jemanden gäbe, der mehr eine Mutter für mich hätte sein können als du." Ich ließ mich von Jane in ihre Arme nehmen, wollte, dass sie mich hielt, mir Schutz gab, mich vielleicht auch bewahrte vor einem Leben, von dem ich mir nicht sicher war, ob ich es wollte. Ich wusste auch nicht, ob ich es *nicht* wollte, was ich aber ganz genau wusste: Ich wollte definitiv nicht allein sein.

ZWEIUNDDREIßIG

Die nächsten Tage verbrachte Jane damit mir vergeblicherweise beibringen zu wollen wie man einen Haushalt zu führen hatte. Bereits nach wenigen Minuten qualmte mir der Kopf und ich verstand nichts mehr, weil ich gleichzeitig mit meinen Gedanken ganz woanders war. Viel lieber wollte ich die Zeit auf meinem Zimmer verbringen und in Ruhe lesen. Gleichzeitig zeigte mir das, dass ich anscheinend keinerlei Begabung dafür besaß einen Haushalt zu führen. Ich konnte nicht kochen, rechnen konnte ich erst recht nicht und bei der Vorstellung mich um mehrere Kinder kümmern zu müssen schoss mir das Blut in den Kopf. „Aber die Bayswaters haben doch bestimmt Tonnen an Personal, was sich um das Haus kümmert!" Ich massierte quengelnd meine Schläfen, „warum muss ich den ganzen Quatsch können?" Jane seufzte und legte den Kopf schief.

„Weil die Finanzen und Bewirtschaftung nichts sind, worum sich Personal kümmert! Außerdem haben sich die Hausherren um das Personal zu kümmern, Wirtschaft ist in diesem Zusammenhang das aller Wichtigste." Gerade wollte ich nichts weiter als zu fliehen. Irgendwie stieg mir das alles über den Kopf und ich merkte, wie langsam und leise ein wenig Panik in mir hinaufkroch. Eigentlich hatte ich mich riesig auf meinen Geburtstag gefreut, Jane und ich hatten schon seit Monaten geplant, dass ich mir als Geschenk ein neues Kleid beim Schneider anfertigen lassen durfte und mindestens genauso lange plante ich schon, wie jenes Kleid aussehen sollte. Frustriert legte ich meinen Kopf auf meine Arme. „Du schaffst das schon", sagte Georgie, „sonst holen wir noch einmal den Mathelehrer, der könnte dich bestimmt darauf vorbereiten, wie man gut wirtschaftet."

„Zeit ist Geld und Geld regiert die Welt!", nun kam auch noch Henry vorbei, um die Situation noch unerträglicher zu machen. Erst dieses Heranführen an ein verantwortungsvolles Erwachsenenleben, dann die Drohung (und als solche empfand ich es!) des Herbeiholens dieses grässlichen Mathelehrers und nun mein Vater mit seiner Gentryhaften Einstellung bezüglich des Lebens. Dieses Potpourri an schlechter Stimmung drohte wie ein Gewitter über uns vorbeizuziehen. Erst der Satz: „Wärst du länger bei den ehrenhaften Töchtern geblieben, hättest du mit Sicherheit gewusst, wie du einen Haushalt zu führen hast", brachte das Fass endgültig zum Überlaufen.

„Ja, und außerdem wie ich meinem Gatten wundervolle Wollunterhosen bestick. Die Erfüllung eines jeden Lebens", gab ich trotzig zurück und erhob mich. „Ich mache einen Spaziergang." Wie aus einem Mund riefen Henry und Jane: „ALLEINE?!" Innerlich rollte ich so sehr mit den Augen, dass ich das Gefühl hatte sie fielen mir aus meinem Kopf heraus. „Nein, mit Georgie", und ungeduldig zu diesem gewandt, „kommst du?" Georgie sprang, so fidel wie ein Floh, auf reckte sich und sagte: „auja, endlich mal etwas Spannendes. Ein Spaziergang mit meiner älteren Schwester, das kann ja nur abenteuerlich werden." Schnell wie der Wind holte Georgie seinen Anorak und fragte: „werden wir auf unserem Ausgang auch Sir Schnauzbartwater treffen?"

„Auf keinen Fall", antwortete Jane für mich, „ihr könnt auf gar keinen Fall unangekündigt an die Tür klopfen, wie Wandernomaden, die Zeitschriften verkaufen wollen!" Ich nahm meinen grünen Schal von der Kommode, genoss das vertraute Gefühl des Stoffes auf meiner Haut und zog mir eine wärmende Strickjacke über die Schultern.

„Vergraul den Jungen bloß nicht, Josephine! Bei denen gibt es sicherlich Kaviar zur Soirée. So gute Beziehungen hatten wir noch nie", Henry zog an seiner Zigarre und bekam einen Seitenhieb von Jane, die es hasste, wie die Pest, wenn er im Wohnzimmer rauchte. Ich knurrte böse und warf mein Haar nach hinten, sodass der lange Zopf mir über den Rücken fiel. Ich hatte gar keine wirkliche Lust William mit Georgie zusammen zu treffen, denn dann würde das, was unsere Beziehung so besonders machte gar nicht existieren. William und ich konnten gut miteinander allein sein, einander verstehen, wenn es da nur uns beide und die Welt der Bücher, Geschichten und des Wissens gab. Endlich zog Georgie die Tür hinter uns ins Schloss und ich konnte aufatmen. Die Luft durchströmte meine Lungen und ich fühlte mich das erste Mal wieder lebendig und frei.

„Nun, wo geht es hin?", fragte Georgie. Was mir daraufhin in den Kopf kam, war sonderbar und absolut verboten. Es war reiner Irrsinn. Aber etwas zog mich dorthin, als wäre ich an einer unsichtbaren Leine befestigt.

„Georgie, ich habe vielleicht eine Idee für ein grandioses Abenteuer!", kündigte ich an und bekam einen skeptischen Blick von meinem kleinen Bruder. „Aber du musst mir schwören, dass du es niemandem erzählst! Es muss auf ewig ein Geheimnis bleiben, in vertrauensvollem Stillschweigen zwischen einer Schwester und ihrem Bruder." Und falls diese Bitte noch nicht reichte, musste eine Drohung hinterher: „falls du mich jemals verraten solltest, erzähle ich dem schreckgespentischen Mathelehrer, dass du alle deine Gleichungen aus den Lösungen am Ende des Buches abschreibst." Aber diese Drohung war gar nicht nötig, denn ich hatte ihn bereits beim Wort Abenteuer.

„Ich kann schweigen, wie ein Grab, von mir wird keiner etwas erfahren." Er schüttelte meine Hand. „Eine Frage hätte ich... je nach Vorhaben, was machen wir, wenn wir sterben?" Ich zuckte mit den Schultern.

„Dann muss sich jemand anderes damit befassen, es unseren Eltern mitzuteilen, wir sind dann nämlich tot und sowieso fein aus dem Schneider." Zufrieden nickte Georgie und setzte zum Gehen an. „Dann auf ins Abenteuer!".

Einige Minuten liefen wir bloß nebeneinanderher und schwiegen. Ich wunderte mich, dass das für Georgies Verhältnisse überhaupt möglich war. Diesen Gedanken hatte ich noch nicht zu Ende gedacht, als Georgie fragte: „wohin gehen wir eigentlich?". Ich sah mich um. Unser Haus war weit außer Sichtfeld und um uns herum befand sich niemand, den wir kannten. Als würde ich ein strenges Geheimnis mit ihm teilen beugte ich mich nach vorne. „Ins Westend." Georgie machte große Augen und blieb abrupt stehen.

„Was?", stieß er entsetzt aus, „Josephine, ich meine das mit dem Sterben eigentlich eher ironisch." Ich schnalzte mit der Zunge und schob ihn an. „Wir sterben schon nicht!

Ich dachte immer du wolltest wie Sherlock Holmes sein?! Der würde sich bestimmt nicht davor drücken, sondern das Abenteuer annehmen." Das hatte den gewünschten Effekt, denn nun fasste sich Georgie ans Herz und zitierte: „*es gibt nichts Schöneres als Beweise aus erster Hand.*" Ich nickte, auch wenn ich Sherlock Holmes noch nie gelesen hatte, wusste aber, dass er für Georgie der absolut größte war.

„Na dann los! Gehen wir ins Westend wie gewöhnliche Schmuggler und Kriminelle, au man, du bist die Beste. Mama und Papa würden mich niemals dorthin lassen." Ich brummte: „mich sicher auch nicht. Aber deshalb dürfen sie es ja auch um keinen Preis erfahren." Und so machten wir uns auf den Weg zum Ort, an dem die Träume geboren wurden.

DREIUNDDREISSIG

„Josephine, ich glaube wir sehen ein wenig zu schick aus für diesen Ort", flüsterte Georgie, der aller Courage zum Trotz meine Hand ergriffen hatte, seit wir Westminster und das Parlamentshaus hinter uns gelassen hatten.

„Wir sind gleich da", beruhigte ich mich mehr selbst als ihn. Das letzte Mal war ich mit Thomas zusammen gewesen, nicht allein mit einem kleinen Jungen. Ich spürte die leeren und traurigen Blicke jener Menschen auf meiner Haut, die durch die Gassen irrten, die Kleidung zerfetzt, Dreck auf der Haut und nichts im Magen. Wir fühlten uns unbehaglich.

„Vielleicht sollten wir doch lieber gehen", hauchte Georgie und hatte seinen entsetzten Blick auf eine arme Frau gerichtet, die zu schlafen schien, während sie ein schreiendes Baby in ihrem Schoß liegen hatte.

„Wir sind gleich da", drängte ich und drückte seine Hand noch fester. Und da sah ich plötzlich das Eingangsschild und musste unwillkürlich lächeln. „Da vorne ist es!", rief ich und schliff Georgie noch mehr hinter mir her. Das Varieté hatte geöffnet, aber Thomas lehnte nicht wie sonst an der Wand.

„Was ist das hier?", fragte Georgie ein wenig angewidert, als wir das Gebäude betraten und die stickige Luft, eine Mischung aus Zigarettenqualm und verschwitztem, abgewetztem Leder, uns in die Nase stieg. „Ein Theater." Ich sah mich in dem Raum um und befand mich augenblicklich wieder wie in einer Traumwelt. Ich erinnerte mich an jenen Traum, den ich vor einiger Zeit gehabt hatte, und sah eine Tänzerin in fliederfarbenen Chiffonkleid vor mir auf der Bühne. „Josephine!". Irgendwann wachte ich auf, blinzelte und nahm den Mann war, der hinter mir in der Tür stand.

„Was wolln se denn?", fragte er und paffte mir seinen Qualm ins Gesicht. Ich hustete und wedelte mit meiner Hand vor meiner Nase herum. „Ich würde gerne zu Thomas", brachte ich unter Husten hervor.

„Thomas?", blaffte der Mann, „Thomas O'Riley?" Ich nickte. „Was hat der Junge angestellt, sagen Se es lieber mir." Ich brauchte einen Moment, bis ich begriff und schüttelte dann den Kopf.

„Oh nein, er hat gar nichts angestellt, er… wir… wir kennen uns." Der Mann sah mich an, wie eine Kanalratte, die ihm den Keks gestohlen hatte, wandte sich dann aber um und rief zu der Treppe neben dem Eingang herauf: „O'Riley! Hier ist ne Rothaarige für dich, die sagt du kennst sie." Einen Moment später polterte es, und Thomas kam total verwirrt die Treppe heruntergestampft. „Ne Rothaarige?", fragte er und lachte, als er mich sah.

„Welch Ehre", er drückte seine Zigarette in einem Aschenbecher auf der Fensterbank aus. „Brauchen Miss wieder einen Fremdenführer? Ich bin heute leider schon ausgebucht." Seine Haare waren ganz wirr und er trug bloß eine offene Weste über seinem braunen Leinenhemd. Er sah aus, als wäre er gerade erst aufgestanden. „Nein, ich meine, wir sind aus einem anderen Grund hier. Das ist mein Bruder, Georgie", sagte ich, aber dieser ging ganz souverän zu Thomas, streckte seine Hand aus und sagte: „George Wennington". Ich hob eine Augenbraue und sah, wie Thomas das gleiche tat. „Thomas O'Riley, Sir, ich bin erfreut Ihre Bekanntschaft zu machen." Entsetzt über diese boshafte Schikane sog Georgie scharf die Luft ein, aber ich legte meine Hände auf seine Schultern und kam jeglicher Erwiderung zuvor.

„Mister O'Riley, ich habe eine Idee, die ich Ihnen mitteilen wollte. Es geht um Kostüme für die Tänzerin." Jetzt schien Thomas geradezu sprachlos zu sein.

„Wie bitte?", fragte er sichtlich irritiert.

„Ich habe mir Gedanken bezüglich der Kostüme für die Tänzerin gemacht und möchte diese gerne weitergeben. Es könnte auch nächtliche Inspiration genannt werden."

„Ist das so?", lachte Thomas und nickte dann, „nun ja, wenn das so ist, können wir unser Gespräch auch nach oben verlagern, wenn Sie möchten." Ich nickte kokett und deutete Georgie mit einem leisen Schubs an sich zu bewegen. Zu dritt stiegen wir die Stufen hinauf und betraten den Raum, in dem ich schon einmal mit Thomas gewesen war. Nur dass mir plötzlich auffiel, dass noch jemand sich dort befand und es mir eine Minute die Sprache verschlug. Vor mir saß Thomas Ebenbild, die beiden glichen sich bis aufs Haar.

„Das ist mein Bruder John. John, das ist Miss Wennington, sie ist hier, weil sie eine nächtliche Eingebung für ein Kostüm für die Tänzerin hat und sie letztens bis auf die Unterkleider durchnässt hier stand. Seitdem kennen wir uns." John erhob sich und lächelte uns freundlich an, bevor er erstaunt meinen Namen wiederholte.

„Wennington? Josephine Wennington?", fragte er mit großen Augen. Als ich nickte, lachte er. „Nein, was ein Zufall! Entschuldigen Sie bitte mein dreistes Auftreten, ich möchte nicht über Sie lachen, es ist nur… auf meiner Arbeitsstelle steppt gerade der Bär Ihretwegen. Mein junger Herr hat doch um Ihre Hand angehalten und die alte Ladyschaft ist darüber ganz und gar nicht amüsiert. Wir alle unten im Dienstbotentrakt haben uns schon gefragt, wie diese Miss wohl sein muss, dass sich so dermaßen darüber echauffiert wird." Mir sackte das Herz in die Hose und ich schluckte, beklommen und peinlich berührt. Als ich zu lange nichts darauf erwiderte, sagte Georgie für mich: „wenn die Ladyschaft sich über meine Schwester empört, zeigt das nichts weiter als ihre Geschmacklosigkeit."

„Georgie!", fuhr ich ihn an, aber John hob die Hand.

„Nein, bitte, ich finde der Kleine hat Recht. Sie scheinen mir eine elegante junge Frau zu sein." Und auf einmal viel bei mir auch der Groschen. Die beiden Brüder glichen sich dermaßen, dass es nicht einmal aufgefallen sein muss, dass Thomas den einen Tag für John eingesprungen war.

„Der Kerl hat Ihnen einen Antrag gemacht?", fragte Thomas mit einer neuen Zigarette im Mund, „na, herzlichen Glückwunsch." Seinem Ton entsprechend hörte man, dass er mich vieles, aber sicherlich nicht zu dieser Partie beglückwünschen wollte. „Rauchen Sie eigentlich wie ein Schlot?", fragte ich geradeheraus. Thomas zuckte mit den Schultern.

„Man hat ja sonst nichts im Leben." Dann ließ er sich neben John auf das Sofa fallen und deutete mir und Georgie an, auf den gegenüberstehenden Stühlen Platz zu nehmen.

„So, Lady, erzähl mir von der Idee." Ich lächelte, als das Bild zurück vor meine inneren Augen kehrte.

„Ich finde die Tänzerinnen müssen Stoffe tragen, die leicht sind, die bei den Drehungen den Körper umspielen. Tüll wäre dafür zu schwer, er bewegt sich tellerartig. Die sinnlichen Tänze sollen aber körpernah sein, die Stoffe sollen so die Form der Tänzerin umrunden, dass man unter ihnen erahnen könnte, wie sie sich anfühlt, wie sie aussieht. Der Tanz ist finde ich nur die eine Komponente, das Mysteriöse ist die andere. Die Tänzerinnen möchten, dass man in ihrem Bann steckt, dass man sich fragt, wie sie unter den Gewändern aussehen. Das Kostüm muss beides, kaschieren und betonen. Ich habe mir gedacht, man müsste viel mehr mit Farben arbeiten. Nicht nur mit durchschimmerndem Weiß, sondern mit bunteren Farben, die sich in ihren Augen, ihrer Haarfarbe, oder der Haut wiederfinden. Grün wie die Iris, hellrosa wie die Röte auf ihren Wangen. Je besser das Kostüm, desto Einprägender der Tanz und die Erscheinung." Erst als ich aufhörte zu reden merkte ich, in welche Form Monolog ich verfallen war. Die drei Männer um mich herum sahen mich mit gebannten Augen an, aber ich hatte nur diese Schönheit vor meinen Augen, wie sie nachher auf der Bühne wirken könnte. „Das ist wunderbar", sagte John und seine Stimme klang dabei warm und wohlwollend.

„Sagst du, der ja so viel Ahnung von Theater hat", erwiderte Thomas und knickte aber letztlich selbst ein. „Ich muss aber gestehen, dass er Recht hat. Die Idee ist gar nicht mal so schlecht. Die Sache ist nur: Stoffe sind teuer, und teuer ist ein Wort, dass sich nicht mit diesem Theater verträgt." Ich schüttelte den Kopf und sah mich um.

„Aber… hier sind doch hunderte von Kostümen! Bestimmt werden gar nicht mehr alle von ihnen getragen. Die Stoffe kann man doch nehmen und wiederverwenden, man müsste sicherlich nur die Naht öffnen und Dinge anders vernähen." Thomas nickte anerkennend. „Klar, warum nicht?" Mir stockte der Atem. Aufgeregt drehte ich mich zu ihm herum. „Heißt das…", begann ich, „Ich darf die Kostüme machen?" Thomas zuckte mit den Schultern und stand auf.

„Du kannst direkt anfangen. Bezahlen kann dir hier aber niemand viel." Ich verfiel in ein solches Freudengelächter, dass ich Georgie feste drückte und jubelte.

„Josy, was sagst du unseren Eltern?!", raunte der mir bloß ins Ohr, aber ich wollte nichts von alldem wissen.

„Ich kann heute noch nicht anfangen, aber… ich komme so schnell ich kann wieder", versprach ich und fiel Thomas um den Hals um ihn in meiner unbändigen Freude zu drücken. Über Georgies Einwand hatte ich nicht nachgedacht, doch mir würde sicher noch irgendetwas einfallen.

VIERUNDDREIßIG

Ein gemeinsames Geheimnis zu haben macht einen auf eine bestimmte Art und Weise zu Verbündeten. Als Georgie und ich beim Abendessen saßen, merkte man sofort, wer von uns beiden der bessere Lügner war, denn während ich meine Augen in Scham und Schande abwandte, erzählte Georgie von unserem famosen Spaziergang durch den Kensington Garden. „Das freut mich sehr zu hören, dass ihr einen angenehmen Spaziergang hattet", sagte Jane.

„Ich finde weniger angenehm, dass du dich gegen Bildung und für Ausgänge in nassen Gräsern entschieden hast", wandte Henry an Georgie gerichtet ein, „wir mussten den armen Mister Pembrooke wieder fort schicken mit seinen schweren Büchern, denn er konnte ja schlecht ohne seinen Schüler Mathematikunterricht geben." Georgie verzog mitleidig das Gesicht. „Der arme Mister Pembrooke! Hoffentlich erfreut er sich einer raschen Genesung über diese derbe Enttäuschung." Henry sah ihn scharf an und fragte nach einer Minute der Stille: „was ist nun eigentlich dein Bestreben, Josephine?" Erschrocken sah ich auf.

„Wie bitte?" Henry räusperte sich und rieb sich die Augen. Er sah irgendwie müde aus, doch das merkte ich erst jetzt. Unter seinen Augenlidern hatten sich große dunkle

Ringe gebildet, und sein Haar begann sogar am Ansatz zu ergrauen. „Nun wo du massig Zeit hast, was ist dein Alltagsbestreben, bis du den Bund der Ehe schließt und eine neue Aufgabe erhältst?" Georgie trat mich unter dem Tisch, heftig trat ich zurück und wies ihm damit an bloß still zu sein.

„Da habe ich mir noch gar keine richtigen Gedanken drüber gemacht", gab ich zu, was natürlich nicht stimmte, denn ich hatte sehr wohl eine Vorstellung davon, was ich mit meiner Zeit anfangen wollte. Just in diesem Moment wurde mir bewusst, dass dies meine Chance war. Ich könnte irgendetwas erfinden, was mir viel Zeit einräumen würde, die ich folglich bei Thomas im Theater verbringen konnte. Während ich viel zu lange über Henrys Frage grübelte, kam mir ein logistischer Geistesblitz. „Ich könnte doch lernen, wie man näht." Jane sah erfreut auf, und auch Henry schien ein einziges Mal nicht echauffiert über mein Vorhaben.

„Das ist ja sogar etwas sehr Anständiges. Dein Ehemann wird es dir danken." Ich seufzte und dachte: ja, ja… mein Ehemann. Natürlich wird das Publikum und die Tänzerin es mir viel eher danken. Wenn es eines gab, worauf ich wirklich gar keine Lust hatte, dann war es Williams kaputte Strümpfe zu sticken, oder wie ein Heimchen im Sessel zu sitzen und während er, was wusste ich, auf Jagd war, seinen Schal zu stricken. Das konnte Henry vergessen und William auch. Dennoch nickte ich, legte brav und fromm meine Hände aufeinander und setzte mein friedlichstes Lächeln auf. Henry schmolz dahin, Georgie lächelte verschmitzt und Jane musterte mich mit einem Ausdruck, der mir verriet, dass sie mir sicherlich nicht abnahm mich nun doch zum bürgerlichen Leben und der Rolle der Frau bekannt zu haben.

Als ich abends in meinem Zimmer saß, lächelte ich begnügt vor mich hin, schloss die Augen und sog die Bilder meiner Vorstellungskraft in mich ein. Ich sah ihn wieder, den fliederfarbenen Chiffon, der sich elegant durch den Raum bewegte. Meine Lippen verzogen sich zu einem Lächeln, urplötzlich verspürte ich den Drang das Kostüm zeichnen zu wollen, um endlich aus dem Bild in meiner Fantasie etwas zu erzeugen, das greifbar war. Hastig griff ich ein Blatt Papier und nahm mir einen meiner Bleistifte. Bereits als ich zu zeichnen begann, merkte ich, dass dies gar nicht so einfach war. Egal, wie oft ich ansetzte, egal wie oft ich ausradierte und neu begann, nichts auf dem Papier glich dem Bild vor meinen inneren Augen. Frustriert zerknüllte ich das Papier und warf es in den Mülleimer. Meine gesamte freudige Stimmung verflog, und ich merkte, dass ich in nichts wirklich gut war, nicht im Umgang mit Worten, nicht in der Bewegung meiner Beine auf dem Tanzparkett, nicht in dem Versuch mit einem Stift in der Hand meine Gedanken auf das Papier zu bekommen. Mir kullerten die Tränen. Es musste doch irgendetwas auf dieser Welt geben, in dem Josephine Wennington gut war. War dem nicht so, erschlich sich mir der Gedanke, dass ich wirklich nur dazu gut war eine Frau zu sein, an der Seite meines whiskytrinkenden Mannes. Um diesen Gedanken nicht weiter denken zu müssen, zog ich mir mein Nachtgewand über und legte mich ins Bett, ein neues Buch von Jane Austen unterm Arm. Doch irgendwie konnte ich mich nicht recht auf Emma Woodhouse konzentrieren, denn aus Janes und Henrys Schlafzimmer dröhnten aufgebrachte Stimmen. Ja, ich weiß lieber Leser, wir hatten diese Thematik schon einmal. Ich bin mir voll und ganz darüber bewusst, dass Lauschen nicht die feine Art ist, aber wie kommt man denn sonst an wertvolle Informationen, wenn sie einem sonst niemand mitteilt? Ich stieg also aus meinem Bett, tapste zum Schlafzimmer der beiden und hörte, wie Henry aufgelöst und besorgt über etwas sprach, das ich nicht ganz verstand.

„Es ist wie ein Pulverfass, Jane. Im Parlament gibt es schon seit einigen Wochen kein anderes Thema mehr. Alle sind besorgt." Jane antwortete erst eine Minute später. „Besorgt? Aber weshalb denn?" Nun lugte ich leise durchs Schlüsselloch. Henry saß auf der Bettkante und hatte das Gesicht in den Händen vergraben. „Die Welt gerät aus den Fugen und die Spannungen nehmen ein noch nie erlebtes Ausmaß an. Im Oberhaus versuchen sie es zu verschweigen, aber alle wissen, was vor sich geht. Es spalten sich gerade zwei Lager, die einen die es fürchten, und die anderen, die es provozieren. Und ich weiß nicht, was ich davon halten soll, Jane. Ich bin müde." Jane wiegte Henry in ihren Armen und schwieg. Es gab nichts dazu zu sagen. Henry trug manchmal eine Last, die keiner ihm abzunehmen vermochte. Er saß an der Quelle, bekam mit, was das Land beschäftigte, aber innerlich war es sicherlich auch mehr als das. Henry trug Verantwortung, nicht nur über sich, sondern eben auch über andere. „Wir müssen zusehen, dass Josephine gut verheiratet wird. Egal was kommt, sie ist dann versorgt." Ich erschrak.

„Ach, Henry", seufzte Jane, „ich weiß nicht, irgendwie kommt mir das alles reichlich überstürzt vor. Sie kennen sich doch noch gar nicht richtig, Josy ist so jung."

„Wir haben uns auch nicht gekannt", antwortete Henry verständnislos, „und du warst auch jung. Du warst gerade zwanzig, als unser erstes Kind zur Welt kam." Jane schnaubte. „Aber ich kannte gar kein anderes Leben, ich wusste was von mir erwartet wurde. Ich hatte doch gar keine Wahl. Josephine kennt das alles erst so kurz, sie hat es doch schon hart genug gehabt im Leben, sie soll die Möglichkeit haben sich zu entfalten, wenigstens noch ein paar Jahre. Und dann kann sie ihn immer noch heiraten. Lange Verlobungszeiten sind nicht unüblich." Henry stand ruckartig auf und sah nach draußen auf die mit Regen benetzte Baumkrone.

„Je früher, desto besser", sagte er, „hier geht es nicht um Entfaltung, oder Liebe. Hier geht es um Sicherheit, und ich möchte mein Mädchen in Sicherheit wissen, gerade bei den aktuellen Umständen. Weibliche Entfaltung ist gerade ein Luxusproblem, Jane." Ich konnte nicht ganz erkennen, in welcher Art sich Janes Gesichtsausdruck änderte, aber ich konnte es mir denken. Mein Verdacht wurde bestätigt, als sie zischte: „Ich weiß, dass du das denkst. Solange unsere Entscheidung als Luxus angesehen wird, werden wir unsere Töchter an den erstbesten verschachern müssen." Damit war die Unterhaltung beendet, beide legten sich ins Bett und löschten die Lampe. Und ich, ich blieb zitternd und bibbernd im Dunkeln zurück.

FÜNFUNDREISSIG

Nachdem ich an diesem Abend endlich eingeschlafen war, wachte ich morgens mit einem hämmernden Kopfschmerz auf. Ich weiß bis heute nicht, wann ich mich das letzte Mal dermaßen elend gefühlt hatte. Alles in meinem nassgeschwitzten Körper schien in Flammen zu stehen, Schweißperlen hatten sich auf meiner Stirn ausgebreitet und mit jedem Atemzug schien das Feuer in meiner Lunge einen Schwall höher zu kriechen. Ich versuchte mich aufzurichten und viel sofort wieder zurück in mein Kopfkissen. Die Welt um mich herum bestand aus einem schwummrigen, undurchsichtigen Schwebezustand. Ich wusste nicht, wo ich war, wusste nicht, ob ich lag und worauf, mein gesamtes Bewusstsein war völlig von der Hitze vernebelt. Als ich kläglich versuchte mein Bein zu bewegen, durchzuckte mich ein solcher Schmerz, dass ich dachte ich müsste schreien, aber aus meiner Kehle drang kein einziges Geräusch, bis auf ein schwaches, ersticktes Röcheln. „Jane", röchelte ich. Keine Antwort. „Jane", versuchte ich es lauter. Mein Hals schmerzte, mein Mund fühlte sich so trocken an, als wäre er die Nacht über mit Wüstensand gefüllt gewesen. Auf einmal nahm ich das gedämpfte Geräusch der Tür wahr, die mit einem Knall gegen die Wand flog. Ich sah eine Person in weiß hereinlaufen, sich über mich beugen, wie ein Engel, der mir zur Rettung kam. Je näher sie meinem Gesicht kam, desto genauer konnte ich ihre rehbraunen Augen erkennen. Ich wollte um Hilfe schreien, aber ich konnte nicht, war nicht einmal ansatzweise richtig bei Bewusstsein.

„HENRY!", eigentlich hatte sie es geschrien, für mich aber fühlte es sich an, als hätte man mir Watte in die Ohren gesteckt. Henry stürmte in den Raum.

„Sie stirbt, sie stirbt", weinte Jane, „tu etwas, bitte." Ich versuchte Henry mit meinem Blick zu erfassen, aber auf einmal hatte er zwei Köpfe, dann drei. „Hol einen Arzt", rief Jane panisch. Sie presste meine Hände und weinte so laut, dass sogar ich es hören konnte.

„Nein, wir bringen sie ins Hospital, sofort", beschloss Henry. Als er meine Decke wegnahm, überkam meinen Körper ein derartiger Schüttelfrost, dass ich kehlig vor Kälteschmerz schrie. Jane lief durch das Zimmer und zog mir einen Schal um, wickelte mich in eine Decke und wiegte mich so lange beruhigend in ihren Armen, bis Henry mit unserem Chauffeur wiederkam. Henry nahm mich aus Janes Armen trug mich die Treppe herunter, bis nach draußen und bis in den Wagen. Ich selbst bekam rein gar nichts von der ganzen Sache mit, bis auf den immensen Schmerz, der meinen schlaffen, kraftlosen Körper durchzuckte. Weggetreten merkte ich das Ruckeln des Automobils, denn meine Glieder erstarrten bei jedem Stein erneut vor Schmerz. Wie lange wir fuhren, ist mir bis heute nicht mehr bewusst, nur dass ich jederzeit das Gefühl hatte alsbald zu sterben. In der einen Sekunde brannte ich innerlich aus, im anderen Moment schüttelte mich alles vor Kälte. Irgendwann blieben wir wohl stehen und Henry trug mich in ein Gebäude hinein. Ich wollte mich an ihm festhalten, und konnte doch meine Arme kaum bewegen, im Fiebertraum verängstigt, halb bei Bewusstsein und halb im Wahn. Auf einmal legte mich irgendjemand auf eine Liege und schob mich in ein Zimmer. „Mein armes Mädchen", stieß Henry hervor, „meine arme Josephine." Und dann verschwand er und mit ihm auch mein Bewusstsein.

Als ich aufwachte, gewöhnten sich meine Augen nur langsam an das helle Licht. Alles an mir fühlte sich ausgetrocknet, dehydriert und wund an. Meine Lippen rissen sofort schmerzhaft auf, bei den Versuch nach jemandem zu rufen. Ich schluckte und zuckte zusammen, als mir der dumpfe Schmerz die Sprache verschlug. Völlig desorientiert sah ich mich um, konnte aber nichts erkennen, bis auf weitere Betten, kahle, helle Steinwände und einem beißenden Geruch, der mich an Henrys Cognac erinnerte. Vorsichtig drehte ich meinen Kopf und sah verschwommen einen Mann in einem langen, weißen Kittel. Erst glaube ich auf einen weiteren Engel getroffen zu sein, doch als der Mann schnellen Schrittes auf mich zukam glaubte ich zu halluzinieren. Mir blieb alles im Hals stecken, jedes Wort, das ich hätte sagen wollen, jeder Laut den ich hätte von mir geben wollten. Jetzt stand er so nah, dass ich sein Gesicht sehen konnte und merkte, wie mir heiße Tränen aus den Augen rannen. Alles, was ich zustande brachte, war ein kehliges Raunen, die Laute, die einen Namen ergaben. „Erich."

SECHSUNDDREIßIG

Ich weiß lieber Leser, ich wünschte genauso sehr wie Sie, dass Erich wirklich da gewesen wäre. Aber leider war all dies, sein Gesicht, seine Erscheinung in meinen wahnhaften Fieberträumen, nichts als Trug. Gleich nachdem sich Erichs Gesicht über das meine gebeugt hatte, teilte sich sein Kopf wieder in viele weitere auf und ich fiel erneut in einen tiefen Schlaf mit wirren Träumen. In meinem nie enden wollenden Zustand sah ich mich in der Wüste von Kairo, und alle die ich gekannt und geliebt hatte standen weit weg von mir, doch so sehr ich es wollte, ich konnte sie nicht erreichen. Die Sonne brachte meine Haut zum Glühen und irgendwann war ich so erschöpft, dass mich der Sand in sich aufsog. Weit weg stand mein Großvater mit schlaffen Armen geisterhaft in der Ferne. Und immer und immer wieder hörte ich eine leise Stimme, so melodisch wie eine Harfe und so sanft wie die Federn eines Kopfkissens. Der Klang hatte kein Gesicht, aber es hörte sich himmlisch an.

„*Die Schönheit, folge ihr, folge der Schönheit.*"

„Welche Schönheit?", rief ich erstickt, doch bekam immer nur die drei Wörter zur Antwort. Ich wusste natürlich nicht welchen Tag wir hatten, denn als ich das nächste Mal aufwachte, fühlte ich mich noch schwächer als zuvor. Ich merkte, wie jemand über meine Hand strich und mich sanft aufweckte. Licht durchflutete meine Augenlider, meine porösen Lippen klebten förmlich aneinander, als ich versuchte sie zu öffnen, damit Luft meine Lungen durchströmen konnte. Langsam nahm die verwirrte, verschwommene Welt vor meinen Augen Gestalt an. Noch immer lag ich in dem kahlen Zimmer mit den rauen Wänden. „Schhht", hörte ich neben mir. Verzögert drehte ich meinen Kopf in die Richtung des Lautes. Ich sah einen blonden Mann mit treuen, blauen Augen und versuchte zu lächeln. „William", krächzte ich hervor, meine Stimme noch belegter und rauer als zuvor.

„Feechen", antwortete William sanft. Seine Stimme war mit Erleichterung geschwängert. Er sah aus, als hätte er sich am liebsten augenblicklich abgesenkt und seine Lippen auf die meine gelegt, aber sein distanzierter Anstand sprach ihm zu, dass dies unsittlich war.

„Endlich höre ich deine Stimme", flüsterte er und streichelte meine Hand. Er trug einen hellen Anzug, doch unter seinen strahlenden blauen Augen hatten sich dunkle Schatten gebildet. „Wo sind wir?", fragte ich. Mein Hals schmerzte noch immer und ich hätte am liebsten geweint vor Unwohlsein, als mich ein schrecklicher Hustenanfall überwältigte. Mit Williams Hilfe richtete ich mich auf und hustete röchelnd.

„Wir sind im Krankenhaus", antwortete er beruhigend und legte seine warme Hand auf meinen Rücken. „Du hast sehr, sehr lange geschlafen." Ich nahm einen tiefen Atemzug, und hörte, dass sogar dieser Akt mich zum Röcheln brachte. „Wirklich?", fragte ich, „dabei fühle ich mich noch immer furchtbar müde." William bedachte mich mit einem in Sorgen getränkten Blick. „Ja, grausam lange. Seit fast drei Wochen liegst du nun hier." Ich wäre am liebsten aufgesprungen und hätte laut „DREI WOCHEN?!" gerufen, aber es kostete mich schon einige Mühe meine Augen offen zu halten und William zu folgen.

„Woher weißt du, dass ich hier bin?", wollte ich wissen. Es hatte ja noch niemand von unserer Verlobung erfahren, außer meiner Familie. Bekannt machen durften wir sie erst nach meiner Einführung in die Gesellschaft.

„Georgie hat mir einen Brief zukommen lassen, höchst persönlich", schmunzelte William, „ein sonderbar drolliger Auftritt. Eines Sonntages vor zwei Wochen stand der kleine Herr vor der Haustür unseres Anwesens und teilte unserer Hausdame mit: ‚Verehrte Madam', muss er gesagt haben, ‚ich bin kein Wandernomade, der etwas verkaufen möchte, ich möchte diese Nachricht lediglich Sir Bayswater zukommen lassen und wäre ihnen sehr verbunden, wenn der Brief aufgrund der Dringlichkeit seines Inhaltes den sofortigen Weg in die Hände seiner Durchlaucht findet.'" Unwillkürlich musste ich lachen und röchelte sofort wieder vor Anstrengung.

„Er hat dich wirklich Durchlaucht genannt?", fragte ich lächelnd, was William bejahte.

„Ich fühlte mich außerordentlich geehrt", gestand er ein, „und als ich dann die Dringlichkeit seines Inhaltes erfasst hatte, machte ich mich noch in der darauffolgenden Stunde auf den Weg hierher."

„Dann ist es ja großes Glück, dass ich ausgerechnet heute aufgewacht bin, nun, da du jetzt hier bist." Wir lächelten und William hielt meine Hand, als er mir erzählte, was die letzten drei Wochen alles bei ihm passiert war. Er hatte neue Gedichte verfasst und außerdem hatte er sich ein kleines Cottage auf dem Land angesehen, was er uns beiden als Ferienort schenken wollte. „Wenn uns der Londoner Lärm einmal zu viel wird und die Kinder in den Wiesen spielen wollen. Oder wenn uns das Leben eine Pause abverlangt, dann werde ich mit unserer Familie und dir dorthin fahren. Dort ist, wo unsere Träume geboren werden", schwärmte er sanft, meine Hände fest umschlossen. „Außerdem habe ich eine weitere Überraschung für dich, das nächste Mal, wenn du in unser zu Hause kommen wirst." In mir stieg eine Glückseligkeit hoch, dass sie meine belegte Lunge erwärmte und mein Herz angenehm schneller pochen ließ, sodass nach den schweren Wochen der Krankheit ein wenig Leben in meinen Adern pulsierte.

„Und natürlich", stieß er hervor, als wäre es ihm gerade erst wieder eingefallen, „habe ich auch etwas zu deinem Geburtstag für dich." Ich weitete die Augen, und bekam zuerst einen Schreck.

„Aber ich habe doch noch gar keinen Geburtstag gehabt", hoffte ich mehr, als es zu wissen. In diesem Moment konnte ich mich weder daran erinnern, wie lange ich hier war, noch daran wann mein Geburtstag sein würde. Ich hoffte nur, ihn nicht verpasst zu haben.

„Ach, verdammt. Dann musst du wohl ein weiteres Geschenk erhalten", zwinkerte William und holte etwas aus einer Tasche hervor. Ich schmunzelte. „Du hast geflucht, schäm dich", witzelte ich und merkte, wie ich von Minute zu Minute lebendiger wurde. William reichte mir eine kleine Schachtel, die in Seidenpapier eingewickelt war. Ich fuhr mit meinen Fingerkuppen über die edle Verpackung und sah ihn grübelnd an. „Öffne es doch", lachte William und seine treuen Augen glitzerten vor Vorfreude. Ich riss die Verpackung auf und betrachtete das darunter zum Vorschein kommende Kästchen aus blauem Samt. Behutsam klappte ich es auf und musste vor Schreck schlucken, als zwei Aquamarinohrringe meine Augen blendeten, wie die glitzernde Oberfläche des Ozeans in der Sonne.

„Sie sind ein Familienerbstück", erklärte William rasch, als ich viel zu lange brauchte, um zu reagieren. „Sie gehörten meiner Urgroßmutter. Ich dachte, weil…", nervös sah er sich um, ob uns auch niemand zuhörte, „ich dachte, weil ich dir noch keinen Verlobungsring habe schenken können, soll dies dich jeden Tag daran erinnern, dass wir bald nur noch diejenigen füreinander sein werden. Außerdem erinnert mich die Farbe des Steines an die Schattierung deiner Augen, als wären sie für dich gemacht." Ich schluckte, auch wenn das verdammt weh tat und traute mich gar nicht die kostbaren Schmuckstücke zu berühren.

„Ich weiß gar nicht, was ich sagen soll", hauchte ich und sah ihn dann mit wässrigen Augen an, „ich habe noch nie so eine filigrane Schönheit in meinen Händen gehalten." William lachte und wandte seine Augen ab.

„Du bist eine filigrane Schönheit. Und auch wenn ich glaube, dass du gar keinen Schmuck bräuchtest, um deine Schönheit zum Glänzen zu bringen… du trägst den Schmuck und verleihst ihm Eleganz und Würde, nicht er dir." Ich hatte vergessen, wie wortgewandt William sein konnte, doch ich verrate ihnen eines lieber Leser: ein Mann, der sich auszudrücken weiß, wird für immer einen prägenden Platz in

Ihrem Herzen hinterlassen. Denn der Klang wohl gewählter Worte ist manchmal so viel schöner als ein glitzerndes Schmuckstück. Und was wären Gegenstände, ohne eine Bedeutung? Als William an diesem Tag nach Hause ging, versprach er, ganz persönlich und ohne Umwege, meiner Familie ein Kuvert zukommen zu lassen und sie über meinen verbesserten Zustand zu unterrichten. Ich lag zwar nur im Krankenbett, kam aber einfach nicht drum herum die Ohrringe einmal an meine Ohrläppchen zu klipsen und mich selbst in einem winzigen Spiegel zu betrachten, den mir eine der lieben Krankenschwestern brachte. Sie hatte honigbraune Augen und seidiges, blondes Haar, was sie fein säuberlich versuchte unter einem Häubchen zu verstecken.

„Welch einen netten jungen Herren Sie da an Ihrer Seite wissen, Miss", sagte sie, als ich mich lächelnd im Spiegel betrachtete. „Er hat jeden Tag hier gesessen, bis Sie heute aufgewacht sind, mindestens zwei Stunden lang." Ich stockte und runzelte die Stirn. Deshalb also die dunklen Schatten unter seinen Augen. „Ich hoffe sie halten mich nicht zu vermessen, Miss, aber darf ich Sie etwas fragen?" Ich sah sie nett an. Sie war ungefähr so alt, wie ich, wenn nicht sogar ein wenig jünger und schien vor Neugierde zu platzen.

„Aber natürlich", gab ich zurück, glücklich jemanden zum Reden zu haben. „Lassen Sie es bitte nicht den Herrn Doktor wissen, dass ich so hartnäckig frage aber, da war noch jemand für Sie da. Ein dunkelhaariger Herr namens Mr O'Riley. Er sagte er sei Ihr Cousin, aber irgendwie habe ich das nicht wirklich geglaubt und ihn deshalb nicht zu Ihnen gelassen. Er ist nicht wirklich Ihr Cousin, oder?" Völlig überrumpelt, wusste ich nicht, was ich antworten sollte.

Thomas war hier gewesen? Wie hatte er nur wissen können, dass ich erkrankt war? Wahrscheinlich hatte sein Bruder es durch die Arbeit mitbekommen und Thomas darüber unterrichtet. „Na ja, ist auch nicht so wichtig, ich wollte Sie nicht damit bedrängen, nur…", die Krankenschwester rang sichtlich mit sich und griff schließlich in ihren Kittel, um einen vergilbten Brief hervorzuholen. „Der Doktor weiß nicht, dass ich ihn angenommen habe, doch der junge Herr war sehr prägnant und wollte, dass Sie den Brief unbedingt erhalten." Sie streckte ihn mir entgegen und wartete, bis ich ihn zögernd und mit gerunzelten Augenbrauen entgegennahm.

„Rufen Sie bitte, wenn Sie etwas brauchen." Damit verschwand die quirlige Krankenschwester und ließ mich mit dem Brief allein. Kraftlos riss ich das Papier auf und nahm einen kleinen Zettel heraus.

Aus dem Ort, an dem deine Träume wahr werden.
Lass die Röcke schweben- T.O. P.S Zum Glück bin ich nicht
dein Cousin, aber das wissen nur wir beide.

Gerade, als ich ihn zurück in den Umschlag friemeln wollte, fiel mir etwas auf den Schoß. Es war ein kleines Stück fliederfarbenen Stoffes. Mein Atem stockte, als ich das winzige Stückchen Stoff in den Händen hielt. Ich brauchte keinen Stift mehr, kein Papier, keine Worte. Dies hier war ein Traum, der wahr geworden war, und das im wahrsten Sinne seiner Bedeutung. Endlich hielt ich meinen Traum in der Hand. Urplötzlich spürte ich das Gewicht an meinen Ohren und spürte das Silber von Erichs Medaillon auf meinem verschwitzten Brustkorb.

SIEBENUNDDREIßIG

Neben den überraschenden und wohltuenden Besuchen meiner Liebsten im Hospital kann ich Ihnen eines verraten, mein mitleidiger Leser: der Aufenthalt in einem Hospital ist wirklich das Allerletzte, was einem wieder zur Gesundheit verhilft. Jede Minute des Tages hing der Geruch von Krankheit in der Luft, die Anwesenheit des Todes schwebte über unseren Köpfen, wie ein Damoklesschwert und in meiner doch relativ kurzen Zeit dort beobachtete ich ihn häufiger dabei die Menschen mit sich zu reißen, als ich das wollte. Alle lagen wir in einem großen Schlafsaal und nach den paar Tagen, die ich nun wach war, und die der Arzt mich zwangsfüttern ließ, damit ich das verlorene Gewicht wieder zunahm, erfuhr ich nämlich auch endlich, was ich hatte: Scharlachfieber. Auch wenn ich bis heute nicht weiß, wo ich mich damit angesteckt haben sollte, war dies zu der damaligen Zeit keine ungefährliche Diagnose. Anscheinend war ich dem Tod nicht wertvoll genug gewesen, um mich mitzunehmen und darüber war ich ihm auch überaus dankbar. Dennoch bedeutete dies zugleich, dass ich viel Erholung brauchte und so schnell wohl nicht wieder auf die Beine kommen würde, selbst wenn ich das nicht wahrhaben wollte. Das Fieber hatte meinen Körper geschwächt. Hatte ich mich vorher noch darüber beschwert durch das gute englische Essen zugenommen zu haben, sah ich nun aus, wie der wandelnde Tod. Nach einem Monat war so wenig Fleisch auf meinen Knochen, dass es mir sogar weh tat auf meinem Becken zu liegen, oder meine Knie zu überschlagen. Wenn man noch nicht schwer krank war, wurde man es spätestens jetzt nach einem längeren Aufenthalt in den kalt feuchten Gemäuern. Rund um die Uhr husteten die belegten Lungen um die Wette, röchelten die angeschwollenen Hälse nach Luft, schrien die Kranken und Verängstigten in der Nacht, eingehüllt von ihren Fieberträumen. Auf der anderen Seite wusste ich, dass ich den Ärzten und Krankenschwestern hier mein Leben zu verdanken hatte. Ich sehnte mich so sehr nach meinem zu Hause, dass ich in der Nacht leise in mein Kopfkissen weinte, wenn mich die Unruhe der anderen wieder wachhielt. Dann, nach einer weiteren Woche, stand Jane mit Freudentränen in den Augen vor meinem Bett. Ich durfte endlich nach Hause. Als der Stein von meinem Herzen fiel und sich die Erleichterung in mir ausbreitete, begann auch ich zu weinen und schmiegte mich in die glücklichen Arme meiner Mutter.

„Heute verlassen Sie uns?", fragte die quirlige Krankenschwester mit den honigbraunen Augen. Nickend lächelte ich ihr zu. „Ich danke Ihnen von Herzen. Sie waren der gute Geist, der mich in diesen trostlosen Gemäuern am Leben erhalten hat." Das Mädchen freute sich so sehr über dieses Kompliment, dass ich mir denken konnte, wie selten sie solche zu hören bekam. Aber es war nun einmal genau dieser Fall. Die Ärzte halten unsere Körper am Leben, doch die Krankenschwestern sind es, die unsere Seelen in der schweren Zeit unseres Aufenthaltes mit Fürsorge heilen.

„Ich hoffe Sie verstehen mich nicht falsch, aber ich bete, dass wir uns nie wieder sehen müssen", lachte ich und schüttelte ihre Hand. „Ich wünsche Ihnen alles Glück der Welt", erwiderte sie und nur wir beide wussten, was genau sie damit meinte.

Jane stützte mich den ganzen Weg nach Hause und war so glücklich, wie schon lange nicht mehr. Als wir dann endlich vor dem vertrauten Eingang in der Cherry Road standen, liefen mir erneut die Tränen aus den Augen. Warum, fragen Sie sich? Weil mir dort etwas ganz Wichtiges bewusstwurde, nämlich, dass ich nach all den Jahren, und verschiedenen Orten, das erste Mal wahrhaftig das Gefühl hatte in mein bekanntes, immerwährendes zu Hause zu kommen, in dem meine Familie mich erwarten würde.

„Und nun", kündigte Georgie großspurig an, „ein noch nie zuvor aufgeführtes Theaterstück. Eine sensationelle Weltpremiere, ein Schauspiel, so großartig, dass Sie es nie wieder vergessen werden. Meine Damen und Herren, Lords und Ladies, Durchlauchts und Umlauchts und Drunterlauchts sowie Drüberlauchts: *Mister Pembrooke und das nie enden wollende Mathematikbuch.*" Georgie wirbelte herum, gehüllt in einen viel zu großen, schwarzen Anorak und zuckte verführerisch mit den Augenbrauen, als wolle er Jane den Hof machen. „Gespielt von George Wennington, Nachwuchsdarsteller und neuer Weltstar." Mit einer Theatralik, die ihresgleichen sucht, schilderte uns Georgie kokett und galant den Verdruss seines Mathematikalltages und beendete seine Wortgewandte Vorstellung mit einem Monolog, an dessen Ende er auf die Knie sank und die Hände zum

Himmel gereckt schrie: „Hier steh ich nun, ich armer Tor und bin so schlau, als wie zuvor." Wir klatschten begeistert, während Henry noch anmerkte: „Unser neuer Johann Georgie von Goethe, sogar mit nur der Hälfte an gestohlenen Zitaten." Georgie zupfte seine Krawatte zurecht, ein langer, weißer Handschuh, den er sich von Jane geliehen und um den Hals gewickelt hatte.

„Willst du ein berühmter Literat sein? Bediene dich jenem, was bereits als Weltliteratur gilt, dann kannst du gar nicht anders als erfolgreich sein." Damit hatte Georgie Recht, und er würde sich wundern bei wie vielen Künstlern später herauskam, dass sie ihre Einfälle nur, nett ausgedrückt, geborgt hatten. Künstler allerdings definieren dies anders: ihre Werke sind inspiriert. Ich lag derweilen einfach da und genoss diese familiäre Gemütlichkeit. Ich beschreibe jene Tage im Bund unserer so gewöhnlichen und gleichzeitig ungewöhnlichen Familie derart detailliert, weil sie mir als die wohnlichsten und vertrautesten Tage in meiner Erinnerung geblieben sind, heimgesucht von einer freundlichen Wärme, wie sie mir nie zuvor bekannt gewesen war und auch in Zukunft selten weiter bestehen bleiben würde. Ich kann mir gut vorstellen, dass Beschreibungen solcher Familientage und Konversationen beim Abendessen Ihnen, vielleicht gelangweilter Leser, so alltäglich und nichtig vorkommen. Daher möchte ich Sie darum bitten mir zu erlauben, die Tage und diese Familie zu beschreiben, sind sie doch für mich die Nahrungsquelle meiner lieblichen Erinnerungen. Wir werden bald zu einem Teil der Geschichte kommen, in der die familiäre Idylle für einen ereignisreicheren, und somit für den Leser spannenderen Teil weichen wird. Vorerst aber möchte ich hier sitzen und dieses Bild vor meinen Augen wahren, das Gefühl einfangen, Janes Lächeln, Georgies Kindheit, Henrys Momentaufnahme von Leichtigkeit und meine Hoffnung, dass ich für immer in einer solchen Wonne der Glücklichkeit leben könnte.

Wer einmal dem Scharlachfieber zum Opfer gefallen war, der weiß, dass der Weg der Genesung lange und zermürbend war. Die Energie und Kraft einer jungen Frau wollte einfach nicht in meinen Körper zurückkehren. So lief ich jeden Tag durchs Haus, und wenn ich laufen sage, dann meine ich, dass ich wie in Zeitlupe Fuß für Fuß die Treppe hinunterstieg, bis ich gefühlt Stunden später endlich unten ankam, nur um mir von dieser Anstrengung die Lunge aus der Brust zu husten. Dieser Zustand führte zu einer extremen Frustration in meinem Inneren, die sich von Tag zu Tag wie ein Geschwür in meinen Geist fraß. Und schon bald litt ich dermaßen unter meinem eigenen Eingesperrt sein, dass ich mein Zimmer selten verlassen wollte. Die Wahrheit, die ich an dem Tag, als ich im Krankenhaus war und in den Spiegel geblickt hatte, nicht erkannte, traf mich nun mit doppelter Stärke. Ich sah aus, wie der Tod, meine Wangen waren eingefallen, die Augen lagen wie eine Schlucht in ihrer Höhle, mein Haar hatte an Glanz verloren und meine Lippen waren porös. Doch das noch Unerträglichere war: Trotz meines abgemagerten Körpers hatte mein Bauch eine aufgeblähte Wölbung, als erwartete ich ein Kind, und trotz jeden Hungers ertrug mein Körper keine Nahrungsaufnahme. Was ich zu mir nahm, kam unmittelbar danach wieder heraus. Ich hasste den Anblick meines Körpers, ertrug mein Spiegelbild nicht und hüllte mich nur noch in verschiedene Schichten Kleidung.

Die meisten Tage isolierte ich mich in meinem Zimmer, wollte nicht einmal Georgie sehen, nicht einmal Henry, nicht einmal mich selbst. Egal, was ich versuchte, egal woran ich versuchte zu denken, alles an mir versank in einer trüben Müdigkeit und bald wich auch das Gefühl der Frustration jenem der Gleichgültigkeit, denn es war zu stark. Wenn Jane hineinkam und fragte: „Warum möchtest du nicht wenigstens einmal William sehen? Er macht sich doch so große Sorgen." Erwiderte ich voller Wucht: „weil ich hässlich bin! Hässlich und krank, ich will ihn nicht sehen und er soll mich nicht sehen."

So ging es einige Wochen, bis der Tag meines Geburtstages näherkam und damit auch eigentlich meine Einführung in die Gesellschaft. Aus gegebenen Gründen jedoch schlug Henry vor darauf erst einmal zu verzichten. Der eigentliche Grund war simpel: ich hätte mir niemals im Leben vorstellen können mich in ein Kleid zu hüllen und vor den Adel zu treten, und zwar mit jener Hülle, in der ich mich gerade befand. Meinen Geburtstag aber wollten wir trotzdem feiern und Jane wollte mir auch nach wie vor ein Kleid beim Schneider schenken. Die Traurigkeit aber hatte mich so dermaßen eingehüllt, dass ich mich nicht einmal dafür interessierte, nein, ich glaubte mich für nichts je wieder interessieren zu können.

Eines Tages stand dann William dann tatsächlich vor unserer Haustür, und sagte zu Georgie: „Entschuldigen Sie, Sir, ich bin sicherlich kein Wandernomade, der etwas verkaufen möchte. Mein Anliegen ist lediglich die Überbringung jenes Kuverts an Ihre werte Schwester und ich möchte auf die Dringlichkeit der darin enthaltenen Botschaft aufmerksam machen." Leise und langsam schlich ich zur Treppe und lugte vom Treppenabsatz hinunter auf die Szene. Georgie nickte knapp und nahm den weißen Briefumschlag entgegen. „Gestattet", entgegnete er. Ich lächelte. William sah ein wenig nervös in den Flur hinein, er hatte wahrscheinlich erwartet mich dort anzutreffen und wirkte geradezu enttäuscht. „Nun denn", seufzte er, „werde ich von dannen ziehen und die Antwort der lieben Schwester erwarten." Kurz bevor er sich endgültig abwandte, sagte er noch: „Ich würde mich jedoch sehnlichst über eine positive Rückmeldung freuen. Es gibt neues aus der Welt der Worte." Aufhorchend hob Georgie eine Augenbraue.

„Soll ich das genauso weitergeben? Ist das eine Art Code? Ein Geheimwort?" William lachte kurz.

„Sie wird es verstehen. Machen Sie es gut, liebster Georgie." Zwiegespalten klammerte ich mich am Geländer fest und versuchte kein Geräusch zu machen, während ich still vor mich hin weinte. Wie gerne hätte ich ihn umarmt, mit ihm gesprochen, seine Hände auf den meinen gespürt. Aber die Eitelkeit sowie das Wissen um meine Erscheinung machten es mir unmöglich. Wenn er jetzt nur fand, dass ich abstoßend wirkte? Wenn er mich sah und angewidert weggehen würde? Ich hatte mich in den letzten Wochen so erschreckend verändert, dass er mich sicherlich nicht einmal wieder erkennen würde. Unweigerlich befand ich mich in einem Zustand, der zu einem hohen Teil selbstverschuldet gewesen war und aus dem ich dennoch irgendwie nicht wieder herauskam. Georgie stapfte die Treppe hoch und bedachte mich mit einem empörten Blick. „Also wirklich, Josephine", stieß er hervor, „da kauerst du hier oben an der Treppe und sagst dem armen Schnurrbartprinzen nicht einmal hallo, wenn er schon persönlich erscheint, um dir ein Kuvert zu bringen." Beleidigt wandte ich meinen Blick ab.

„Ach, Georgie, lass mich doch in Frieden!" Seufzend drückte er mir das Kuvert in die Hand.

„Wenn du mich fragst, dann musst du mal wieder unter Menschen." Wütend stand ich auf und schlich in mein Zimmer, nachdem ich ihn anschrie und sagte: „so, wie ich aussehe, gehöre ich mein ganzes Leben lang versteckt!" Als ich aufs Bett fiel, liefen mir schon wieder unkontrolliert die Tränen. „Es gibt schlimmeres", zuckte Georgie mit den Schultern, „stell dir mal vor, du hättest die Pocken bekommen. Oder Typhus! Oder-",

„Ich habe es verstanden", unterbrach ich ihn eingeschnappt.

„Sieh es mal so: viele Frauen sterben bei

Operationen, in denen ihnen Rippen entnommen werden, oder lassen ihr Korsett so eng schnüren, dass sie den ganzen Abend verschwommen sehen vor Sauerstoffmangel. Du hast das alles jetzt umsonst bekommen. Inklusive der vornehmen Blässe." Und da brach das Lachen auf einmal aus mir heraus, was mich jedoch nicht daran hinderte ihn schniefend Wissen zu lassen: „du bist richtig blöd". Georgie nickte.

„Ja, ja… aber auch meistens ehrlich. Und jetzt nimm dir endlich dieses Kuvert und brich das Siegel, hallo, das ist purpurrot mit Wappen? Was meinst du wie viel Überwindung es mich gekostet hat, nicht sofort hinzugehen und dieses vornehme Knacken zu hören?" Er ließ mich allein. Jetzt gab es nur noch mich, und den Brief neben mir. Zögernd griff ich danach, brach das Siegel und entfaltete das vornehme Pergament. Er war an mich, so wie an Henry und Jane adressiert.

Lord und Lady Bayswater laden zur feierlichen Abendsoirée im Anwesen Bayswater ein. dreißigsten Juni, ab 17 Uhr.

Am Ich erschrak, das war bereits nächste Woche. Auf einmal wallte Panik in mir auf und ich wusste nicht, wie ich damit umgehen sollte. Es wäre bereits viel gewesen mich mit William allein zu treffen unter diesen Umständen, aber auf dem Präsentierteller der Gesellschaft serviert zu werden, vor all den anderen Leuten, vor seiner Mutter und vor ihm, das war der größte Druck, den ich jemals in meinem Leben verspürt hatte. Gleichzeitig war mir durchaus bewusst, was er mit dieser Einladung auf sich genommen hatte, denn als nicht vollwertiges Mitglied der Gesellschaft hätte ich eben so wenig wie Georgie das Recht darauf gehabt an diesem Tisch anwesend zu sein. Ich atmete tief durch meine freie Lunge, spürte die aufwallende Panik und wusste nicht, wie ich mit der ganzen Situation, die mich so überforderte umgehen sollte. All die Erwartungen hingen an mir und ich war nicht bereit dazu, wäre es auch vor meiner Erkrankung noch nicht gewesen. Zitternd drückte ich den Brief an meine Brust und schloss meine Augen. Jane und Henry hatten sicherlich eine Lösung für das Ganze. Ich wusste nicht, was ich von Jane und Henrys Lösung erwartet hatte, aber sie übertraf jegliche meiner Erwartungen. Im negativen Sinne.

„Aber das ist ja großartig", rief Henry aus, „das bedeutet, du wirst quasi inoffiziell in die Gesellschaft eingeführt, dadurch, dass du mit William verlobt bist. Was erwartest du denn mehr?". Jane war da etwas skeptischer, aber zu meiner Verwunderung auch nicht abgeneigt.

„Das ist eine große Ehre, Josephine", erklärte sie sanft, „außerdem täte es dir auch ein wenig gut. Und sieh es mal so, immerhin hast du durch die Krankheit eine Ausrede, warum du gerade nicht tanzen kannst." Sie hatte es scherzhaft gemeint, das wusste ich, dennoch war ich von der Reaktion enttäuscht, und das im wahrsten Sinne des Wortes. Ich hatte mich über die Tatsache getäuscht, dass auch sie dachten ich verbrachte besser noch ein paar Wochen mehr in der Isolation meines Zimmers, abgeschieden vom Rest der Welt und konzentriere mich auf meine Genesung.

„Der Grund dafür ist", als hätte Henry schon wieder meine Gedanken gelesen, „dass du nicht genest. Du verlierst gerade einfach den Lebenswillen und das ist wohl mit siebzehn Jahren nicht das, wonach es einen sehnen sollte. So eine

Soirée tut dir gut." Henry sprach von Lebenswillen, nur war ihm glaube ich einfach nicht bewusst, dass Lebenswillen nicht mit einer Soirée geweckt wird, in der man von einem Kreis aristokratischer Schildkrötengesichter beäugt und gesellschaftlich beurteilt wird. Das weckte sicherlich keinen Lebenswillen, sondern lediglich Panik, doch diese Tatsache behielt ich für mich. Jane und Henry schienen froh darüber zu sein, dass sich William noch immer für mich interessierte, und außerdem hatten sie auf eine gewisse Art und Weise ja auch recht, es war eine unfassbare Ehre auf eine Soirée eingeladen zu werden. Ich schluckte also den Kloß in meinem Hals herunter und machte mich dafür bereit.

Als ich abends im Bett lag und schweigend an die Decke starrte, dachte ich an das Krankenhaus. Meinen Fiebertraum, Erichs Gesicht über meinem, hatte ich nicht vergessen, im Gegenteil, dieses Erlebnis rief mir noch einmal ins Gedächtnis, dass es da diesen Menschen gab, den ich seit fast zwei Jahren vermisste und den ich wahrscheinlich niemals im Leben wiedersehen würde. Zwei Jahre… Für den Leser wirkt diese Zeitspanne wahrscheinlich lächerlich, was sind denn schon zwei Jahre in einem ganzen Leben? Für mich fühlten sie sich wie eine Ewigkeit an. Erichs Medaillon hing jeden Tag um meinen Hals, manchmal merkte ich es schon gar nicht mehr. Ich merkte nur, wenn es fehlte, wenn sich mein Hals nackt und kahl anfühlte. Die Präsenz von Williams Ohrringen jedoch spürte ich sogar auf die Distanz, auch wenn sie nur auf meinem Nachttischchen lagen. Sie wogen schwer. Seufzend drehte ich mich auf die Seite und strich mit meinen Fingerkuppen über das fliederfarbene Stückchen Stoff. Thomas erklärte sich die wochenlange Stille eventuell mit meiner Krankheit, aber innerlich regte sich in mir die Angst er habe mich vielleicht schon vergessen und jemand anderes die Stelle gegeben. Wie konnte dieses winzige Stück Stoff so viel für mich bedeuten? Wie konnte ich daran hängen, als hätte ich es schon Jahre besessen? Mit dem Gedanken an wehende Röcke schlief ich endlich friedlich ein.

neununddreißig

Ich weiß nicht weshalb, aber die Gedanken, die mich an jenem Abend heimsuchten, veränderten tatsächlich etwas an meiner Situation, jedenfalls an meiner innerlichen. Ich wusste nicht, was ich eigentlich wollte, alles in meiner Seele schien im Streit miteinander zu sein. Die Situation war letztlich schon so eingefahren, dass es mir unausweichlich erschien mich in mein Schicksal zu fügen. Meine Familie wusste von der Verlobung, Williams Mutter wusste von der Verlobung, spätestens an der Soirée würde auch der Rest der Londoner Gesellschaft es nicht mehr für einen Zufall halten, dass wir so oft miteinander gesehen wurden. Es gäbe für mich kein Zurück mehr, entweder dieses sittsame Leben, so wie es für mich vorgesehen war, oder ein Dasein in der Abgeschiedenheit, eine Ausgestoßene der Gesellschaft. Familie zu haben war mir gerade so neu, dass ich einfach nicht mehr wusste, wie ich allein klarkommen sollte und meine Eltern zu enttäuschen, war eine Vorstellung, die ich nicht ertrug. Hinzukam, dass ich definitiv Gefühle für William hatte, den William, der im Verborgenen seine Bücher mit mir sortierte, der mir seine innersten Hoffnungen und Träume anvertraute. All das wollte ich einfach nicht hergeben. Welchen anderen Platz gäbe es schon für mich in der Gesellschaft, wenn nicht diesen Weg? Ich war unbegabt, nicht sonderlich schön und auch nicht reich. Dafür hatte ich es doch ganz gut getroffen, das jedenfalls glaubte ich und redete es mir auch ein. Auf der anderen Seite lag da dieses Stück Stoff und in ihm verwoben all meine Träume, all jenes, das ich auf dieser Welt noch nicht gesehen hatte, und wahrscheinlich auch niemals sehen würde, wenn ich erst einmal Herrin über das Anwesen war und zum Kinderkriegen bestimmt. Thomas Gesicht hatte sich in den letzten Tagen häufiger in meine Gedanken gestohlen, seine blauen Augen, die Art und Weise, wie er frech seine Meinung zum Besten gab. Aber eine Anstellung beim Theater müsste absolut geheim bleiben, niemand dürfte davon erfahren. Was wollte ich? William oder Thomas, das Leben des einen oder die Existenz des anderen. Tief in meinem Inneren wusste ich damals ganz genau, was ich wollte. Ich wollte es nur eben nicht wahrhaben.

„Wir sollten zwei Kleider für dich schneidern lassen", schlug Jane vor, „schließlich ist nächste Woche die Soirée und in zwei Wochen dein Geburtstag, den wir gebührend feiern wollen. Achtzehn Jahre, oh mein Mädchen", zärtlich fuhr sie mit ihren Fingern durch mein dickes, langes Haar. Diese Geste ließ mein Innerstes warm werden und hüllte mich in Fürsorge. „Aber Jane, das ist doch viel zu teuer", bedauerte ich. Meine Adoptivmutter quittierte meine Sorgen mit einer abwinkenden Geste.

„Mach dir bitte darum keinen Kopf, wir sind nicht arm und können uns durchaus zwei Roben leisten. Wie fühlst du dich heute? Können wir einen kleinen Ausflug machen?" Ich schluckte bei meinem Anblick in den Spiegel. Meine Schlüsselbeine stachen scharf heraus, um meinen Mund herum hatten sich von dem Gewichtsverlust schmale Falten gebildet. Meine Arme sahen aus wie Streichhölzer und mein Beckenknochen schmerzte, wenn ich mich in der Nacht auf die Seite drehte. Bedauerlicherweise war auch mein Appetit noch nicht wieder zurückgekehrt. Trotz allem jedoch fühlte ich mich kräftiger, als vor ein paar Tagen und stieg die Treppe nun ohne Keuchen herunter. Mein Körper verlangte nach frischer Luft.

Wir machten uns auf den Weg zu jenem Schneider, der meine aller ersten neuen Kostüme geschneidert hatte. Das geschäftige Treiben der Stadt kam mir nach all den Wochen, in denen ich mich innerhalb der vier Wänden aufgehalten hatte, noch turbulenter vor. Die Stimmung schien aufgeladen, überall standen Zeitungsjungen, die Schlagzeilen brüllten, wie: „Wann explodiert das Pulverfass?", und „wird es zu einem Krieg kommen?!". Ich hörte diese Worte zwar, konnte mir auf ihre Bedeutung jedoch keinen Reim machen. Plötzlich kam mir das Gespräch wieder in den Sinn, das ich damals an jenem Abend zwischen Jane und Henry belauscht hatte. Auch er hatte das Wort Pulverfass verwendet, ich hatte nur überhaupt keine Ahnung, was es bedeutete. Mir erschien die ganze Lage äußerst gewaltig und war zutiefst erleichtert, als wir endlich im Laden des Schneiders ankamen. Als ich ihn erblickte, durchzuckten mich die Erinnerungen, wie Blitze und augenblicklich sah ich wieder Herrn Droog vor mir stehen. Die gutmütigen Augen des Schneiders erfassten meine Gestalt mit Schock, doch war er so zuvorkommend mir diesen nicht mitzuteilen. „Wir finden bestimmt wieder ein wundervolles Ensemble für die junge Elfe." So hatte er mich auch genannt, als ich das allererste Mal hier war. Ich ging wieder mit ihm die Stoffe durch und entschied mich für einen tiefdunkellila Stoff mit goldgestickten Ornamenten, die den Rock zierten und am Saum eine rankende Bordüre bildeten. Die Ärmel würden aus einem cremefarbenen Chiffon sein, bestickt mit den gleichen Ornamenten, wie der Rock. Als ich die Kombination aus dem Lila und Gold sah, wurden meine Hände nervös, so schön erstrahlte das Ensemble. Ich wählte diesen Stoff für die Robe der Soirée aus und wandte mich dann an etwas anderes für meinen Geburtstag. Als ich mich entschieden hatte, sah mich der Schneider begeistert, aber auch zugleich zweifelnd an.

„Sind Sie sicher, meine Liebe? Der Goldton wird ganz schön strahlen, wenn das gesamte Kleid daraus genäht wird. Besonders in Kombination mit dem Smaragdgrün der Scherpe." Entschlossen nickte ich. „Ich bin mir ganz sicher", und das war ich auch. Ich wollte strahlen. Kurz bevor wir gehen mussten, schrieb der Schneider noch eine Nummer auf den Abholzettel und überreichte ihn Jane.

„Darf ich anmerken, dass die junge Miss ein ganz hervorragendes Auge für Stoffe, Farben und Schnitte besitzt?" und als weder Jane noch ich antworteten fügte er hinzu: „Ich habe selten so extravagante und außergewöhnliche Roben geschneidert." Zart lächelte ich und konnte einen Moment nichts sagen. Ich stand erstarrt dort, wie eine Eisskulptur, bevor ich mich aus der Starre löste und ihm meinen Dank aussprach. Sein Lob und seine Bestätigung bewirkten plötzlich, dass ich mir sicher wurde, wo mein Platz war, und als wir draußen standen, rang ich mit mir, ob ich Jane um etwas bitten sollte. In mir hatten sich Zweifel darüber ausgebreitet, wie sie es aufnehmen würde. Den ganzen Moment, den Jane brauchte, um den Zettel in ihr Retikül zu friemeln, stand ich da und merkte, wie mein Herz zu rasen begann. Kennen Sie, lieber Leser, diesen Moment, in dem alles Adrenalin durch ihren Körper fährt und ihr Herz so einen freudigen, nein, eher aufgeregten, Satz macht? Solche Sätze durchzuckten meinen Körper nun schon seit Sekunden. Und gerade, als ich Jane darauf ansprechen wollte, fokussierte sich mein Blick in die Ferne und meine Augen stellten scharf, erfassten ein Szenario, das sich gerade in einer Seitengasse begann abzuspielen. Zwei Männer, die ihre Hände erfassten, der eine lehnte sich zum anderen herüber, sah sich um, ob ihn auch wirklich niemand sehen würde, merkte nicht meinen Blick der auf die beiden geheftet zu sein schien und legte seine Lippen auf den Mund des anderen. Die Szene war nicht das Detail, was mich in den Bann des Beobachtens zog, es war die Tatsache, dass der geküsste Mann jener war, der meins und Audreys Leben auf immer hatte zerstören wollen. Mister Lentworth, der uns allen beibringen wollte, wie wir sittsame Frauen werden würden, lehnte in einer dunklen Seitengasse und knutschte zärtlich mit einem anderen Mann. Was mich zu meiner späteren Handlung geritten hat, kann ich Ihnen heute gar nicht erklären, aber meine Beine bewegten sich ganz von allein, und sogar Janes empörte Rufe über mein Davonhuschen, konnten mich in meinem Drang nicht aufhalten. Plötzlich schien mein alter Lehrer zu merken, dass jemand auf ihn zukam, denn als er mich erkannte, wich das Gefühl der Glückseligkeit auf seinem Gesicht jenem der Scham und dann der Empörung.

„Josephine Wennington", sagte er, doch seine Stimme klang gar nicht mehr so streng und kalt, wie damals,

als er Audrey verprügelt hatte. Ich stand einfach nur da und starrte ihn stumm an, nicht fähig in Worte zu fassen, was ich in dem Moment empfand, als sich das Puzzle begann in meinem Kopf zusammenzufügen. „Mister Lentworth", sagte ich schließlich, „Sie sind trotz allem kein guter Mensch. Sie haben ein unschuldiges Mädchen geschlagen, das Ihnen zugetan war, sie haben mir meine Ausbildung versaut, weil ich um Schutz dieses Mädchens gebeten habe." Er setzte an, um sich zu erklären, aber ich hob die Hand.

„Es gibt keine Erklärung für ein Verhalten, das so scheußlich ist. Gram ist ein Gefühl, dass uns dazu verleitet Gefühle herunterzuspielen und unser eigenes Unglück am Glück der anderen auszulassen. Ich wünsche Ihnen, dass Sie den Gram gehen lassen. Ihnen und den Menschen, um Sie herum auch." Mister Lentworth sah halb trotzig, halb ergeben in meine Augen, der Herr neben ihm beobachtete die Szene voller Scham.

„Wenn einem das Gefühl der Liebe nicht vergönnt ist, dann nützt auch alles andere im Leben nicht mehr", erwiderte er erstickt. Ich nickte. „Aber andere Menschen lieben, Mister Lentworth, und Liebe kommt in verschiedenen Formen. Audrey hat Sie geliebt. Seien Sie nicht wie die Gesellschaft, hören Sie auf Menschen mit Gewalt zu behandeln, die andere Menschen lieben, und nicht zurückgeliebt werden. Es gibt keine Liebe, die unberechtigt ist. Nur Sitten, die wir uns selbst antrainieren." Und damit drehte ich mich um und ging endlich zurück zur erstarrten Jane, die hilflos auf der Straße stand und mich mit ihren Rehaugen musterte, sich aber netterweise die Frage ersparte.

VIERZIG

Bevor es zu spät sein würde, entschied ich mich die Frage einfach auszusprechen. „Wäre es möglich, wenn wir noch einen kurzen Abstecher zum West End machen?", pirschte ich mich an sie heran. Jane antwortete zuerst nicht. „Ja." Ganz knapp und ohne Umschweife entfloh die Antwort ihrem Mund und verwunderte mich stark. Das West End war nicht weit von hier, wir gingen zwei Minuten und langsam merkte ich, wie ich wieder ein wenig ins Röcheln kam. Außerdem wurde mir leicht schwindelig vor den Augen. „Machen wir es anders", schlug Jane vor, ohne mir in die Augen zu sehen, „ich gehe in den Teeladen dort drüben, der ist fast genau gegenüber. Du kommst einfach herüber, wann immer du mit… was auch immer du machen musst, fertig bist." In jenem Augenblick erschien mir Jane, wie diese seltsamen drei Affen in Georgies Kinderzimmer. *Nichts hören, nichts sagen, nichts sehen.* Jane war es egal, ob ich dorthin ging, sie aber wollte nicht im West End gesehen werden und das respektierte ich. Sie traute mir zu allein zu gehen, wofür ich sehr dankbar war. Seit ich krank gewesen war, hatte mich Jane nicht mehr aus den Augen gelassen, geschweige denn etwas allein machen lassen. Innerlich atmete ich auf, denn wenn ich ehrlich war, wollte ich sie gar nicht dabeihaben.

Ich sah bereits das Schild am Varieté und betrat den Saal mit einer Selbstverständlichkeit, wie sie mir selbst komisch vorkam. Der brüske Herr am Eingang musterte mich, riss dann die Augen auf und rief nach Thomas. Als dieser die Treppe herunterkam und mich mit demselben Ausdruck bemitleidete fühlte ich mich auf einmal unwohl und beklommen. Wenn die Menschen doch nur endlich aufhören würden in mir die Krankheit zu sehen. „Hallo", entgegnete ich knapp, „Ich… wollte mich eigentlich nur für den Brief und das Stück Stoff bedanken." Thomas atmete auf.

„Die Krankenschwester hat ihn also weitergegeben", lachte er, und lehnte sich gegen das Geländer.

„Hat sie", bejahte ich, „aber die Sache mit dem verwandt sein hat sie dir nicht abgenommen." Wir lachten beide kurz und dann hob Thomas die Augenbrauen.

„Du siehst absolut furchtbar aus", sprach er aus, was alle Menschen um mich herum schon seit Langem dachten. Beschämt sah ich zu Boden. „Komm, ich habe Tee und Biscuits oben." Doch ich schüttelte traurig den Kopf.

„Tut mir leid, meine Mutter ist mit mir hier und… Sie ist schon im Teeladen eingekehrt, damit niemand sie in dieser Gegend sieht." Thomas Gesichtsausdruck veränderte sich. Er schniefte und riss die Augenbrauen empor.

„Wenn das so ist. Bist du nur gekommen, um mir für das Fitzelchen Stoff zu danken?" Nervös umklammerten meine Hände das Retikül. Ich schluckte vor Aufregung und traute mich dann endlich ihm in die Augen zu sehen.

„Nein ich… ich weiß auch nicht so recht, was ich

wollte. Ich glaube ich wollte dich gerne sehen, um, naja, um über die Kostüme zu sprechen." Irgendetwas zwischen uns hatte sich verändert. Ich konnte nicht wirklich ausmachen, was es war, aber die Art, wie ich herumdruckste, nur um das Offensichtlichste nicht auszusprechen und die Art, wie er an die Treppe lehnte und darauf zu hoffen schien, dass ich es endlich aussprach, brach die Spannung zwischen uns beiden beinahe zum Platzen. „Warum kommst du denn nicht einfach vorbei, die nächsten Tage? Ich bin hier", ironisch lachend zuckte er mit den Schultern, „ich bin immer hier. Und die Kostüme warten auf dich." Am liebsten hätte alles in mir sofort bejaht und versprochen, dass ich bereits morgen wieder hier stehen würde und mit ihm oben arbeiten. Aber dazu war ich noch nicht wieder fit genug und ich merkte es in meinen Gliedern.

„Ich fürchte ich würde den Weg allein nicht hierherschaffen", beantwortete ich seine Frage wahrheitsgemäß, „ich war schwer krank." Thomas musterte mich erneut und sagte leise.

„Das sehe ich." Wir schwiegen beide wieder, bis Thomas vorschlug: „und wenn wir uns in deiner Nähe treffen? Morgen? Natürlich, um alles mit den Kostümen zu besprechen." Ich biss unsicher auf meine Unterlippe, bis es wehtat. Die Gefahr, dass wir dort gesehen wurden, war unfassbar groß, es wäre geradezu dämlich gewesen. Jane könnte ich vielleicht noch in mein Geheimnis einweihen, Georgie wusste es sowieso und Henry… der wäre ja nachmittags im Parlament. „Könntest du um zwölf Uhr im Kensington Garden sein?", fragte ich Thomas. Er schmunzelte.

„Ich kann zu jeder Tageszeit dort sein, wenn du das

möchtest. Vorm Kensington Palace?" Ich nickte lächelnd. „In Ordnung. Dann bis Morgen um Zwölf." Thomas zwinkerte mir zu. „Morgen um Zwölf", bestätigte er. Als ihm einen letzten Blick zuwarf bildete sich in eine ätzende Säure in meiner Kehle, die auch nicht wegging, als frische Luft meine Lunge durchströmte. Natürlich hatte Jane gar nicht wirklich Tee gekauft, sondern wartete außerhalb des Geschäfts auf mich. Unsicher trat ich ihr entgegen, aber sie sprach es nicht an. Den ganzen Heimweg über sprach sie es nicht an und dieses Unausgesprochene machte mich noch verrückter, als hätte sie mich einfach konfrontiert.

„Jane", setzte ich an und merkte, wie trocken meine Kehle war. „Hmm?", machte sie, sah mir aber nicht dabei in die Augen. Sie wusste, was ich sie fragen wollte. Wir hatten vereinbart, dass unser Chauffeur uns Nähe des Parlaments wieder abholte, da es für ihn dort einfacher war uns mit dem Automobil einzuladen. Auf einmal blieb Jane mitten auf der Westminster Brücke stehen, ihre Haare wurden vom Windzug an der Themse ganz verweht. „Ich ahne es schon länger", gab Jane zu, „und ich bin mir nicht sicher, ob ich es dir verdenken kann." Erstaunt sah ich zu ihr hinauf.

„Aber woher…", stammelte ich. Ein winziges Schmunzeln umspielte Janes Mund, als sie tief Luft nahm.

„Georgie kann doch nichts für sich behalten." Wütend und enttäuscht kreuzte ich die Arme vor meiner Brust und lehnte mich erbost an das grüne Geländer.

„Dieser Schuft! Und dabei hatte er mir versprochen es für sich zu behalten." Seufzend lehnte sich auch Jane in meine Richtung. „Ich bin mir nicht sicher, ob dein kleiner Bruder der beste Verbündete für kleines Geheimnis ist."

Wen hätte ich denn sonst gehabt? „Weiß Henry…", platzte es panisch aus mir heraus, doch Jane schüttelte hastig den Kopf. „Nein, er weiß nichts, und das soll besser auch so bleiben." Ich schluckte und richtete meinen Blick in die Ferne, beobachtete die öde, braun-grüne Themse, wie sie sich faulig riechend erstreckte. „Irgendwo her wusste es Thomas, ich meine… das mit der Krankheit. Wahrscheinlich hat Georgie ihm geschrieben, so wie William auch." Janes Augen fixierten einen Punkt am Horizont, ihre Stimme nahm schon gar stolze Züge an, als sie sagte: „Nein, das war ich." Gleichzeitig erstaunt und geschockt fuhren meine Augen zu ihr herüber und suchten ihr Gesicht danach ab, ob sie mich auf den Arm nahm, oder die Wahrheit sagte. Frech lächelnd zuckte sie mit den Schultern.

„Warum hast du das gemacht?" Auf einmal schwand der Stolz in ihrem Ausdruck und wich für eine Verzweiflung, die ihre Augen wässrig schimmern ließ.

„Weil ich wollte, dass du eine Wahl hast. Ich kämpfe seit Jahren dafür, dass wir Frauen ein Mitspracherecht in unserem Leben haben, und ein gleichberechtigter Teil dieser Gesellschaft werden. Wer wäre ich, was für eine Mutter wäre ich, verwehrte ich meiner eigenen Tochter das Recht auf ein selbstgewähltes Leben? An mir hängen die Verpflichtungen meiner Rolle als Henrys Ehefrau, aber du bist frei, mein liebes Kind", ihre Hände klammerten sich an das grüne Holz des Geländers. „Wenn du William wirklich liebst, dann wirst du ihn wählen. Und wenn nicht, dann wählst du ein anderes Leben." Langsam drehte sie sich zu mir und nahm meine Hand. „Egal, was du wählst, ich möchte, dass es selbstbestimmt ist." Ihre Augen wurden noch wässriger, als sie plötzlich lachte und erklärte: „Ich wusste doch schon immer, dass du anders bist, besonders. Jemandem mit einem so außergewöhnlichen Leben, gebührt auch ein außergewöhnliches Schicksal." Ich blickte wieder auf die Strömung der Themse, dachte einen Moment über Janes Worte nach. „Nein", erwiderte ich abwesend, „jedem gebührt ein außergewöhnliches Leben. Denn was ist schon gewöhnlich? Gewöhnlich ist nur, woran wir Einzelne gewohnt sind, aber unsere Gewohnheiten sind genauso individuell, wie unsere Hoffnungen und Sehnsüchte. Jedes Leben sollte individuell wählbar sein, und nicht auf dem basieren, was andere als gewöhnlich betrachten. Und wer mein Leben außergewöhnlich findet, muss sich eben einfach umgewöhnen, denn meine Gewohnheit ist die Freiheit."

EINUNDVIERZIG

Nun waren also alle, bis auf Henry in mein Geheimnis eingeweiht, obwohl gerade ich mich manchmal ganz und gar
nicht fühlte, als sei ich selbst überhaupt eingeweiht. Jane erklärte sich bereit mich am nächsten Tag um zwölf Uhr vom
Chauffeur das kleine Stück bis zum Kensington Garden fahren zu lassen, zum einen, damit ich nicht laufen musste, und
zum anderen, damit mich niemand auf dem Weg dorthin sah.
Georgie hatte Mathematikunterricht und sie wollte ihn ungern mit dem Hauslehrer allein lassen. An diesem Morgen
stand ich das erste Mal vor dem Spiegel und ließ mir von
Jane das Haar halb zusammenstecken. Der Rest fiel mir in
kupfernen Locken bis über die Hüfte. Auf das Korsett wollte
Jane noch verzichten, da meine Lunge bei Anstrengung noch
immer schmerzte und ich frei atmen können musste, wenn
ich mich bewegte. Dennoch entschied ich mich für ein hüb-
sches, frühlinghaftes Ensemble. Der Rock war in einem zarten Gelb, die Bluse weiß mit grünen Verzierungen an den
Ärmeln. Ich wollte nicht zu sehr auffallen, aber auch nicht
aussehen, wie das kranke Mäuschen. Wie durch ein Wunder
hatte ich außerdem am Vorabend das Essen genossen und es
sogar drin behalten können, zudem heute Morgen sogar gut

gefrühstückt. Ich fühlte mich ganz plötzlich als könnte ich endlich wieder zurück ins Leben finden.

Es war ein wundervoller Junitag, die Sonne strahlte auf unsere Köpfe, und um mich herum blühten die Blumen in einer wunderbaren Farbenpracht. Ich genoss das warme Wetter so sehr, dass ich mir sogar einen Sonnenbrand holte, und das nach wenigen Minuten. Ich, Josephine, die sechzehn Jahre in der Wüste von Gizeh gelebt hatte. Unser netter Chauffeur hatte mich vor den Eingangstoren des Kensington Gardens abgesetzt und mir versichert, dass er mich in drei Stunden wieder genau an diesem Ort abholen würde. Ganz allein schritt ich durch den belebten, grünen Park und lächelte zärtlich in mich hinein. Der lange Winter hier in England konnte einem das letzte Fünkchen Lebenslust stehlen, so grau, kalt und dunkel, wie er war. Sogar bis in den April hinein war es teilweise furchtbar kalt gewesen, dass man nur mit Cape und Schal hinausgehen konnte. Heute badete ich mich in den Sonnenstrahlen. Um mich herum herrschte ein geschäftiges Treiben, Kinder spielten in weißen Matrosenanzügen, ließen ihre Hunde Stöckchen holen und liefen hin und wieder zu ihren Müttern, die mit Sonnenschirm und Hut auf einer Picknickdecke saßen oder schnatternd auf einer der grünen Bänke tratschten. Es war ein wunderschöner Tag, auch von der unter Spannung stehenden Situation, merkte man nichts. Mittlerweile kam ich immer näher an den Kensington Palace heran, jene Residenz, in der die berühmte Königin Victoria aufgewachsen war. Von weitem sah ich Thomas bereits dort stehen, die Hände in den Taschen vergraben und den Blick in die Ferne gerichtet. Sein Haar sah sogar ordentlich gekämmt aus und er trug einen vornehm aussehenden Anzug aus hellem Stoff. Nur seine braunen Lederstiefel sahen abgetragen aus. Ansonsten wirkte er fast, als komme er wirklich aus dieser Gegend.

„Mister O'Riley!", rief ich. Erschrocken zuckte er zusammen, fuhr herum und lächelte dann als er mich auf sich zukommen sah. Ich verzog das Gesicht. Warum nur machte mein Herz wieder genau die gleiche Art von Satz, wie gestern, nachdem wir uns endlich wiedergesehen hatten? Als er auf einmal ganz nah vor mir stand, wusste ich nicht mehr, was ich sagen sollte. „Das ist ein schöner Anzug", bemerkte ich ehrlich und war wahrhaftig überrascht, dass er sich solche Mühe gab. Er sah selbstsicher an sich herunter.

„Tja, manchmal ist der Theaterfundus eben doch für etwas gut", flüsterte er hinter hervorgehaltener Hand und brachte mich zum Lachen. „Ich würde vorschlagen wir bewegen uns etwas fort… die alte Dame dahinten scheint bald vor Empörung von der Bank zu kippen, wenn wir beide noch weiter hier miteinander stehen und lachen." Ich folgte seinem Blick und tatsächlich, unweit von uns saß eine griesgrämig ausschauende Dame, die ihre zusammengekniffenen Augen auf uns richtete und den Griff ihres Sonnenschirmes derart umklammerte, dass ihre Knöchel weiß hervortraten.

„Es muss schwer für sie sein", sagte ich leise vor mich hin, „sie kommt doch aus einer ganz anderen Welt, und hat es nun schwer sich an etwas Neues anzupassen. Ihr war es damals sicherlich nicht erlaubt sich lachend, und allein mit jemandem zu treffen."

„Ich finde ja die Leute sollten sich um ihren eigenen Kuhdung kümmern", entgegnete Thomas eine Spur zu laut, denn nun stand die Frau wie in Rage auf und schnalzte so laut mit der Zunge, dass sogar die Tauben sich von ihr abwandten. „Also wirklich, das ist doch unfassbar", zischte sie. Ich musste leise kichern, doch da kam sie bereits in meine Richtung und spuckte mir ihre giftigen Worte entgegen. „Sie sollten sich wirklich etwas schämen! So ein unsittliches Verhalten, wie eine junge Dirne und das in der Öffentlichkeit. Hören Sie sofort damit auf die ordentlichen Leute zu belästigen." In meinem Hals bildete sich ein großer, steiniger Kloß und machte mir das Atmen unmöglich. In Scham gehüllt, wandte ich meinen Blick von ihren grauen Augen ab, die mich sogar an einem sonnigen Tag, wie diesem frösteln ließen.

„Wie wäre es, wenn Sie sich in Ihre Tugend hüllen und uns unsittsames Pack in Frieden lassen?", fragte Thomas brüsk, griff mich fest an der Schulter und drehte mich mit ihm gemeinsam in eine andere Richtung. „Wir gehen, Josephine!", entschied er und beschleunigte seine Schritte. In seinem Gesicht lag eine Härte, dass ich glaubte er zermalmte bald seinen Kiefer, so angespannt schien er.

„Diese Leute, die denken, sie dürften sich über alles und jeden ein Urteil bilden! Wie konntest du nur so schambewusst dein Gesicht abwenden, Ich... Ich...". Ich nahm tief Luft, brachte jedoch kein Wort heraus und schämte mich nun dafür ihm gegenüber so wenig wortgewandt zu sein.

„Wie ich diese Menschen verabscheue." Plötzlich blieb ich stehen und sah ihn stumm an, bis ich fragte: „wirklich? Du verabscheust sie?" Thomas schniefte.

„Ja, das tue ich und ich bin mir nicht zu schade dazu, dies auszusprechen." Ich bewunderte seinen Mut, bewunderte, wie er mit einer Heftigkeit seinen Emotionen

Ausdruck verlieh, wie er keinerlei Angst zu haben schien, den anderen Menschen ins Gesicht zu sagen, was er dachte. Auf einmal blieben wir beide stehen und mir viel auf, dass wir in einem von Hecken umgebenen Gässchen gelandet waren, in dem außer uns weit und breit niemand zu sehen war. Thomas schnaubte noch immer vor Wut, aber aus mir platzte auf einmal ein Lachen heraus. Mit hochgezogenen Augenbrauen drehte er sich herum und musterte mich, als verstünde er nicht was gerade vor sich ging. „Was ist denn so lustig?", fragte er und musste selbst auf einmal lachen.

„Ach nichts... nur", lachte ich und hielt mir dabei den Bauch, „sie sah eben aus, wie eine unglückliche Bulldogge." Ich versuchte kläglich das empörte Gesicht der alten Dame nachzuahmen. „Schämt euch!", verstellte ich meine Stimme und nun fiel auch Thomas in mein Gelächter mit ein. Warum mir gerade in dem Moment so bewusst wurde, dass ich seit Wochen nicht mehr derart gelacht hatte, weiß ich auch nicht, das Einzige, was ich wusste, war: Ich fand die Situation urkomisch. Nachdem unser Lachen ein wenig abgeebbt war, sah mich Thomas einen Moment ganz nüchtern an und fuhr sich dann durch die Haare. „Was ist denn?", fragte ich, und wusch mir die letzten Tränen von der Wange. Er setzte an was zu sagen, und stoppte sich dann, nur um den Kopf zu schütteln und zu sagen: „nein, es ist nichts. Gar nichts." Ich weitete meine Augen, mindestens so groß, wie ein Frosch.

„Du meine Güte, holt einen Stift und Pergament, dieser historische Tag muss festgehalten werden: jener an dem Thomas O'Riley keine Erwiderung parat hat." Selbstsicher steckte er seine Hände in die Hosentaschen.

„Wer sagt das?", fragte er schnippisch, „ich habe

durchaus eine gehabt, aber besonnenerweise behalte ich sie für mich. Das ist etwas Anderes." Spielerisch verschränkte ich meine Arme hinter meinem Rücken und nickte belustigt.

„Aber mal ehrlich...", setzte er noch einmal ernst an, „wie hältst du das aus? Diese Beschimpfungen, diese Vorurteile, diese Erwartungen?" Mein Lachen und meine Fröhlichkeit erloschen just in diesem Moment. Sollte ich ihm die Wahrheit sagen? Was hielt mich eigentlich davon ab auszusprechen, was wirklich in mir vorging, meine Gedanken mitzuteilen, die mich schon seit Monaten plagten.

„Gar nicht", antwortete ich nüchtern, „ich ertrage es eben nicht. Aber was soll man schon groß machen? Ich glaube manchmal, dass man sich ein Stück weit immer in irgendeine Struktur fügen muss. Ich stelle mir des Öfteren die Frage, ob es die wirklich richtige Freiheit eigentlich gibt." Thomas ließ sich auf eine grüne Holzbank sinken und ich folgte seinem Beispiel. „Ich gehe stark davon aus, dass es sie gibt. Nur nicht hier. Nicht in London, nicht in England, nicht in dieser Gesellschaft." Seine Worte gingen mir durch den Kopf, aber irgendwie wollte er sie nicht so richtig verstehen.

„Glaubst du, dass es eine Gesellschaft dort draußen gibt, die völlig frei von Zwängen ist?", fragte ich ungläubig. Thomas nickte langsam, sah mir jedoch nicht in die Augen.

„Oh ja, das glaube ich. Ich glaube es nicht nur, ich weiß es sogar." Mit dieser Erwiderung hatte er mein Interesse geweckt, und ließ mich aufhorchend fragen: „ach ja, und wo soll diese Gesellschaft sein?" Auf einmal drehte er sich mit seinem ganzen Körper zu mir und in seinem Blick lauerte eine konzentrierte Aufmerksamkeit.

„Amerika", hauchte er, „in Amerika ist man richtig

frei."

„Wo ist Amerika?", fragte ich unwissend, schließlich hatte ich noch nie von diesem Ort gehört. Thomas lachte und rieb sich die Augen. „Drüben, auf der anderen Seite des Meeres. Mit dem Schiff fährt man dorthin, in das Land der unbegrenzten Möglichkeiten, dem Ort, an dem sogar arme Schlucker zu Reichtum gelangen können." Die Art und Weise, wie er diesen Ort beschrieb machte mich zutiefst glücklich. Die Vorstellung von einem Ort, an dem Niemand etwas von einem erwartete, an dem man sein und werden konnte, wer immer man wollte, dieses Bild empfand ich als nahezu paradiesisch. „Thomas?", fragte ich zögernd, „glaubst du das Gleiche gilt auch für Frauen? Dass man dort frei ist und ungezähmt seinen Träumen nachgehen kann?" Thomas blickte mir in die Augen, ganz lange, mit einem spöttischen Lächeln auf den Lippen. „Ja, das glaube ich." Ich lehnte mich zurück und spürte das kühle Holz der Bank an meinem Rücken. Um uns herum war es vollkommen still, nur ein paar Vögel zwitscherten in die Stille hinein.

„Ich habe die Freiheit einmal gekannt", erzählte ich, mehr in meinen eigenen Gedanken versunken als zu jemand anderem. Thomas lachte schallend und holte mich damit aus meiner friedlichen Trance. Empört betrachtete ich ihn.

„Warum lachst du darüber?" er zuckte mit den Schultern. „Es fällt mir einfach recht schwer zu glauben, dass eine feine Dame, wie du, schon einmal wahrhaftig Freiheit erleben durfte."

„Aber es stimmt!", beharrte ich, „und ich habe es dir schon einmal erzählt." In seinem Gehirn schien es zu rattern und auf einmal atmete er auf. „Ja, richtig, dass du in, wo war es noch einmal, Ägypten, aufgewachsen bist?", er lachte wieder und auf einmal wurde mir das alles einfach zu viel. Empört stand ich auf, ein wenig zu ruckartig, denn sofort drehte sich die Welt vor meinen Augen und ich taumelte zurück, auf den überraschten Thomas, der mich mit beiden Händen auffing.

„Josephine! Bleib doch sitzen", sagte er erschrocken.

„Warum lachst du über meine Geschichte? Ist meine Vergangenheit nicht genauso viel wert, wie die deine?" Thomas Gesicht nahm furchtbar ernste Züge an, und dann wirkte er fast beinahe beschämt.

„Ich dachte einfach du würdest mir eine Geschichte erzählen…", entschuldigend drückte er meine Hand, wobei mir ein prickelnder Schauer durch den Körper fuhr. „Du bist also wirklich… dort aufgewachsen?" Und auf einmal versanken meine Gedanken das erste Mal nach langer Zeit wieder voll und ganz in der Erinnerung meiner Kindheit und ich öffnete mich Thomas, wie ich mich noch nie seither jemandem geöffnet hatte. Ich erzählte ihm alles, von meinem Großvater über Herrn Droog und schließlich sogar über Erich. Ich berichtete ihm von der Schönheit, von den gefundenen Ohrringen und von meinem ersten, schönen Kleidungsstück, dem grünen Schal. Detailliert schilderte ich meine erste Begegnung mit Jane und von dem Moment, als ich das erste Mal in England ankam. Und als ich fertig war mit meiner Geschichte, sah auf und merkte, dass mein ganzes Gesicht benässt war von meinen geweinten Tränen. Mit einem Seitenblick zu Thomas versicherte ich mich, dass dieser noch immer an meiner Seite saß, denn ich hätte es wahrscheinlich nicht einmal gemerkt, wenn er in der Zwischenzeit gegangen wäre. Doch er lehnte noch immer neben mir, die Arme verschränkt, und die Lippen zu einem ungläubigen Lächeln verzogen. Ich wusste ehrlicherweise nicht, was mich dazu geritten hatte ihm alles zu erzählen, ihm von jenem zu berichten, was nicht einmal Jane oder Henry wussten. Heute aber kann ich es mir sehr viel besser erklären. An all diesen Menschen, meinen Eltern, William, den Leuten, der Gesellschaft hingen Erwartungen, hingen Verpflichtungen. An ihnen hing auch die Rolle, die ich für sie versuchte zu spielen. Meine Seele platzte vor unterdrückten Emotionen. An Thomas hing absolut nichts, ich dachte er bildete sich kein Urteil über mich, denn da er selbst so frei und ungezügelt war, würde es ihn vielleicht gar nicht interessieren, dass mein Verlobter nicht einmal wusste, dass unsere eventuellen gemeinsamen Kinder Bastarde sein würden, denn ich war keinesfalls adelig. Auf einmal schien auch Thomas zu begreifen, was ich da gerade erzählt hatte, denn er seufzte laut und riss die Augen auf.

„Das heißt Lord Silberlöffel hat gar keine Ahnung, dass du nicht die legitime Tochter des Parlamentsabgeordneten bist?" Ich schüttelte schuldbewusst den Kopf.

„Auch wenn ich das wäre, heiratete er weit unter Stand. Jane ist die Tochter eines Pfarrers und Henry ist der einzige aus der Upper Class. Weshalb Lady Bayswater tobt, wie ein Höllenhund." Thomas lachte ironisch.

„Oh man, das ist wirklich das Spannendste, was ich die letzten Jahre zu hören bekommen habe. Ein englisches Waisenkind aus Ägypten kommt durch Zufall zu einer Familie nach London, wird von denen adoptiert und gefällt ausgerechnet einem der reichsten Londoner Adelsburschen, der allerdings noch nichts von der Geschichte weiß." Jetzt, wo

Thomas das alles aufzählte, wurde mir ganz flau im Magen. War es rechtens William derart zu belügen? Hatte ich das Recht dazu Kreise und Strukturen ins Wanken zu bringen, die schon so lange vor mir bestanden haben? „Der Kerl muss dich wirklich lieben", merkte Thomas bitter an und sah wieder kopfschüttelnd in die Ferne. Mir ließ es schaudernd den Rücken herunter, denn ich wusste, wie wahr seine Worte waren. „Und du möchtest nun Kostüme am Theater gestalten?", fragte er mit gerunzelter Stirn, „aber davon dürfen natürlich weder Eltern noch Schmusibär etwas wissen, weil du eigentlich gehüllt in Törtchenhafte Rüschenkleider und mit vornehmer Blässe das Anwesen hüten und hübsch aussehen solltest." Widerwillig nickte ich, seine Worte brannten in meiner Brust. „Kannst du nähen?", fragte er, bedachte mich allerdings mit einem Blick, als hätte er eine vage Vorahnung wie meine Antwort ausfallen könnte. Und als ich nichts sagte, las er die Bestätigung seiner Ahnung in meinem zerknirschten Gesicht ab.

„Du gefällst mir", stieß er auf einmal lachend hervor und brachte mich damit vollkommen außer Fassung. Diese offene, schon gar leichtfertige Bekundung seiner Meinung mir gegenüber überrumpelte mich und ich kam mir furchtbar blöd vor darauf nicht sofort eine Antwort parat zu haben.

„Nein, wirklich", beteuerte er noch einmal, „du erstaunst mich dermaßen, ich kann mich nicht mehr von dir abwenden."

„Möchtest du mich zum Narren halten?", fragte ich unangenehm berührt und auch ein wenig erbost. Doch er schüttelte nur wild den Kopf. „Nein, leider absolut nicht. Ich gebe es nicht gerne zu, aber…". Ja, ja, denken Sie nun, lieber

Leser, welch ein Geschnulze und Geschleime, wer möchte diese komische, junge, Romantik schon noch hören? Aber hören Sie zu: stellen Sie sich vor, Sie wären noch einmal siebzehn Jahre alt. Vor Ihnen sitzt gerade ein wunderhübscher Mensch, der sie mit seiner Art ganz durcheinanderbringt, und weil Sie erst siebzehn Jahre alt sind, können Sie die Gefühle gar nicht richtig beschreiben, die gerade in Ihnen toben. Ich wage zu behaupten, dass, auch wenn Sie es nicht zugeben möchten, jene Gefühle, die vielleicht schönsten sind, zu denen unser Körper in der Lage ist. Warum sträuben wir uns so vor Romantik, warum sind wir derart schönen, und aufregenden Gefühlen gegenüber zu entnervt, so negativ gesinnt? Das, denken Sie gerade, lieber Leser, werden die Siebzehnjährigen dann in den nächsten Jahren herausfinden. Aber bis es so weit ist, lassen Sie mich bitte in meinen romantischen Erinnerungen schweifen. Wo waren wir stehengeblieben? Ach ja, Thomas sagte: „aber irgendwie bekomme ich dich und deine Geschichte nicht aus meinem Kopf." Und auf einmal stand Thomas auf und reichte mir seine Hand.

„Komm, lass uns ein Stückchen gehen." Ich erfüllte ihm gerne diesen Wunsch, und ließ mich von ihm durch den Garten führen. Seine Finger verwoben sich in meinen und wir zogen die Blicke von sämtlichen anderen Spaziergängern auf uns, was uns in diesem Moment nicht ein kleines bisschen störte. Ein wenig abgelegen, befand sich ein winziges, weißes Häuschen, wie eine Miniatur von der St. Paul's Kathedrale, mit einem Kuppeldach und Säulen am Eingang. Hastig sah Thomas sich um und zog mich sanft, aber bestimmt hinter die Kathedrale. Wir redeten nicht, denn Worte waren nicht nötig, damit mein Herz mir bis zum Halse klopfte. Thomas stand mir nun so nah gegenüber, dass ich seinen Atem auf meiner Haut spürte. Einen langen Moment sahen wir uns in die Augen, als er sich endlich mit einer Heftigkeit zu mir herunterlehnte, mit seinen Händen mein Gesicht ergriff und mich dann küsste, mit einer Leidenschaft, die mir dem Atem verschlug. Ich konnte an nichts mehr denken, ich konnte nichts mehr fühlen, außer dieses freudige Erwachen meines Körpers, der sich auf einmal anfühlte, als wäre er mir völlig neu. Mit geschlossenen Augen gab ich mich seinem Kuss hin, als würde dieser Moment für immer dauern, als gäbe es absolut keine Widerstände zwischen uns, nichts außer dieses Gefühl der innigen, erhitzten Leidenschaft. Seine Hände gruben sich in meine Haare und ich wusste gar nicht mehr, wie mir geschah, ich wusste nur, dass ich plötzlich kennenlernte, wie sich Zuneigung anfühle. Und gleichzeitig wusste ich, dass ich jetzt, wo ich sie kannte, nie mehr ohne dieses Gefühl in meinem Leben auskommen wollte.

ZWEIUNDVIERZIG

Gefühle. Emotionen so intensiv, dass dein Herz sich anfühlt, als würde es platzen. Träume, so groß, als würden sie rankenartig in den Himmel emporwachsen. Energie, so drängend, dass nichts auf dieser Welt vermag dich aufzuhalten bei deinem Versuch die Ranke hinaufzusteigen und nach den Sternen zu greifen. So fühlte sich für mich alles nach diesem Kuss an, mein Innerstes war mit einer Stärke gefüllt, als platzte ich vor Tatendrang und wäre in dem Moment gestorben, als mir bewusstwurde, dass diese Liebe niemals sein könnte und ich in jener Realität ankam, in der ich Josephine Wennington, die Verlobte von William Bayswater war. Nachdem mich Thomas verabschiedet hatte, saß ich im Automobil unseres Chauffeurs und merkte, wie sich ein weiteres Gefühl in diese Mixtur an Emotionen mischte, das sich Trauer nannte. Vor diesem Mittag war alles, was ich empfand, lediglich eine Ahnung in meinem Kopf, etwas, das ich verleugnen konnte, dass ich nur auf meine Vorstellung zurückführen konnte. Aber als Thomas Lippen sich auf meine gelegt hatten, kam plötzlich etwas daraus in das wahre, unleugbare Leben geschlichen. Es war dieser Moment, in dem man nicht mehr zurückgehen konnte, so sehr man es auch wollte, alles hatte sich verändert.

„Halten Sie bitte beim Bayswater Anwesen", bat ich plötzlich unseren Chauffeur und merkte, wie die Furcht meinen Körper durchzuckte. „Sind Sie sicher, Miss? Es war vereinbart, dass ich Sie nach diesen drei Stunden zurückbringe." Ich nahm tief Luft. „Es wird nicht lange dauern", merkte ich an und war mir ungewiss, ob das wirklich zutreffen würde. Ich musste es William sagen, jetzt, bevor alles noch schlimmer werden konnte. Und doch war ich bei diesem Vorhaben so furchtbar unsicher. Was wenn meine Gefühle für Thomas nur flüchtig waren? Wenn seine Gefühle für mich nicht wahrhaftig waren, wenn alles, was eben geschehen war, nichts, als Trug und Schein war? Mein liebster Leser, es fällt mir schwer diesen Gefühlskonflikt zu beschreiben, in dem ich mich damals befand. Wäre ich heute Schriftstellerin könnte ich wohl möglich versuchen treffendere, bessere Worte zu finden, aber für den Moment kann ich Ihnen nur eines sagen: das Leben, das Sie kannten, ändert sich in dem Moment, in dem jemand Ihnen eine Tür öffnet, von der Sie bislang geglaubt haben, dass das Schloss sich niemals für Sie öffnen könnte. Auf einmal zog der Wind durch diese Tür, und fegte sie mit einer Heftigkeit offen, als wäre er ein Orkan. Zögernd, unsicher, verwirrt stand ich auf der Schwelle, hörte hinter mir eine Stimme meinen Namen rufen und wurde vom mitreißenden Wind durch die Tür gedrängt. Noch jedoch war ich nicht hindurch gegangen.

„Feechen", Williams blaue Augen wanderten rauf und runter an meiner ausgemergelten Erscheinung im schönen Sonntagskostüm.

„Verzeih bitte, dass ich so unangekündigt hier auftauche, ich… musste dich sehen", erklärte ich mit wundem, trockenen Hals. In Williams Augen spiegelte sich tränige Sehnsucht wider. Vor Erleichterung und Freude seufzend ergriff er meine Hand und führte mich ins Foyer. Als die Tür hinter uns ins Schloss fiel, legte er mit einer Sanftheit seine Arme um mich, als betastete er ein ganz besonders brüchiges Kunstwerk. Schweigend vergrub er sein Gesicht auf meiner Schulter, legte seine warmen Hände auf meinen Rücken und schloss die Augen. Unwillkürlich schlang auch ich meine Arme um die stattliche, große Gestalt mit den blonden Locken und lehnte meine Wange gegen seinen Brustkorb. Stille.

„Ich habe mir so furchtbare Sorgen um dich gemacht", hauchte William erstickt. Seine Sanftheit senkte mein Adrenalin. „Keiner meiner Briefe wurde beantwortet, seit Wochen habe ich dich nicht gesehen." Schuldbewusst schluckte ich. „Du siehst so… ach, mein armes Feechen, ich hatte so eine Sehnsucht nach dir." Behutsam nahm er mein Gesicht in seine Hände und küsste mich sanft auf die Nasenspitze. Ich versuchte nichts weiter zu erklären, auf einmal war jegliches Vorhaben aus meinem Körper gewichen und ich fand nicht ein einziges Wort, um mich William gegenüber zu erklären. William strahlte Sanftheit aus, Beständigkeit, William war Zu Hause. Plötzlich war jeder Kuss mit Thomas aus mir gewichen, jedes Gefühl des Tatendranges mitten in der Handlung erloschen. Ich konnte Williams treuen Augen nicht kundgeben, dass ich mich in jemand anderen verliebt hatte, weil es mich wie ein Blitzschlag traf, dass ich William genauso liebte, und dass zwei Menschen in meinem Herzen wohnten.

„Komm mit", William legte einen Finger auf seine

Lippen, bat mich leise zu sein und führte mich langsam, schon gar bedächtig in die Bibliothek. Kaum war die Tür hinter ihm geschlossen, atmete er auf. „Meine Mutter ist oben und kleidet sich an." Ich knetete meine Finger. Das bedeutete also, dass sie wieder nicht mitbekommen durfte, dass ich hier war. Eine baldige Schwiegertochter, die in ihrem Haus nicht willkommen war. William stand vor mir, mit einem melancholischen Ausdruck auf seinem Gesicht und war leider nicht so talentiert darin seinen Schock bezüglich meiner Gestalt zu verbergen. Unwohlsein breitete sich in mir aus, ich wollte mit allen meinen Sinnen dieser Situation entfliehen. Meine Augen brachen unseren Blickkontakt ab und suchten das Zimmer nach etwas ab, von dem ich nicht wusste, dass ich es suchte. Mit einem Mal drängte sich etwas in meinen Körper, es war ein so starker Wille, dass ich ihm einfach nachgab, auf William zuschritt und ihn genauso heftig küsste, wie Thomas, wenige Zeit vorher im Kensington Palace. Erst schien er überrascht, schon gar überrumpelt, dann jedoch legte er seine Hände auf meine Hüften und zog mich näher an sich dran, um mich Sekunden später brüsk von sich zu schieben. Er lachte nervös. „Josephine, was tust du da", fragte er außer Atem und versuchte die Situation erträglicher zu machen. In diesem Moment fühlte ich mich furchtbar schmutzig, schon gar unanständig. Ich hatte mich ihm aufgedrängt, auf eine Art und Weise, wie Frauen es nicht tun sollten. Beschämt senkte ich meine Lider, aber ich hatte es einfach wissen müssen, hatte spüren wollen, ob es sich genauso anfühlen würde. William schien mein Unbehagen zu bemerken, besänftigend nahm er meine Hände in seine und lehnte seine Stirn gegen meine. „Entschuldige bitte", flüsterte er,

„ich wollte nur... wir sollten damit warten, bis wir verheiratet sind." Geschockt sah ich auf. Wenn ich es nicht vorher herausfand, wenn ich nicht vorher spüren könnte, ob es sich richtig anfühlte, wäre es dann nicht viel zu spät?

„William", sprach ich erstickt, „würdest du mit mir fort gehen?" Zuerst schien er meine Frage nicht zu verstehen, verzögert bildeten sich feine Falten auf seiner Stirn und er sah mich durch zugekniffene Augen an.

„Wie meinst du das?". Ich drückte seine Hände und fixierte ihn mit festen Augen.

„Würdest du mit mir fortgehen? Nach Amerika?" William brach in Lachen aus. „Nach Amerika? Um Himmels Willen, was möchtest du denn dort?" Gekränkt stellte ich fest, dass er meine Idee für einen Witz hielt.

„Amerika ist doch das Land mit den unbegrenzten Möglichkeiten", erklärte ich, „wir zwei könnten uns dort ein ganz neues Leben aufbauen, du, als Schriftsteller, und ich... am Theater." Mit einem Mal schwand jeglicher Witz aus Williams Gesicht und machte Platz für eine Art Schock.

„Du meinst das ja wirklich ernst", realisierte er bitter. Zitternd ließ ich seine Hände fallen. William rieb sich mit seiner Hand um das Kinn. „Theater? Was möchtest du denn am Theater?", fragte er auf einmal mit einer Note Abneigung in der Stimme. „Ich möchte Kostüme gestalten", sprach ich leise aus, und wunderte mich über dieses feste Geständnis.

„Kostüme?", fragte William verwirrt, „aber Josy, du kannst auch hier nähen, ich besorge dir alles, was du brauchst, Stoffe, Nähzeug, ich... du kannst das alles hier haben." Sprachlos stand ich dort und merkte, wie mir die Tränen in die Augen schossen.

„Wir werden doch hier niemals glücklich werden",
bemerkte ich erstickt, „du bist Poet, William, warum möchtest du nicht frei sein?" William schien ganz und gar überfordert mit der Situation, als hätte er noch nie in seinem ganzen Leben an etwas derart Absurdes gedacht.

„Ich bin der Herr dieses Anwesens, ich habe Tradition weiterzuführen. Ich kann nicht einfach gehen und alles
hinter mir lassen. Was ist mit meiner Mutter, was ist mit allen
Bediensteten? Wer soll das Hause Bayswater weiterführen,
wenn nicht ich und meine Nachkommen?" Auf einmal ergriff mich eine heftige Wut und ich blickte ihm zornig in die
Augen. „Ist dir das alles mehr wert als deine Freiheit? Bist
du lieber ewig gefangen in deinen Traditionen als dein eige-
ner Mensch? Möchtest du nicht, dass man den Namen
Bayswater kennt, als jemand mit seinen eigenen Leistungen,
als dafür der Spross einer Adelsfamilie zu sein?" William
schüttelte den Kopf, auch in seinen Augen hatten sich nun
die Tränen gesammelt.

„So einfach ist das nicht, Josephine", antwortete er
bebend, „und es wird auch niemals einfach sein." Ich wandte
mich zu gehen, aber William hielt mich zurück.

„Warum?", wollte er wissen, „woher kommt dieser
Sinneswandel, warum möchtest du das alles hier auf einmal
nicht mehr?" Am liebsten hätte ich ihm gesagt, dass ich das
alles noch nie gewollt hatte, dass ich mich überfordert fühlte
mit der Vorstellung, hier einzuziehen und als seine Frau das
Anwesen zu hüten, zu dem ich gar keinen Bezug hatte, zu-
sammenzuleben auf einem solchen Raum mit einer Schwie-
germutter, die in mir genau das sah, was ich auch wirklich
war: ein Waisenkind aus niederer Herkunft. „Ich möchte

dich", sagte ich und meinte es auch so, „nur dich, dich als Mensch. Aber das alles hier…", ich musste gar nicht weitersprechen, denn William stieß bereits hervor:

„das alles hier *bin* ich. Und das werde ich auch immer sein, denn mich gibt es nicht, ohne das alles. Ich bin ein Niemand, ohne meine Herkunft." Sanft löste ich mich aus seinem Griff. Sein beschriebenes Pergament lag auf dem Schreibtisch, die Tinte war noch feucht, die Feder tunkte im schwarzen Glas.

„Ein Niemand, kann zu einem Jemand werden", sagte ich und fokussierte dabei seine Schriften, „aber jemand, der sich in einer Identität suhlt und sich nachmittags in einem Raum aus ihr herausschält, um dann zu jemand anderes zu werden… der redet sich nur ein, dass seine Existenz aus seiner Herkunft bestünde, weil er Angst vor dem Niemand sein hat. Ich habe aber keine Angst davor ein Niemand zu sein. Ich möchte einfach nur frei sein, und keine Rolle spielen, für die eine andere vielleicht viel besser wäre." Williams Tränen liefen über seine Wangen. „Bitte nicht", flehte er, „ich liebe dich doch. Aber wenn du mich nicht als den lieben kannst, der ich bin, ja, wenn du erst versuchst mich so zu verändern, dass du den Menschen lieben kannst, den du dir erschaffen hast,… vielleicht reden wir dann hier auch gar nicht mehr von Liebe" Nach diesen Worten schwand wieder jegliche Stärke aus meinem Körper und ich brachte es einfach nicht übers Herz zu gehen.

DREIUNDVIERZIG

Natürlich kam ich an jenem Tag viel später nach Hause, als versprochen und hatte leider nicht das Glück, dass Henry noch im Parlament war. Denn als ich die Tür hineinkam, fand ich eine ziemlich angespannte Szene vor. Henry musterte mich mit müden Augen, aus denen ein ganzer Haufen Enttäuschung sprach, seufzte und überkreuzte seine Beine dramatisch auf dem Sessel, während Jane versuchte mich überhaupt nicht zu mustern, aus Angst sie könnte sich Henry gegenüber verraten in die Sache eingeweiht worden zu sein.

„Schön, dass du uns auch heute noch einmal beehrst", brach Henry mit provokanter Stimme die Stille. Ich schluckte und zog mir unsicher die Handschuhe von den Händen. Jane rührte keine Miene.

„Würdest du uns bitte mitteilen, wo du den ganzen Tag gesteckt hast?" Seine Stimme war ruhig, dennoch konnte ich ganz klar aus ihr heraushören, dass Henry absolut nicht zum Spaßen aufgelegt war. Er sah aus, als hätte er Wochenlang nicht geschlafen. Meine Lippe begann zu beben, als ich erklärte: „Ich habe William besucht." Auf einmal sah Jane mit funkelnden Augen auf und auch Henrys Haltung löste sich entspannt. „Wie schön", entgegnete er, noch immer schnippisch, „immerhin weilst du wieder unter den

Lebenden." Henrys Aussagen verstörten mich, denn auf eine seltsame Art und Weise hörten sie sich immer an, als würde er mir den Vorwurf machen krank gewesen zu sein. Später half mir Jane mich auszukleiden und zwischen uns herrschte eine einvernehmliche Stille. Keiner sprach und ehrlicherweise wollte auch keiner darüber sprechen, denn wir wussten beide, dass meine Erklärung nicht die ganze Geschichte war. Vielleicht wollte sie warten, bis ich die Wahrheit von allein erzählte. Vielleicht wollte sie nicht im Detail darüber eingeweiht werden, wen ich wirklich an diesem Tag besucht hatte. Erst viel zu spät in meiner Geschichte erkannte ich, dass Jane in jenem Moment einfach nur Angst hatte, mich zu verlieren.

Die nächsten Tage zogen sich wie Kaugummi. Bereits jeden Morgen beim Aufwachen fühlte ich mich zwiegespalten. Auf der einen Seite sehnte sich mein ganzer Körper nach Thomas, und ein jeder Gedanke eines jeden Tages drehte sich um die Frage, wie es jetzt weiter gehen würde. Auf der anderen Seite fürchtete mich vor der immer näher rückenden Soirée. Irgendwie wurde ich nämlich das Gefühl nicht los, dass es für William nur eine kleine Art von Streit gewesen war und er die Essenz meiner Bedenken abgetan hat, denn als ich ging, hatte er mich auf den Mund geküsst und sich gewünscht, dass ich bald wiederkäme. Und ich selbst? Tja, ich wusste nicht wirklich, was ich tun sollte, denn wie bereits erwähnt, war meine Seele und mein Herz einfach in Zwei geteilt.

Es war der Tag vor der Soirée, als der Schneider anrief und uns darüber informierte, dass meine Roben fertig waren. Aufgeregt hastete ich zu Jane, bat sie, dass ich die

Roben abholen könnte. „Lass dich aber hinfahren", sagte sie mit resignierter Stimme. Jane wusste, dass nichts mich mehr halten konnte. Die Aufregung wühlte mein Innerstes so auf, dass ich sogar vergaß mein Haar zu stecken, also verließ ich das Haus in einem schlichten Rock, einer weißen Bluse, meinem grünen Schal und wilden, offenen Haaren, die sich über meine Hüfte schwangen. Ich bat unseren lieben Chauffeur mich einfach am Piccadilly Circus rauszulassen, ich fände meinen Weg schon. Zögernd warf er mir einen Blick im Rückspiegel zu, erhaschte aber nur das gerötete Gesicht eines aufgeregten Mädchens, das mit funkelnden Augen aus dem Fenster blickte. „Wann soll ich Sie wieder abholen?", fragte er, als hätte er eine großväterliche Ahnung von dem Spiel, was hier gespielt wurde.

„Wie lange können Sie irgendwo auf mich warten?", stellte ich ihm die Gegenfrage und war furchtbar ungeduldig endlich die Autotür aufzustoßen und mich in Richtung Westend zu bewegen. Seufzend sah er auf die Uhr.

„Ich komme Sie in zwei Stunden wieder abholen, Miss. Ich gehe solange meine Schwester in der Stadt besuchen, sie wohnt hier um die Ecke." Beschämend muss ich zugeben, dass es mich überhaupt nicht interessierte, wo er in der Zeit verblieb, ich hörte nicht einmal mehr zu. Endlich hielt das Automobil, und ich stürmte hastig heraus, sogar ohne mich zu verabschieden. Wie von allein bewegten sich meine Füße durch die belebten Straßen und mit jedem Schritt schlug mein Herz höher, bis ich meinen Puls bald im Hals pulsieren merkte. Endlich sah ich das Varieté. Seltsamerweise begrüßte mich heute nicht einmal der brüske Herr an der Tür. Zögernd lugte ich durch den roten Vorhang, der die

Außenwelt von jener der Träume abschottete, doch niemand war dort. Unsicher trat ich zurück und entschied mich einfach die Treppe hinaufzugehen. Die Holztür zum Raum stand offen und ich sah Thomas, im abgetragenen Anzug mit blauem Leinenhemd und offener Weste, wie er Stoffe, Kostüme, Dinge jeglicher Art in Kisten packte. Plötzlich knarzte das Holz laut unter meinen Füßen und er fuhr herum, sah mich erst geschockt an, warf dann unachtsam den Stoff, den er in der Hand gehalten hatte auf eine der Kisten, bevor er auf mich zustürmte. Ich konnte gar nichts sagen, ihn nicht begrüßen, oder mich sonst wie äußern, lächelnd zog er mich augenblicklich zu sich heran und küsste mich mit einer Dringlichkeit, wie auch ich sie seit Tagen empfunden hatte. Seine Lippen schmeckten nach Nikotin und seine Hände fühlten sich rau an. Nach einem endlos langen Moment löste er sich von mir und sah mich mit trüben Augen an.

„Was machst du hier?", fragte er.

„Ich muss beim Schneider zwei Kleider abholen, und habe mich extra hier absetzen lassen. Ich musste dich sehen", erklärte ich mit piepsiger Stimme. Langsam trat ich hinter ihm in den Raum und blickte mich um. „Kleider?", wollte Thomas schmunzelnd wissen. Ich nickte.

„Abendroben. Morgen ist die… Soirée". Als mir bewusstwurde, was ich da eigentlich gerade sagte, erstarb meine Stimme. Thomas Ausdruck wurde matter.

„Ich verstehe". Ein bisschen härter knallte er nun die Sachen in die Kisten und wandte sich von mir ab. Ich bekam Angst. Hatte ich ihn vergrault? Und dann erst realisierte ich, was er da eigentlich tat. Der ganze Raum wirkte furchtbar kahl und leer. Die Kleiderstangen, die zuvor noch so prall und bunt behangen gewesen waren, standen jetzt gänzlich ohne alles, stupide in der Ecke. Ich runzelte die Stirn. „Was ist denn hier los?“, fragte ich Thomas. Dieser seufzte tief und lehnte sich auf, stemmte die Hände in die Hüfte und presste die Lippen aufeinander, bevor er es aussprach. „Das Varieté schließt.“ Etwas in mir erstarb urplötzlich zu einem ersticken Klumpen Galle in meinem Körper. Fassungslos schüttelte ich den Kopf.

„Aber… warum?“, presste ich hervor. Schulterzuckend lief Thomas durch den Raum.

„Niemand kommt mehr ins Varieté bei dem, was gerade in diesem Land geschieht. Es wird einen Krieg geben, ganz sicher. Die Leute haben einfach keinen Kopf mehr für Illusionen und Fantasie.“ Wie angewurzelt stand ich dort und versuchte seinen Worten zu folgen. „Krieg?“, stammelte ich unwissend und verstand nichts mehr, was um mich herum geschah. Thomas lachte bitter.

„Hast du es nicht gehört?“, wollte er wissen, „der österreichische Thronfolger wurde gestern in Sarajevo ermordet. Es wird jetzt nicht mehr lange dauern, dann wird man nur noch Kanonenschüsse hören, statt Orchestermusik.“

„Aber… ich verstehe nicht, warum das alles? Was wirst du jetzt tun?“, fragte ich ihn bittend, denn ich wollte alles, nur nicht, dass Thomas aus meinem Leben verschwand. „Ich haue ab“, sagte Thomas und versuchte schnaubend eine überfüllte Holzkiste zuzuschließen, indem er sich mit seinem gesamten Gewicht drauflehnte.

„Wie meinst du das?“. Langsam erzitterte meine Stimme vor Furcht und bebte jämmerlich.

„Nächste Woche am sechsten Juli geht mein Schiff

nach Amerika." Ich schnappte nach Luft und taumelte schwindelnd zurück. „Nein", hauchte ich und presste meine Hand auf mein schmerzendes Herz, „du kannst nicht gehen." Thomas straffte sich und rieb sich die Stirn.

„Ich werde nicht kämpfen, Jo. Ganz gleich wer diesen Krieg auskämpft, es ist nicht meiner und ich werde nicht mein Leben geben." Nichts mehr passte in meinen Kopf, jegliche meiner Gedanken waren überfüllt und überfordert. Wie sollte man schon realisieren, dass ein Krieg kommen würde, wenn man noch niemals ein Grauen dieses Ausmaßes miterlebt hatte? Nichts auf dieser Welt vermochte es einem klarzumachen, wie furchtbar, wie desaströs dieser Krieg werden sollte. Ich war in dem Moment einzig und allein auf mich und meine Sorgen bezogen, ich verstand die Tragweite der Geschehnisse nicht. Auf einmal richtete sich Thomas auf und sah mir in die Augen. „Komm mit mir", drängte er. Ich nahm zitternd Luft und brauchte einen Moment, bis ich verstand, was er damit meinte. „Ich habe noch eine Karte übrig. James hat sich entschieden hier zu bleiben. Eigentlich wollte ich die Fahrkarte verticken, hätte gutes Geld gegeben, aber…", er sprach nicht weiter, sondern sah mich einfach nur erwartend an. „Komm mit nach Amerika." Gefangen in meinen Gefühlen, unwissend über meinen wirklichen Willen schüttelte ich den Kopf. „Ich… was ist mit meiner Familie, mit Jane und Henry?" Thomas schnalzte mit der Zunge.

„Denen passiert nichts, sind doch feine Leute. Feinen Leuten passiert nie etwas." Wie gesagt, lieber Leser, ich hatte keine Ahnung über Krieg und ich konnte auch nicht wissen, dass Thomas Aussage natürlich völliger Quatsch gewesen war. Den Gegner an der Front interessiert es nicht, ob du ein

Duke oder ein Earl warst. „Was ist mit…", ich hatte nicht einmal gemerkt, dass ich diese eine bestimmte Sorge laut aussprach, und als ich mich dann selbst hörte, brach ich meine Äußerung sofort ab, auch wenn Thomas ganz genau wusste, was ich sagen wollte, denn auf einmal rief er laut und bestimmt: „was möchtest du, Josephine?! Ihn oder mich?" Auf einmal rollten mir die Tränen über die Wangen und ich konnte meine Lippe nicht mehr vom Beben abhalten. Thomas setzte noch einmal nachdrücklich hinzu: „beides kannst du nicht haben. Also musst du dich entscheiden." Entscheiden… Ich, ein siebzehnjähriges, verliebtes Mädchen, sollte eine lebensverändernde Entscheidung treffen, allein, ohne meine Vertrauten und ohne Ahnung, was überhaupt aus mir werden sollte. Heute stolpere ich immer noch wütend über diese Aufforderung von Thomas, der mich in einem solchen Moment dazu drängte mich zwischen meinem festen, gewohnten Leben, meiner Familie, der einzigen, die ich je gehabt hatte, und ihm, den ich liebte sowie dem Leben, das ich mir erträumte zu entscheiden. Mir wurde in jenem Moment alles in meinem Kopf einfach viel zu viel.

„Gib mir Zeit nachzudenken", bat ich wenigstens, „Ich kann das nicht… bitte, ich brauche etwas Zeit." Thomas Augen erschienen auf einmal kühl und abstoßend.

„Wenn du Zeit brauchst dich zwischen ihm und mir zu entscheiden-",

„Es geht noch nicht einmal um William! Aber du verstehst mich nicht. Es geht um meine Familie, meine Mutter, Henry, um meinen kleinen Bruder. Ich muss sie vorher sehen, muss noch einmal mit ihnen sprechen. Thomas-", ich wollte ihn an der Wange berühren, doch er zuckte. „Bitte nicht", flehte ich, „bitte zuck nicht vor mir zurück." Unnachgiebig fasste er sich ein Herz und lehnte sich zu mir herüber. „Was mache ich denn in Amerika?", flüsterte ich tränenerstickt. „Wir können ganz neu anfangen", antwortete Thomas, als hätte er das alles schon seit Ewigkeiten durchdacht. „Wir gehen an ein Theater, für die Kostüme und die Maske, und suchen uns eine kleine Wohnung für uns beide. Wir bauen uns ein ganz neues Leben auf. Irgendwann wird die ganze Welt deinen Namen kennen, nirgendwo kommst du größer raus als in Amerika." Diese Vorstellung und die Art und Weise, wie er es mir mit glitzernden Augen erzählte, erweckte auf ein weiteres dieses starke Verlangen in mir und drängte mich ein Stückchen mehr in eine Entscheidung. Erst, als ich draußen angekommen war, entwich jegliche Anspannung, und jede Trauer aus meiner Brust und machte sich in einem lauten und zugleich erstickten Schluchzer bemerkbar.

VIERUNDVIERZIG

Den darauffolgenden Weg zum Schneider und wie ich ihm beinahe in Trance die Kleider abnahm, bekam ich gar nicht mehr wirklich mit. Binnen weniger Sekunden zerbarst meine Welt und alles, was bisher damit verbunden gewesen war in hunderte einzelner Splitter. Sogar, als mich unser Chauffeur einsammelte, bedachte er mich mit einem prüfenden, mitleidigen Blick, obgleich ich glaubte, dass er die volle Affäre in meinem Herzen nicht verstand. Vielleicht war ich für ihn nur ein liebestrunkenes Mädchen, das Liebeskummer hatte und nicht jene junge Frau, die im Inbegriff war, alles aufzugeben, egal, für was sie sich entschied. Betäubt bewegte ich mich zu unserem Haus. Allein der vertraute Anblick des Einganges ließ das Schluchzen in meiner Brust wieder aufquellen und ich versuchte meine Tränen zu bändigen. Jane stürmte bereits zur Tür und öffnete mir. Erst nachdem sie ins Schloss gefallen war, und meine Adoptivmutter mich eingängig betrachtete, ließ ich mich in ihre Arme sinken und weinte erneut alles aus mir heraus, jede Anspannung, jede Trauer. Ich vertraute mich Jane an, denn meine Seele ertrug nicht länger die Last, die auf ihr lag. Jane sprach erst einmal gar nicht. Als ihr Verstand die Sache begriff, merkte ich, wie ihre Augen trüb und lustlos wurden, wie ihr Herz schwach zu Boden sackte, und sie dennoch bemüht war mir ihre augenblickliche Trauer nicht zu zeigen. „Er sagt es wird einen Krieg geben", bemerkte ich leise, denn ich wusste nicht recht, ob Georgie in der Nähe war und wollte ihn nicht verängstigen. Jane nickte und rieb sich die Stirn.

„Das glaubt Henry auch", bestätigte sie, „nachdem der Thronfolger nun ermordet wurde… dauert es wahrscheinlich nicht mehr lange." Wir beide saßen erst einmal dort und hingen gegenseitig unseren erschöpften und in Trauer getunkten Gedanken nach. „Und genau deshalb ist es vielleicht das klügste für dich, wenn du gehst", unterbrach Jane auf einmal die Stille und bewirkte, dass ich entsetzt und zugleich überrascht aufblickte.

„In Amerika wirst du weit weg sein vom Schuss, wahrscheinlich in Sicherheit. Wenn ich könnte, würde ich dir Georgie mitgeben, aber das ist leider nicht möglich. Niemand weiß, was die Zeiten jetzt bringen werden, alles kann und nichts muss. Aber wenn wir in der Lage sind Vorkehrungen zu treffen, dann sollten wir diese auch in Angriff nehmen." Ich schluckte. Warum hatten die einstimmenden Worte meiner Mutter nicht die erhoffte beruhigende Wirkung?

„Aber was ist denn mit euch?", flüsterte ich unter Tränen, „Ich kann euch doch nicht einfach hier allein lassen?" Jane antwortete nicht, es war schwer auf eine solche Frage eine Antwort zu finden, denn niemand vermochte zu sagen, was mit den Menschen passieren würde. Diese erdrückende Angst, was jetzt aus allen werden würde, fand bei niemandem auf Antworten. Ich glaube rückblickend war nicht einmal die Tatsache, dass ein Krieg kommen würde das, was einen belastete, sondern viel mehr der Zustand, in dem man um sein Leben und seine Lieben bangte, die Gewissheit, dass definitiv etwas auf uns zukommen würde, aber niemand das Ausmaß kannte. Es gab keine wirklich richtige Art und Weise sich vorzubereiten, es gab auch keine Möglichkeit effektive Vorkehrungen zu treffen. Ein Krieg dieser Größe, war uns allen einfach gänzlich fremd gewesen.

Als ich abends auf meinem Zimmer saß, schrieb ich einen Brief an Thomas. In jenem Brief akzeptierte ich sein Angebot und stimmte ein, mit ihm nach Amerika zu gehen, nämlich am sechsten Juli, dem Tag vor meinem achtzehnten Geburtstag. Im Nebenzimmer hörte ich meine Adoptivmutter leise vor sich hin wimmern.

Dass am nächsten Abend die Soirée war, hatte sich in all dem Wirrwarr schon beinahe verflüchtigt und genau hier setzte die weitere Schwierigkeit ein, denn ich musste es William sagen. Den ganzen Tag grummelte es in meinem Magen, Übelkeit überzog meinen Leib und ich rührte nicht einen einzigen Krümel Essen an. Wenn Georgie zu mir kam und mir lustige Geschichten erzählte ertrug ich den Anblick meines kleinen Bruders nicht, wenn Henry nur im Sessel saß und die Zeitung las durchzuckte Schmerz mein Herz und Janes aufgequollene Augen, die die Traurigkeit in ihrem Geist nach außen brachten, gaben ihr letztes dazu. Ich ertrug ihren Anblick nicht, weil ich die Gewissheit nicht aushielt, dass ich sie verlassen würde. Dazu kam diese unausweichliche Tatsache, dass ich William an diesem Abend ebenso mitteilen musste, dass ich ihn nicht heiraten konnte. Auch Henry wollten wir vorher noch nichts davon mitteilen. Das Problem, lieber Leser, war jenes: verzichtete ich darauf William an diesem Abend von meinem Vorhaben zu unterrichten, würde er vielleicht die Verlobung publik und sich damit noch viel mehr zum Gespött der Gesellschaft machen. Mir blieb nichts anderes übrig. Also ließ ich mich von Jane wortlos in meine Lila Abendrobe einkleiden, ohne sie überhaupt besonders zu würdigen. Heute erschien mir jener Stoff, der meine Haut berührte, nicht mehr zu sein als eben das: Stoff. Meine Haut fühlte sich taub an, ich konnte nichts spüren, nichts würdigen, nicht einmal die Schönheit.

FÜNFUNDVIERZIG

Irgendwie geschah alles mechanisch an diesem Tag. Als wir ins Automobil stiegen, seufzte Henry und fummelte an seiner weißen Fliege. „Lächerlich" bemerkte er mit schnippischem Unterton, „eigentlich ist das doch alles einfach nur lächerlich. Die ganze Welt ist in Aufruhr, und wir? Fahren zu einer Soirée in Abendgarderobe." Jane drückte seufzend seine Hand. „Die gehobene Gesellschaft möchte sich mit ihren Festen davon ablenken, Liebster", erklärte sie sanft, „ich glaube das ist alles." Henry schniefte und schüttelte den Kopf. „Davon ablenken", wiederholte er spöttisch, „nicht wahrhaben wollen sie es." Ich hörte Henrys Worte und hörte sie gleichzeitig auch wieder nicht. Alles, was ich sah, war ein Mann, mit abgewetzter Seele im teuren Smoking. Meine Augen suchten sich einen Punkt am Fenster und hefteten sich an die Leere, nahmen die Straßen, die an uns vorbeizogen, gar nicht wirklich wahr. Wenige Minuten später, stiegen wir aus. Die Sonne hatte sich hinter den Wolken verdunkelt, die laue Sommerluft verwandelte sich in eine aufgeladene Unwetterankündigung. Graue Wolken überlagerten den Himmel, die Vögel flogen aufgeschreckt hin und her, der Wind nahm zu und bevor ich irgendetwas tun konnte, fegte er mir den Hut vom Kopf und riss mehrere Strähnen aus meiner fein säuberlich gesteckten Frisur mit, die sich lösten und in wirren Locken herunterhingen. Ich versuchte sie mir rasch hinter die Ohren zu stopfen, zog meine Ellbogenlangen, weißen Handschuhe höher und versuchte Haltung anzunehmen. Jane und Henry hatten das nicht mitbekommen und betraten bereits den Eingang. Ich erkannte das prächtige Foyer, und mein Puls raste so in die Höhe, dass ich mich der Ohnmacht nah fühlte. Immer wieder zogen meine wirren Gedanken vor meinem inneren Auge vorbei und nahmen mir die Luft zum Atmen. Als hätte das enggeschnürte Korsett dieses Gefühl nicht bereits genug verstärkt. Meine abgemagerte Taille hatte in dem neuen Kleid einen Umfang nur unwesentlich dicker, als Henrys Hals und ich fühlte mich in diesem Moment alles andere als prächtig, oder elegant. Wir wurden angekündigt und augenblicklich sah William zu uns hinauf. Bei seinem Anblick krampfte ein enormer Schmerz durch meine Brust und ich konnte mich gerade noch zurückhalten einen Schrei auszustoßen, der in hunderten von Tränen enden würde. Stattlich, erhaben und nobel trat William zu uns heran, begrüßte erst Henry, dann Jane mit einem angedeuteten Handkuss und schließlich wandten sich seine blauen Augen glänzend mir zu. „Guten Abend, Josephine", sagte er und allein ich merkte, dass seine Lippen wirklich hauchzart meinen Handrücken berührten. Zitternd ballte sich meine andere Hand zu einer Faust und ich nahm bebende Atemzüge, ließ mir jedoch so wenig wie möglich anmerken. Erleichterung überkam meinen Körper, als er uns endlich zu unseren Plätzen führen ließ, und erstarb wenige Zeit später als meine Augen die Person mir gegenüber erblickte. Audrey saß dort in einer zartgelben Robe, das glänzende, blonde Haar aufwendig auf dem Kopf drapiert. In ihren Augen funkelte Müdigkeit, trübe senkte sie ihren Kopf und erntete einen scharfen Tadel von der Person neben ihr. Ich hätte nicht gedacht Audrey noch einmal wiederzusehen, und nun wusste ich nicht recht, wie ich damit umgehen sollte, also nahm ich völlig perplex ihr gegenüber Platz, als mir noch eine ganz andere, viel beschämendere, viel desaströsere Tatsache einfiel. Henrys Platz war direkt gegenüber dem ihrer Mutter. Auch Jane war sprachlos von dieser Dreistigkeit, und sah aus, als würde sie am liebsten augenblicklich aufstehen, den Raum verlassen und nie wiederkehren. Doch das ging nicht für Leute unseres Standes, wir gaben unseren Gefühlen keinen Raum, wir sprachen Dinge nicht aus, wir fielen nicht aus der Reihe. Wir wahrten Haltung. Als Audrey aufblickte und mich sah, erschrak etwas in ihrem Gesicht, doch es war keine Abneigung, oder gar Arroganz. Es war eine traurige Erinnerung, eine Einsicht, die wir beide teilten. Dort saßen wir nun, von Angesicht zu Angesicht und konnten einander ohne Worte in unseren Gedanken verstehen. Alles an diesem Abend, jegliche Atmosphäre war ein in Prunk und Dekadenz getünchtes Versteckspiel. Die Welt geriet aus allen Fugen? *Hier, ein Glas Champagner.* In der Ferne riefen bereits die Schreie nach einem ersehnten Krieg? *Moment, der Nachtisch, wird heute in Kristallschalen serviert.* Aber in den spiegelpolierten, goldenen Dessertlöffeln zeigten sich Henrys Augenringe, spiegelte sich Janes Demütigung, und sah ich meine eigene Angst. Als dann das Diner, von dem ich ohnehin beinahe nichts hinunterbekam, sich dem Ende zuneigte, richtete sich die erhabene Stimme Williams Mutter direkt an mich persönlich. „Sie sehen gar kränklich aus, Miss Wennington", waren die ersten Worte, die diese Frau zu mir sagte. Erschrocken sah ich sie an, meine Stimme stockte. „Ich hatte das Scharlachfieber", sagte ich eine Spur zu trotzig, „es ist noch gar nicht so unfassbar lange her. Anscheinend brauche ich noch etwas Zeit für die Genesung." Die magere, schon gar drahtig aussehende Dame mittleren Alters hob eine Augenbraue. An ihrem Hals glitzerte ein silbernes Collier, an den Ohren baumelten tropfsteinartige Ohrringe aus dem gleichen Stein. Sie wirkte in jeder Hinsicht antiquiert.

„Dann scheint Ihr Gemüt nicht gesunder Natur zu sein. Eine junge Frau hat zu strahlen und ihre Jugend vorteilhaft einzusetzen." Als sie merkte, dass sich meine Kiefermuskeln anspannten aufgrund ihrer Zurschaustellung, fügte sie hinzu: „nun ja, vielleicht werden wir Ihre Jugend nach der erfolgreichen Genesung wieder begutachten können." Entsetzt und gekränkt krallte sich meine Hand in der Serviette auf meinem Schoß fest. William saß einfach neben ihr, still und sah mich halb bedauernd, halb ängstlich an. Wie konnte er zulassen, dass sie mich vor der *Créme de la Créme* der Londoner Gesellschaft derart zur Lachnummer machte? Die Leute überspielten die Stille, und versuchten so zu tun, als wäre die Art und Weise, wie sie mit mir gesprochen hatte kein Kommentar zu der beabsichtigten Liaison mit ihrem Sohn. Endlich war das Essen dann vorbei und wir wurden alle in den Nebenraum zum Tanzen gebeten. Als wir alle durch die Tür zogen, berührte ich schnell Audreys Arm. Sie drehte sich um und bekam augenblicklich einen empörten und missbilligenden Blick ihrer Mutter zugeworfen.

„Nur einen Moment, Mutter", bat Audrey. Diese drehte sich um, nachdem sie mir einen letzten feixenden Blick zuwarf. Audrey stand mir gegenüber und sah mich mit glasigen Augen an. „Audrey", flüsterte ich, „verschwinde von hier." Audrey legte die Stirn in Falten. „Was meinst du?", fragte sie und richtete sich auf. Ich schüttelte den Kopf. „Es wird sich alles verändern", sagte ich, „geh fort aus England. Such dir ein neues Leben, das ist deine Chance." Audrey lachte und nahm einen Ausdruck an, als spräche sie zu einer Geisteskranken. Als sie merkte, dass ich es ernst meinte, wurde sie urplötzlich ernst.

„Nein. Ich werde dem nie entfliehen. All das bin ich, Flucht ist keine Chance. Manche Menschen erliegen ihrem Schicksal, Josephine, sei du froh, dass du keins hast und frei bist." Sie hatte es nicht böse gemeint und dennoch trafen mich ihre Worte, wie ein Schlag, denn es war jener Wortlaut, den auch William benutzt hatte. Sie waren, was ihr Stand war, und jenem rigiden, festgefahrenen Schicksal entfloh niemand. Die Klassengesellschaft würde fortbestehen, daran konnte sogar ein Krieg nichts ändern. Ohne dass es jemand mitbekam, drückte Audrey meine Hand und sagte: „auf Wiedersehen, Josephine", bevor sie sich ins Getümmel des Tanzsaales bewegte. In dem Moment, in dem auch ich mich in den Saal bewegen wollte, sah ich jemanden, der sich neben dem Türrahmen bewegte. Erleichtert atmete ich aus, und schritt auf den Hausboten in Livree zu. „James", lächelte ich, „ich muss dir etwas geben." James bedachte mich mit einem sorgenvollen Blick, als ich das Kuvert aus meinem Retikül hervorholte und ihm entgegenhielt.

„Er ist für Thomas. Bitte gib ihm den und richte ihm

aus, er sollte am frühen Morgen des sechsten Julis vor meiner Haustür auf mich warten." Zögernd ergriff James das Kuvert und stieß einen Schwall Luft aus.

„Ach, Josephine", murmelte er, „warum tust du das?". Verdutzt blickte ich ihn an.

„Ich liebe ihn", erwiderte ich trocken. James nickte, schien aber kein bisschen überzeugt.

„Ich werde ihm den Brief geben, und ich werde ihm deine Worte ausrichten. Aber merke dir bitte die meinen: überleg dir diesen Schritt gut. Thomas ist ein Lebemann, ein freier Mensch, in Amerika werdet ihr lange Zeit nur einander haben. Sei dir eurer Liebe also ganz bewusst." Wie versteinert taumelt ich nach hinten, schloss die Augen und legte meine Hand auf meinen Bauch, unter dem konstanten Gefühl meiner Luft beraubt worden zu sein. Von Minute zu Minute wurde der Abend unerträglicher, ich stand dort, neben Jane und Henry und versuchte einfach die Zeit durchzustehen. Es blieb einfach keine einzige Sekunde Zeit, um mit William zu sprechen, außerdem würdigte er mich nur weniger Blicke. Als plötzlich laute Walzertöne erklangen, raste mein Herz zu unbekannter Schnelle. William trat auf mich zu und forderte mich auf. Stockend versuchte ich abzulehnen, doch er ließ keine Ablehnung zu und entführte mich in die Mitte der Tanzfläche, auf der mich hunderte Augenpaare kritisch musterten. Alles in mir begann sich zu drehen, ich sah nur noch Williams blaue Augen, das Lächeln auf seinen Lippen, sein blondes Haar, spürte seine Hände auf meiner Hüfte, war durch die Gewissheit geplagt, dass ich ihn verlassen musste, eine Minute finden musste es ihm zu sagen und dennoch nicht wusste wie, weil ich ihn in den Tiefen meines Herzens eben auch liebte. Plötzlich presste ich mir die Hände auf meine Ohren und wich von William zurück, der geschockt und überrumpelt dastand und versuchte sich mir zu nähern. „Nein", stieß ich hervor, und hielte ihm meine Hand entgegen, „ich kann das nicht", stotterte ich. Die Musik spielte einfach weiter, auch wenn jegliches Gespräch um uns herum gerade verstummt war und jeder Gast dem wahnsinnigen Schauspiel lauschte, was sich vor seinen Augen abspielte. „William, ich kann das nicht", presste ich erstickt hervor, und merkte, wie mir die Tränen aus den Augen quollen. „Ich kann nicht deine Frau werden." William erstarrte, um uns herum schlugen sich die Gäste die Hände vor den Mund und raunten entsetzte Laute.

„Josephine…", William schritt auf mich zu, aber ich schüttelte weinend den Kopf.

„Bitte nicht", flehte ich, bevor ich mir die Ohrringe von den Ohren riss und sie ihm schluchzend überreichte. „Ich liebe dich", weinte ich, „aber ich kann das alles nicht. Bitte-", ich lehnte mich an sein Ohr, „werde glücklich." Und dann stürzte ich schluchzend und würgend aus dem Saal der kalten Donnerluft entgegen, bis mich die Dunkelheit der Nacht in sich einsog. Erst als ich draußen ankam, erkannte ich die Musik des Walzers wieder, die noch immer unbeschwert durch die Fenster dröhnte. Es war der erste Walzer, den wir auf dem Frühlingsball miteinander getanzt hatten.

SECHSUNDVIERZIG

Nach diesem Abend sprachen wir alle kein Wort mehr miteinander. Am nächsten Morgen hatte Henry getobt, er schrie mir ins Gesicht. „Du hast uns alle gedemütigt, du hast diese Familie in den Dreck gezogen! Was ist nur los mit dir, was hat dieser Mann dir getan, außer dir seine Liebe zu beweisen, außer dir zu zeigen, dass er bereit ist jeden Stand für dich zu vergessen?" Ich schluchzte, ich weinte, ich war allein, denn niemand auf dieser ganzen Welt verstand mich. Und innerlich schloss ich mit meiner Entscheidung ab. Ich begann meinen Koffer zu packen. Meine Abendkleider nahm ich mit, meine Roben packte ich in eine Kiste und so kam es, dass ich eines verregneten, trüben, weinenden Julimorgens mit meinem Koffer in der Hand, geröteten Augen, meinem grünen Schal um den Hals auf der Treppe stand und begann zu weinen, als ich Georgie spielend auf dem Teppich sah. Ich stellte meinen Koffer ab und ging zu ihm. Georgie hob sein Gesicht und musterte mich mit einem seltsamen Ausdruck.

„Ziehst du schon wieder auf ein Abenteuer los, oder warum steht dein Koffer da?", fragte er ironisch. Die Tränen perlten mir aus den Augen und fielen schwerelos zu Boden, als ich lachend antwortete: „ja, sieht so aus. Ein richtiges Abenteuer." Georgie stand auf und stemmte die Hände in die

Hüften. „Mach was Tolles draus, Josy. So ein Abenteuer erlebt man nur einmal, und da ich ja erstmal an Mr Pembrooke und das nie endende Mathebuch gekettet bin, musst du ein Abenteuer für mich miterleben. Manchmal ist es unfair ein Junge zu sein, ich habe nämlich gar keine Lust den ganzen Schmarrn zu lernen, aber wen interessiert das hier schon." Zitternd trat ich auf Georgie zu und drückte ihn auf einmal so fest in meinen Armen, dass ich Sorge hatte ihn nie wieder loslassen zu wollen. Auf einmal stand Henry hinter mir, beäugte meinen Koffer, beäugte mich und schüttelte dann den Kopf. Weinend trat ich an ihn heran und warf mich in seine Arme, die er perplex und zögernd um mich legte.

„Was ist hier los?", wollte er wissen und schien es wirklich nicht zu verstehen. Jane schluckte ihre Tränen herunter und reichte mir aus der Küche einen Korb mit Proviant.

„Hier", sagte sie, und hielt ihn mir entgegen. Sie vermied es mir in die Augen zu sehen, sondern atmete mutig ihre Trauer weg. Henry legte sich seine Hand vor den Mund.

„Moment einmal", sagte er, und sah dann fassungslos zu Jane, dann zu Georgie und dann zu mir. „Es haben alle gewusst?", hauchte er verletzt, „ihr alle habt das schon länger geplant, und mir nichts gesagt?" Ich legte meinen Kopf schief. „Es ist kein Abschied für die Ewigkeit", hoffte ich und versuchte zu Lächeln, obwohl mein Weinen in einem lauten Schluchzer erstarb.

„Meine Tochter", auf einmal kullerten selbst bei Henry schwerelose Tränen. Ich wünschte diese Szene wäre nicht so traurig, lieber Leser, aber ein Abschied, funktioniert nur selten ohne Trauer. Plötzlich sah Henry Thomas vor der Tür stehen und erstarrte augenblicklich, bevor er hinausstürmte und dem ahnungslosen Thomas zu bedenken gab: „Ich sehe, dass du sie mitnehmen möchtest. Und ich rate dir dazu meine Tochter auf Ewig glücklich zu machen, denn ich verspreche dir eines: wenn du ihr wehtust, wenn du dich nicht um sie kümmern solltest, dann erlebst du die Macht der englischen Aristokratie, wie du sie noch nie zuvor erlebt hast, Junge." Thomas schmunzelte selbstsicher und nahm meinen Koffer entgegen. „Sir?", rief er Henry hinterher, „danke, dass Sie mir Ihre Tochter mitgeben. Ich bin ein Mann von Ehre, auch wenn ich nicht so aussehe." Kühl erwiderte Henry: „Das wird sich zeigen, Bursche. Ehre stellt sich immer erst später heraus." Ich war damals furchtbar enttäuscht, dass Henry kein einziges weiteres Wort an mich richtete. Er ging zurück ins Haus und stellte sich zusammen mit Jane an die Fensterscheibe, um mir nachzusehen. Heute weiß ich, dass Henry eine tiefe Art von Trauer empfunden hat und es wahrscheinlich nicht mit der Würde eines Gentlemans hätte tragen können mich wahrhaftig zu verabschieden. Ich hörte Janes Schluchzen noch von draußen, sah, wie sie sich weinend an Henry festklammerte und dieser ihr beruhigend über den Rücken strich.

„Ich schreibe euch", rief ich bebend und wischte mit dem Handrücken meine Tränen von den Augen, „ich schreibe euch jede Woche. Und ich komme wieder", versprach ich. Jane lächelte unter Tränen und legte ihre Hand an die Fensterscheibe. „Ich liebe euch", rief ich und ließ mich dann von Thomas wegführen. Einen weiteren Blick über die Schulter, einen letzten auf mein zu Hause in der Cherry Road ertrug ich nicht. Und so verabschiedete ich mich von der Frau, im weißen Kleid, dem Schutzengel, der meine Mutter werden sollte, von dem Mann im schwarzen Anzug, der mit überschlagenen Beinen im Sessel die Zeitung las, und von dem so unsagbar außergewöhnlichen Jungen im Anorak, den ich erst so viele Jahre später in einer ganz anderen Situation wiedersehen sollte.

Ende Teil eins

Vielleicht nur ein kleiner Ausblick…

Ja, lieber Leser, ich kann Ihre Aufregung vollkommen verstehen! Jetzt möchte man auch wissen, wie die Geschichte weitergeht. Werden Thomas und ich es nach Amerika schaffen? Wird Williams gebrochenes Herz wieder Trost finden? Was wird aus Georgie, Jane und Henry und vor allem: werden sich Honigkuchenpferd und ich wiedersehen? Behalten Sie Ihre Fragen im Kopf, und warten Sie ab. Meine Geschichte trägt mich bis weit über den Ozean, der Wind zieht weiter, hinfort flieht die Zeit und es gibt so viel, was ich Ihnen erzählen möchte, wenngleich ich Sie vorwarnen muss, denn, wie bei so vielen anderen auch, nimmt meine Geschichte ab hier doch eher dunklere Züge an. Aber so ist es im Leben, wir planen, wir machen, wir stellen fest, dass nichts im Leben planbar ist.

So auch nicht das, was ich erleben sollte.

Ich würde mich freuen, wenn wir uns bald wiedersehen, verehrter Leser. Ich, als Ihre verpeilte Erzählerin und Sie, als mein werter Zuhörer. Machen Sie es gut und bis bald,

Ihre Josephine Wennington.

NACHWORT

Es war ein einsamer Tag im April, als ich, gerade völlig neu an einer großen Universität, im Café saß und plötzlich eine Frau vor meinen Augen sitzen sah. Sie trug einen außerordentlich großen Hut und trank Champagner in einem der besten Lokale Paris'. Was machte sie dort? In diesem Moment, im April 2022 war Josephine Wennington, Madame La Croiquette geboren. Eines knackig heißen Tages lag ich mit meinem Mann auf Kreta am Strand und da war sie plötzlich wieder, diese Frau in Paris und es begann mir in den Fingern zu kribbeln, denn sie flüsterte mir ihre Geschichte zu. Wenig später wurde sie zu dem Waisenmädchen Josephine, das im Ägypten der Jahrhundertwende einen sensationellen Fund macht. Ursprünglich sollte es eine kleine Erzählung werden, höchstens eine Novelle. Doch schon bald wurde aus dem Waisenmädchen eine Frau mit einem außergewöhnlichen Leben, aber dennoch Gedanken, die jede Heranwachsende Person mehr oder minder durchlebt. Josephine steht hier für alle, die sich schon einmal fremd in ihrem Leben gefühlt haben, die überfordert gewesen sind mit ihrem Leben, ihren Emotionen und ihren Entscheidungen. Ich möchte Sie, meinen lieben Leser bitten, mir die ein oder andere Freiheit in Bezug auf die historische Akkuratheit genommen zu haben. Ich als Historikerin weiß, dass man manchmal gerne ein Buch in die Ecke pfeffern und „So ein Schwachsinn!", brüllen würde. Aber manchmal sind Geschichten auch eben nur das: Geschichte. Und wir sollten versuchen uns einfach mal wieder in eine Welt entführen zu lassen, in der wir nicht nach der Nadel im Heuhaufen suchen, in der wir das Haar einfach mal in der Suppe lassen (ja, irgendwie ein ekliger Vergleich, aber Sie wissen, was ich meine) und die Geschichte einfach so nehmen, wie sie ist. Ich kann auch letztlich gar nichts dafür. Ich bin hier lediglich die Erzählerin, die Geschichte an sich gehört einzig und allein Josephine Wennington.

Zur Autorin

Chiara Fabiano wurde 1999 in der Voreifel geboren und schreibt seit ihrem neunten Lebensjahr Geschichten. Sie studierte englische Literatur und Geschichte an der Universität Bonn und lebt dort in einer kleinen Wohnung gemeinsam mit ihrem Mann zwischen Büchern und zahlreichen Kaffeetassen, die sie zum Schreiben braucht. Neben ihrer Tätigkeit als Autorin steht sie mit ihren Poetryslamtexten regelmäßig auf Bühnen und tanzt gerne Ballett. Eigentlich kuschelt sie sich aber am liebsten mit ihrer Decke und einem Kaffee in ihren Lesesessel und versinkt in einem Buch.